U0045477

古典詩歌研究彙刊

第二二輯

龔鵬程 主編

第 9 冊

明代臺閣體及其詩學研究

張日郡 著

國家圖書館出版品預行編目資料

明代臺閣體及其詩學研究／張日郡 著 — 初版 — 新北市：花木蘭文化事業有限公司，2017〔民 106〕

目 2+246 面；17×24 公分

（古典詩歌研究彙刊 第二二輯；第 9 冊）

ISBN 978-986-485-120-1（精裝）

1. 明代詩 2. 詩評

820.91　　106013429

古典詩歌研究彙刊

第二二輯　第 九 冊　　ISBN：978-986-485-120-1

明代臺閣體及其詩學研究

作　　者　張日郡

主　　編　龔鵬程

總 編 輯　杜潔祥

副總編輯　楊嘉樂

編　　輯　許郁翎、王筑　美術編輯　陳逸婷

出　　版　花木蘭文化事業有限公司

社　　長　高小娟

聯絡地址　235 新北市中和區中安街七二號十三樓

電話：02-2923-1455／傳真：02-2923-1452

網　　址　http://www.huamulan.tw 信箱 hml 810518@gmail.com

印　　刷　普羅文化出版廣告事業

初　　版　2017 年 9 月

全書字數　180692 字

定　　價　第二二輯共 14 冊（精裝）新台幣 22,000 元　版權所有・請勿翻印

明代臺閣體及其詩學研究

張日郡 著

作者簡介

張日郡，雲林人，1985 年生。國立臺灣大學文學博士。主要研究領域爲明清文學、古典小說、現代文學等等，著有博士論文《晚清以降《三國志演義》故事新編研究》、碩士論文《明代臺閣體及其詩學研究》，以及多篇論文發表於論文期刊，並參與多次國際學術研討會。曾任新竹教育大學、眞理大學通識中心兼任講師，教授台灣自然書寫、旅行文學、成長小說等等。

新詩作品曾獲教育部文藝創作獎、吳濁流文藝獎、新北市文學獎，逢甲、竹教大、臺大三校文學獎等共近三十座文學獎。曾獲全國優秀青年詩人獎。已出版詩集《離蝶最近的遠方：旅行、想像與詩的越界》（遠景出版社。獲國家文化藝術基金會補助、台灣文學館「文學好書」推廣補助、文化部「第 38 次中小學生優良課外讀物」）、《步行之前，停頓之後》（合著）。

提　　要

多數學者研究明代詩學時，多關注於明初地域詩學，以及李東陽「茶陵派」、前後七子……等等的詩學發展，但對永樂之後、茶陵派之前的詩學發展，卻經常處於一種「可以被帶過的背景」之狀態，甚至可以被忽略，而其間較爲盛行的「臺閣體」往往被過度壓抑，相關之討論幾乎是一面倒的給予負面評價。若我們稍微翻閱今人所撰寫的中國文學史、詩歌史、通史之類的著作，不難發現，其中不是沿襲清代詩論家的主張，成爲基本的定見，即是以「忽略」處之，尤其是「臺閣體」的相關詩學論述，幾乎成爲一種「眞空」的狀態。故本書將焦點放在明代「臺閣體」的形成概況、定義及其詩學理論二大方面，藉此一方面可以銜接明初地域詩學的文學風貌，另一方面也能呈現臺閣體詩家詩論的價值建構，亦能進一步提供明代中期之後復古詩風與詩論的詩學背景。亦透過本專題的撰寫，以期能在前人的研究基礎之上，補充明代相關的詩學理論研究。

目次

第一章　緒　論

「文變染乎世情，興廢繫乎時序」〔註1〕這句話對於本書而言，是一個相當重要的思考起點。不論是文學的內涵或形式，往往與時代的轉移有著密切的關係，故藉此去探討文學的「變」與「不變」，以及其所呈現出來的美感特質，爲本書所欲突顯出的價值與意義所在。

第一節　研究動機與目的

中國詩歌發展到了明代，正如胡應麟（1551～1602）所言：「盛唐而後，樂選律絕，種種具備。無復堂奧可開，門戶可立。」〔註2〕基本上，如果再加上宋代的詩歌創作將「尙理」的思想融入其中，中國整個的詩歌體裁上的開發大致已趨於完備。就胡氏之言，所謂的「無復堂奧可開，門戶可立」，確實是明代面臨詩歌創作方面所會遭遇的一大困境，於是好像就只能選擇復古，而無法進一步地創新，我們只要翻閱一些傳統文學史的著作，即可輕易發現此一現象。然而，明代在於整個中國詩歌發展史上的貢獻，或許並不在於有無新的開創，而

〔註1〕【南朝・梁】劉勰撰，王久烈等譯註：《語譯詳註文心雕龍》（台北：天龍出版社，1985年3月）第四十五，〈時序〉，頁599。

〔註2〕【明】胡應麟：《詩藪》（上海：上海古籍出版社，1979年11月）續編卷一，〈國朝上〉，頁349。

是詩學理論〔註3〕的建構與進一步的開展，若我們從與詩學理論有著密切關聯的「詩話」來談，並藉此略爲觀察明代詩話的編撰情形，或許更能證明其詩學高度發展的情況。

由吳文治先生所主編的《明詩話全編》觀之，全書近八百萬字，除了收錄原本就單獨成書的明代詩話一百二十餘種之外，還輯錄了明代詩家在各種著作中的散見詩論，共編入七百二十二家之多。〔註4〕當然，我們並不能確信這七百二十二家，全部都是對明代詩學極有貢獻者，卻可反應出明代論詩之盛，亦是不爭的事實。另外，蔡鎮楚先生從《中國歷代詩話書目》中考察，明代詩話已知的書目就達一百五十七部之多〔註5〕，從數量上觀之，實不亞於宋代詩話。蔡氏甚至認爲明代詩話是「上承宋代詩話，下啓清代詩話，向著文學理論批評的正確方向繼續向前發展，在詩歌體制源流與作家作品研究諸方面，獲得了可喜的成績。」〔註6〕給予明代詩話其承先啓後的關鍵定位，從

〔註3〕何謂「詩學」？吳宏一先生指出：「詩是指詩創作本身而言，詩學則是指對詩的理解與鑑賞，或對詩的原理的看法。」見吳宏一：《清代文學批評論集》（台北：聯經出版社，1998年6月），頁1。

〔註4〕吳文治主編：《明詩話全編》（南京：鳳凰出版社，2006年1月第1版第2刷）第一冊，〈重印說明〉，頁一。

〔註5〕若根據連文萍先生對於明代詩話所進行的詳細考察：「現存者一百四十四種、後人所撰輯者三十七種、已佚或疑佚者一百三十七種，合計三百一十八種。」引自連文萍：《明代詩話考述》（東吳大學中國文學研究所博士論文，1998年），頁396。

〔註6〕蔡鎮楚：《中國詩話史》（大陸：湖南文藝出版社，1988年5月第1版第1刷），頁138。至於連文萍先生則對於明代詩話的價值，有其更加具體的說明：（一）明代詩話在數量上大大超越前代，且開創詩話創作與編刊的新體例。（二）明人在詩話體例的開創上，又有集一人之詩以爲詩話。（三）明人對於歷代詩話的整編，也有成績，特別是爲數極多的詩法與詩話的彙編。（四）明人標榜辨體的詩話數量亦多。（五）明人不斷利用詩話來回顧、省視前代以及當代的作品的精神，以及不少詩話的嚴謹創作態度，均使得明代詩話更加理論化、系統化，也足以提供今人在從事批評研究上的借鏡作用。（六）詩話是一種社群的產物，特別是明代詩話與詩社的關係極爲密切，由明代詩話發展的軌跡，不但可以與清代、民國的詩話互爲映證，也能提供現代詩歌研究發展上的思考。引自連文萍：《明代詩話考述》，頁413～414。

此一角度來討論，即可發現明代詩學理論的發展確實值得受到關注。

不過納悶的是，多數學者研究明代詩學時，多關注於明初地域詩學，以及李東陽「茶陵派」、前後七子……等等的詩學發展，但對永樂之後、茶陵派之前的詩學發展，卻經常處於一種「可以被帶過的背景」之狀態，甚至可以被忽略，而其間較為盛行的「臺閣體」往往被過度壓抑，相關之討論幾乎是一面倒的給予負面評價。細究其原因，或許誠如蔡英俊先生所言：「近代以來對於傳統詩論的歷史發展的理解，在某種程度上來說，大體是得自明、清兩代詩論家的詮釋觀點。」〔註7〕若我們稍微翻閱今人所撰寫的中國文學史、詩歌史、通史之類的著作，不難發現，其中不是沿襲清代詩論家的主張，成為基本的定見，即是以「忽略」處之，尤其是「臺閣體」的相關詩學論述，幾乎成為一種「真空」的狀態。〔註8〕那麼，實際上是否真該如此？如果不應如此，又該以什麼樣的角度重新切入探討呢？

正因為「臺閣體」的詩學較被輕忽，或許我們能從明初洪武、建文時期詩學發展的脈絡先行爬梳，以期對永樂之前的詩學背景，有一個簡明扼要的理解。明初，可謂是「地域詩學」的時代，如胡應麟《詩藪》曾云：

> 國初吳詩派昉于高季迪，越詩派昉于劉伯溫，閩詩派昉于林子羽，嶺南詩派昉于孫蕡，江右詩派昉于劉崧，五家才力，咸足雄據一方，先驅當代，第格不甚高，體不甚大耳。〔註9〕

又，陳田（1849～1921）於《明詩紀事》中亦云：

> 凡論明詩者，莫不謂盛於弘、正，極於嘉、隆，衰於公安、竟陵。余謂莫盛於明初，若黎眉（劉基）、海叟（袁凱）、

〔註7〕蔡英俊：《中國古典詩論中「語言」與「意義」的論題——「意在言外」的用言方式與「含蓄」的美典》（台北：台灣學生書局，2001年），頁154。

〔註8〕詳情請見本章第三節「前人研究成果概述」。

〔註9〕【明】胡應麟：《詩藪》續編卷一，〈國朝上〉，頁342。

> 子高（劉崧）、翠屏（張以寧）、朝宗（汪廣洋）、一山（李延興）、吳四傑（高啓、楊基、張羽、徐賁）、粵五子（孫蕡、王佐、黃哲、趙介、李德）、閩十子（林鴻、王恭、王偁、高棅、鄭定、王褒、唐泰、陳亮、周玄、黃玄）、會稽二肅（唐肅、謝肅）、崇安二藍（藍仁、藍智），以及草閣（李曄）、南村（陶宗儀）、子英（袁華）、子宜（張適）、虛白（胡奎）、子憲（劉紹）之流，以視弘、正、嘉、隆時孰多孰少也。〔註 10〕

胡應麟認爲明初詩派有五，尤其是以地域的觀點來分別，共分爲吳派、越派、閩派、嶺南派，江右派，這些詩派全部集中於東南地區。而陳田除了標舉出一些明初的重要詩家之外，甚至他還認爲明詩「莫盛於明初」。同樣，我們可以看到陳田亦以地域的觀點來區分，如吳四傑、粵五子、閩十子、會稽二肅、崇安二藍等等。由此可知，明初洪武、建文時期的詩壇，所呈現出來的應是一種地域詩學的概念，這在整個明代是相當特殊的現象。〔註 11〕然而這時期的詩壇現象，其實肇始於元末明初的政治文化環境，誠如大陸學者辛一江先生〈論元末明初越派與吳派的文學思想〉裡提及：

> 元末明初的文學思想是相當活躍的，尤以東南爲著。東南地區從南宋開始就已成爲全國經濟、文化中心。元末戰亂，東南相對穩定，成爲文人的避亂之地，加上割據東南的張士誠輩附庸風雅，各種文學社團也應運而生。……。同社社友切磋砥礪，逐步形成各具特色的詩文流派。明代作家常談的明代詩文流派中，大都肇始元末。在元末明初眾多

〔註 10〕【清】陳田：《明詩紀事》（收入周駿富輯《明代傳記叢刊・學林類 10》，台北：明文書局），〈序〉，頁 012～403。

〔註 11〕根據丁威仁針對《明詩紀事》中收錄洪武、建文二朝的詩人所做的考察與統計：浙東（越）八十餘人、蘇州（吳）一百三十餘人、江西（江右）五十五人、閩中（閩）四十人。這四個流派人數總共約佔明洪武、建文詩人的百分之七十五，可爲明初地域詩學的佐證。引自丁威仁：《明洪武、建文地域詩學研究》（台北：花木蘭文化出版社，2008 年 3 月初版），頁 4～5。

詩文流派中，最值得重視的有兩派，即越派和吳派。〔註 12〕

此段引文可謂解釋了元末明初詩派眾多的原因，而所謂的越派即是浙東派。朱元璋（1328～1398）於洪武元年（1368）推翻元王朝，在南京建立明王朝之後，首先恢復了中華禮樂衣冠〔註 13〕，並且爲了鞏固明初的政權，在社會文化的掌控層面，導入儒家思想作爲主軸，特別是以程朱理學爲主。由此可知，儒家思想於明初專爲政治服務的傾向。而建國後一系列制度的設定，不管是政權的建立與穩固，還是明初文化思想的發展，浙東爲主的文人群可謂佔有相當關鍵的地位，據廖可斌先生之研究曾指出：「明王朝的建立，在一定程度上可以說是淮西武力集團與浙東文人集團相結合的產物。」〔註 14〕這樣的觀察可謂確論。

除了浙東文士之外，這當中還有其他地域的文士，亦擔任過明初政府裡的重要幕僚，但經過朱元璋開國之後，所採取的高壓統治政策，不斷地濫殺開國功臣與知識份子，這一系列對文人的迫害，使得明初

〔註 12〕辛一江：〈論元末明初越派與吳派的文學思想〉，《昆明師範高等專科學校學報》第 21 卷第 3 期，1999 年 9 月，頁 22。

〔註 13〕此點可從陳昌明先生所言得知其內涵，其云：「中國每以衣冠文物連言，在儒家看來，衣著代表著人文極重要的一項。《論語・堯曰》篇第二章中孔子云：『君子正其衣冠，尊其瞻視。』誠如錢穆先生所云：『瞻視屬於身，衣冠乃身外之物，但不能衣冠不正而專求尊瞻視，正衣冠正是尊瞻視一項必然連帶的條件。瞻視屬於自然，但必要尊瞻視，便是把人文來加在自然上。』重視衣冠活動正是儒家建立人文秩序的重要一環，所以孔子說：『微管仲，吾其披髮左衽矣。』基本上即把衣服視爲文化的象徵。因爲對於形體容止的重視，就是禮的基礎，而衣冠正是由此延伸出來的：『故冠而后服備，服備而后容體正，顏色齊，辭色令。故曰：冠者，禮之始也。是故古者聖王重冠。』衣冠不止是身體的外在之物，而且是形體外顯的表現。所以《左傳》記載子路在衛遇難，在兵戈交加中身殉，死前猶曰：『君子死，冠不免』（哀公十五年）故正纓結冠而死，似乎衣冠猶勝過生命，此處衣冠不但不是身外之物，而且是一種生命的莊嚴表現。」見陳昌明：《從形體觀論六朝美學》（台灣大學中國文學所博士論文，1992 年），頁 23～24。

〔註 14〕廖可斌：《復古派與明代文學思潮（上）》（台北：文津出版社，1994 年 2 月初版），頁 51。

文壇精英幾乎斬芟殆盡。〔註 15〕再來，建文四年（1402）燕王朱棣（1360～1424）「靖難之變」奪位稱帝，浙東派最後一個代表人物方孝孺（1357～1402）因不肯爲朱棣起草登基詔書，而遭連株十族——宗親九族加上門人一族全部被株——導致明初以來最重要的浙東文人群一蹶不振，其實正象徵著浙東派主宰文壇的時代已經結束。同時，是否也透露出明初以來的地域詩學跟著瓦解呢？這個問題，對於隨後永樂時期逐漸盛行起來的「臺閣體」，有著政治與文化層面轉折的關鍵性。

由於朱棣奪位稱帝之後，對於洪武、建文時期的舊臣依舊懷有戒心，尤其是淮西勛貴以及浙東文人群，這樣的結果造成永樂帝當時所重用的文士中，江西人佔了多數。例如《明史》卷一百四十七〈列傳〉第三十五「解縉」一條所言：「成祖入京師，擢侍讀，命與黃淮、楊士奇、胡廣、金幼孜、楊榮、胡儼並直入文淵閣，預機務。」〔註 16〕此內閣的七人名單之中，江西人就佔了五位。再者，方孝儒被殺之後，江西吉水人解縉（1369～1415）於永樂稱帝之初，擔任《太祖實錄》與《永樂大典》的總裁，儼然成爲一代文宗。不過，這時間卻相當短暫，解縉於永樂五年（1407）遭黜、永樂八年（1410）入獄、永樂十三年（1415）紀綱遂醉縉酒，埋積雪中而死。隨後同樣是江西人的楊士奇（1365～1444）繼之，成爲新的文壇盟主，如李東陽（1447～1516）於〈呆齋劉先生集序〉中曾言：「永樂後至於正統，楊文貞公實主文柄。」〔註 17〕如此說來，江西人多在政治或文壇上位居首要，可謂自永樂朝開始建立。

〔註 15〕以下略舉幾例：（1）浙東派「宋濂」因長孫宋慎與胡惟庸一案有牽連，舉家流放茂洲，行至夔州病死，次子宋璲與宋慎皆被處死。（2）吳四傑中的「高啓」，因爲魏觀作《上梁文》而被腰斬；「徐賁」遭訴地方官犒勞不時，下獄死。（3）粵五子中三人「孫蕡」坐藍玉黨死；「黃哲」坐法死；「趙介」逮赴京途中卒。詳可參見廖可斌：《復古派與明代文學思潮（上）》，頁 73、105～107。

〔註 16〕【清】張廷玉等撰：《明史》（北京：中華書局，1974 年 4 月第 1 版第 1 刷）第 14 冊，卷一百四十七，〈列傳〉，頁 4120。

〔註 17〕【明】李東陽著、周寶賓典校：《李東陽集》（湖南：岳麓書社，1984 年 1 月第 1 版第 1 刷）第二卷，卷之五，〈呆齋劉先生集序〉，頁 74。

至於江西人得以崛起的另一個重要原因，便是得力於明代的科舉制度，我們可藉由一些歷史文獻來進一步佐證。例如歷事永樂至正統四朝的內閣大臣楊士奇在〈送徐僉憲致仕序〉云：「四方出仕之眾，莫盛江西，江西爲縣六十有九，莫盛吉水。」〔註18〕而嘉靖時期羅洪先（1504～1564）在《吉安進士錄序》亦云：「我朝開科一百七十九年，吉安一郡舉進士者七百有九十人，可謂盛矣。」〔註19〕同樣在《列朝詩集小傳》中所載：「國初館閣，莫盛於江西，故有『翰林多吉水，朝士半江西』之語。」〔註20〕由此可知，至少在明代嘉靖以前，江西人透過科舉進入翰林，就佔了大半。暫且以明代永樂至正統這段時期作爲初步觀察之指標，並以表格 1.1 進一步呈現〔註21〕，藉此突顯江西人長於科舉的現象：

表 1.1

姓名	籍貫	取得功名時間	官職
胡儼	南昌	洪武末進士乙科	永樂初直內閣，升國子祭酒，兼侍講，掌翰林院。
梁潛	泰和	洪武二十九年舉人	永樂初官翰林修撰，兼左春坊右贊善。
金幼孜	新淦	建文元年進士乙科	永樂初直內閣，升文淵閣大學士，官至太子少保禮部尚書。
胡廣	廬陵	建文二年狀元	永樂初直內閣，歷侍講、侍讀、翰林學士，進文淵閣大學士。
鄒緝	吉水	建文二年進士	永樂初授翰林檢討，官至左春坊左庶子。
吳溥	崇仁	建文二年會試第一	永樂初官翰林修撰，遷至國子司業。

〔註18〕【清】黃宗羲編：《明文海》（北京：中華書局，1987年2月第1版第1刷）卷二八七，頁2981。

〔註19〕【清】黃宗羲編：《明文海》卷三0一，頁3113。

〔註20〕【清】錢謙益：《列朝詩集小傳》（上海：上海古籍出版社，2008年4月第1刷），〈周講學敍〉，頁172。

〔註21〕此表製作根據廖可斌初步的整理，見氏著：《復古派與明代文學思潮（上）》，頁93～95。

姓名	籍貫	取得功名時間	官職
曾棨	永豐	永樂二年狀元	歷侍講、侍讀、右春坊大學士。
王英	金溪	永樂二年進士	選庶吉士。侍講學士累遷至南京禮部尚書。
王直	泰和	永樂二年進士	選庶吉士。太子少保吏部尚書。
周忱	廬陵	永樂二年進士	選庶吉士。工部尚書。
李時勉	安福	永樂二年進士	選庶吉士。國子祭酒
周述	吉水	永樂二年榜眼	翰林編修，官至左春坊左庶子。
周孟簡	吉水	永樂二年探花	授編修。
余學夔	泰和	永樂二年進士	選庶吉士。官至侍講學士。
李昌祺	廬陵	永樂二年進士	選庶吉士。官至河南左布政使。
張徹	新淦	永樂二年進士	官至吏部郎中。
羅汝敬	吉水	永樂二年進士	選庶吉士。翰林修撰，官至工部侍郎。
錢習禮	廬陵	永樂九年進士	選庶吉士。官至禮部右侍郎。
熊概	吉水	永樂九年進士	官至南京都察院右都御史。
陳循	泰和	永樂十三年狀元	翰林修撰，官至少保、尚書，兼華蓋殿大學士。
曾鶴齡	泰和	永樂十九年狀元	翰林修撰，官至侍講。
劉球	安福	永樂十九年進士	翰林侍講。
周敘	吉水	永樂十六年進士	翰林侍講學士。
蕭鎡	泰和	宣德二年進士	景泰中，以祭酒、學士入直內閣，加太子少師戶部尚書。
吳節	安福	宣德四年會試第一，明年成進士	選庶吉士。授編撰，成化中，官至太常卿兼侍讀學士。
李紹	安福	宣德八年進士	選庶吉士。授檢討。天順中，官至侍講學士禮部侍郎。
劉定之	永新	正統元年會試第一，殿試第三	授編修，成化中，以太常少卿、侍讀學士直內閣，進侍郎。
劉儼	吉水	正統七年狀元	選庶吉士。授修撰，景泰中，官至太常卿兼侍讀學士。
彭時	安福	正統十三年狀元	授修撰，正統末，官至少保、吏部尚書、文淵閣大學士。

我們經過上述表格的整理，首先可以發現籍貫爲江西吉水者七人最多，第二爲泰和六人，第三爲安福五人。再從「取得功名的時間」——從建文開始至正統年間——江西人科舉多中甲科。一甲即授以翰林修撰、編修等職；二、三甲進士的部分則選爲庶吉士。〔註22〕這表示著江西人能在翰林院、六部、內閣裡維持著一定的人數，至於庶吉士的選拔，約略說明一下：

> 庶吉士之選，自洪武乙丑，擇進士爲之，不專屬於翰林也。永樂二年，既授一甲三人曾棨、周述、周孟簡等官，復命於第二甲擇文學優等楊相等五十人，及善書者湯流等十人，俱爲翰林院庶吉士，庶吉士遂專屬翰林矣。復命學士解縉等選才資英敏者，就學文淵閣。縉等選修撰棨，編修述、孟簡，庶吉士相等共二十八人，以應二十八宿之數。庶吉士周忱自陳少年願學。帝喜而俞之，增忱爲二十九人。……。是年所選王英、王直、段民、周忱、陳敬宗、李時勉等，名傳後世者，不下十餘人。〔註23〕

從上述表格及引文，我們再進行綜合歸納可以發現幾點：

（一）洪武十八年，「使進士觀政於諸司，其在翰林、成敕監等衙門者，曰庶吉士。進士之爲庶吉士，亦自此始也。」〔註24〕可見當時庶吉士已經可以進入翰林院了，只是並不專屬於翰林院。

（二）永樂二年，庶吉士已專屬翰林。第一次的選拔條件以「文學優等」與「善書者」爲優先，人數六十人，再命解縉再從中選其「才資英敏者」就學文淵閣，人數二十五人，精選一半之多。

（三）此二十九人中（包含周忱）〔註25〕，江西人就佔了二十

〔註22〕詳情請見「第二章臺閣體發展背景析論，第一節之二『翰林院與庶吉士制度』」。

〔註23〕【清】張廷玉等撰：《明史》第6冊，卷七十，〈選舉二〉，頁1700。

〔註24〕【清】張廷玉等撰：《明史》第6冊，卷七十，〈選舉二〉，頁1696。

〔註25〕具體名單據《翰林記》所載如下：「先是太宗命學士兼右春坊大學士解縉等，新進士中選，材質美敏者，俾就文淵閣進學。至是縉等選修撰曾棨、編修周述、周孟簡、庶吉士楊相、劉子欽、彭汝器、王

人之多，卒業後官翰林者七人。「宣德甲寅合丁未、庚戌、癸丑三科選之，亦如甲申之數，出江西者七人，留翰林者四人。」〔註 26〕宣德同樣有此狀況，只是人數較少。

（四）已然隱約透露出，由翰林官員至內閣大臣這一條政治升遷之路徑，「庶吉士始進之時，以羣目爲儲相。通計明一代宰輔一百七十餘人，由翰林者十九。」〔註 27〕同時，這也形成了一個「文學」上的梯隊。

於是，我們發現明初浙東派文人所掌握的文化重心，可謂自永樂始開始轉移到江西派手中，其時間橫跨了好幾個帝王朝代，且至少延續到「正統」末年爲止。如果，再進一步連結一般認知中的「臺閣體」興盛時間，以及「臺閣體」的作家名單，將會發現兩者重疊的部份相當的多，而這之間密切的關係，絕非偶然之現象。如果說「臺閣體」眞正興盛的時間，是從永樂初至正統末四十幾年〔註 28〕，那麼最主要變化的時間點，應當是正統十四年（1449）發生的「土木堡之變」，也就是說，構成「臺閣體」盛世基礎的客觀條件，在這個時間點之後已然失去。接下來的景泰至成化年間，文壇其實出現了許多不同於臺閣體的聲音（但還是以所謂的「臺閣體」爲主，只是批評聲浪漸起），例如景泰十子（劉溥、湯胤勣、蘇平、蘇正、沈愚、王淮、晏鐸、鄒亮、蔣主忠、王貞慶）、理學五賢（吳與弼、薛瑄、陳獻章、羅倫、莊昶），以及蘇州文學的逐漸復興。此後，弘治時期李東陽（1447～

英、王直、余鼎、章敞、王訓、柴廣敬、王道、熊直、陳敬宗、沈升、洪順、章朴、余學夔、羅汝敬、盧翰、湯流、李時勉、段民、倪維啓、袁添祥、吳紳、楊勉二十八人。」引自【明】黃佐撰：《翰林記》，收入王雲五主編《叢書集成初編》（上海：商務印書館，1936年 6 年初版）卷四，〈文淵閣進學〉，頁 37～38。

〔註 26〕【明】黃佐撰：《翰林記》卷十九，〈文運〉，頁 342。

〔註 27〕【清】張廷玉等撰：《明史》第 6 冊，卷七十，〈選舉二〉，頁 1701～1702。

〔註 28〕廖可斌先生持此一論點。引自氏著：《復古派與明代文學思潮（上）》，頁 117。

1516）「茶陵詩派」蔚爲風行，其組成成員來自全國各地，最主要以吳中爲主；弘治末、正德初前七子之復古派興盛，文柄從館閣下移郎署，逐步向大眾化轉移。

由上述的時間觀，我們可以基本了解永樂至弘治年間的詩學發展脈絡。從作家來說，永樂以後的江西文人群又與臺閣體有著相當密切的關係，誠如丁威仁先生於《明洪武、建文地域詩學研究》一書的研究，結語指出「洪、建以降盛行之『臺閣體』，可以說是明初地域詩學裡江西派的流衍。」〔註29〕至於廖可斌先生說得更加透徹，他說：「在很大的程度上，臺閣派就是江西派，臺閣體就是『江西體』。」〔註30〕照這樣說，基本上「臺閣體」應該算是永樂後的「江西地域詩學」。然而這種推導是否有待商榷呢？於此，我們必須提出幾個問題，然後嘗試解答之。

一般提到「臺閣體」時，總會直接連結到內閣「三楊」（楊士奇、楊榮、楊溥），意思便是三楊「同時」爲「臺閣體」最重要的領袖人物，這幾乎是今人研治文學史的一個「常識」。不過問題也產生在這裡，「三楊」當中楊榮（1371～1440）是福建建安人、楊溥（1371～1446）是湖北石首人，只有楊士奇爲江西人，那麼如此一來，將「臺閣體」等同於「江西體」此一說法，不就出現了相當嚴重的矛盾？換句話說，以三楊爲主的「臺閣體」可能無法以「江西地域詩學」的觀點來探討。當然，我們需要注意的是，兩位前輩學者指出的「臺閣體就是江西體」論點，乃是立基於江西文人群自明代永樂之後，逐漸居爲文壇首位的關係（即是上文所論述的部份），加上以現在的研究觀點，納入一般熟悉的「臺閣體」作家群，進而所歸納之結果。但，還是無法解決一個事實，即是「臺閣體」並不是「純粹」由江西人自己所創作出來的一種詩文風格，至少目前我們以「三楊」的籍貫來看，實非如此。爲何會有這種矛盾的情形產生呢？

〔註29〕丁威仁：《明洪武、建文地域詩學研究》，頁298。
〔註30〕廖可斌：《復古派與明代文學思潮（上）》，頁97。

欲化解此一矛盾，這便牽涉到「臺閣體」的根本問題，何謂臺閣體？甚至臺閣體何時被命名？經由何人所命名，而形成現今的「習慣用法」？以及主要組成人物爲何？清人沈德潛（1673～1769）的《明詩別裁集》僅言：「永樂以還，體崇臺閣，骫骳不振。」〔註31〕並未提及「臺閣體」此一名目和作家名單。明末清初錢謙益（1582～1664）於《列朝詩集小傳》乙集「楊少師士奇」一條，則明確地說：「國初相業稱三楊，公爲之首。其詩文號臺閣體。」〔註32〕《列朝詩集小傳》可視爲研究明代詩學相當重要的典籍之一。不過，這段原典的解釋是「三楊詩文都號臺閣體」呢？還是公爲之首，「只有楊士奇的詩文號臺閣體」呢？唯有先行解決此一根本問題，才能徹底釐清「臺閣體」發展的脈絡，也才能進一步去探討詩學理論的部份。當然，這個部分是本書第三章談到「臺閣體定義與範疇」的部份，會再更深入探究的焦點。

從上述所言，我們可以知道以「臺閣體」爲主的這段時期，其實可以說是上承明初洪武、建文時期的地域詩學，下啓李東陽的茶陵派、前後七子的復古派，故，這時期的詩學實在不容忽視。本書以「明代臺閣體及其詩學研究」爲題，還有幾點原因，如下所示：

（一）治明代詩學研究者，多著力於明初洪武、建文之地域詩學、李東陽茶陵派、前後七子、唐宋派、公安派、竟陵派等等，對於明代「臺閣體」詩學較少給予關注和系統性的探討。

（二）永樂十九年（1421），明成祖遷都北京，此一政治決策對於後來鞏固北防和加強對全國的管轄，都具備積極的政治作用，而對文化層面的影響同樣不容忽視。

（三）江西派文人自永樂起，居於政治與文壇的領導地位，某種程度來說，總結了明初以來的地域詩學，於是便可藉此觀察江西文人

〔註31〕【清】沈德潛等編：《明詩別裁集》（上海：上海古籍出版社，2008年4月第4刷），頁1～4。同樣的，《明史・文苑傳》亦說：「永、宣以還，作者遞興，皆沖融演迤，不事鉤棘，而氣體漸弱。」見【清】張廷玉等撰：《明史》第24冊，卷二百八十五，〈文苑一〉，頁7307。

〔註32〕【清】錢謙益：《列朝詩集小傳》，〈楊少師士奇〉，頁162。

對於明初詩學之繼承、新變與再創的部份。

（四）持平來說，「臺閣體」放在整個中國詩歌的發展脈絡來看，都是相當特殊的一個文學「流派」或體裁。若從創作內涵來說，或許其他朝代都有類似「臺閣體」詩文作品出現，但眞正能引起注意（或標榜、批評）的，卻只有永樂至成化這一段時間之「臺閣體」。

基於上述理由，我將焦點放在明代「臺閣體」的形成概況、定義及其詩學理論二大方面，藉此一方面可以銜接明初地域詩學的文學風貌，另一方面也能呈現臺閣體詩家詩論的價值建構，亦能進一步提供明代中期之後復古詩風與詩論的詩學背景。亦透過本專題的撰寫，以期能在前人的研究基礎之上，補充明代相關的詩學理論研究。

第二節　研究範圍與分析方法

明代「臺閣體」詩學理論之研究範圍，主要以「永樂至成化（1403～1487）」這八十四年為主。先行表列明代「臺閣體」之作家與分期觀，然後再說明選擇「永樂至成化」時期的詩學理論之原因。〔註 33〕如下表所示：

表 1.2

四個發展階段	主要代表作家			
第一階段：形成期（洪武、建文）	宋濂	王褘	梁蘭	
	陳謨	吳伯宗	方孝孺	
第二階段：成熟期（永樂至正統）	楊士奇	胡儼	曾棨	錢習禮
	楊榮	胡廣	李時勉	曾鶴齡
	楊溥	金幼孜	陳敬宗	夏原吉
	王直	黃淮	周敘	陳璉
	王英	梁潛	蕭鎡	

〔註 33〕關於本書如何建構出臺閣體作家與分期觀的部份，請詳參第三章第三節「臺閣體作家及其分期觀」。

第三階段：轉變期（景泰至成化）	李賢	商輅	劉定之	倪謙
	彭時	岳正	劉珝	徐有貞
第四階段：演變與頽萎期（弘治、正德）	李東陽	程敏政	吳寬	梁儲
	謝鐸	倪岳	王鏊	

第一階段洪武、建文二朝（1368～1402）共三十四年；第二階段永樂至正統四朝（1403～1449）共四十六年；第三階段景泰至成化三朝（1450～1487）共三十七年；第四階段弘治、正德二朝（1488～1521）共三十三年，但以弘治爲主。不過，不將第一階段「形成期」與第四階段「演變與頽萎期」一同納入「臺閣體」詩學理論之討論，原因有幾點：

（一）就形成期來說：此段時期的代表作家，如浙東派宋濂、王褘、方孝孺，江西派梁蘭、陳謨等人，對於永樂之後「臺閣體」之影響，仍屬於「潛在」的影響。而就詩文表現方面而言，臺閣文風也僅是他們其中一個風格罷了，而非最主要的代表，例如四庫館臣言宋濂云：「今觀二家之集，濂文雍容渾穆，如天閑良驥，魚魚雅雅，自中節度。」〔註 34〕而「雍容」一語，時常出現於四庫館臣言永樂之後的「臺閣體」。再者，明初洪武、建文時期的詩學發展，多被納入所謂的「地域詩學」〔註 35〕觀之，而其詩學情況實和「臺閣體」發展之情況，有其根源的差異，因此基於上述理由，我僅敘述此期對於永樂之後的「臺閣體」興盛有何影響，而不著重於詩學理論的探討。

（二）就演變與頽萎期而言：此段時期的代表作家，如李東陽、程敏政、吳寬、謝鐸等人，大多是「茶陵詩派」的成員，以李東陽爲

〔註 34〕【清】永瑢等撰：《四庫全書總目》（北京：中華書局，1965 年 6 月第 1 版第 1 刷）卷一六九，集部二二，別集類二二，頁 1464。。

〔註 35〕在台灣有關「明初地域詩學」的研究就有丁威仁：《明洪武、建文地域詩學研究》（台北：花木蘭文化出版社，2008 年 3 月初版）、龔顯宗：《明初越派文學批評研究》（台北：文史哲，1988 年 7 月初版）、高郁婷：《明初吳派文學理論及其詩文》（中山大學中文所博士論文，2006 年 1 月），以及范怡如：《明代中期吳中文壇研究——一個地域文學的考察》（台灣師範大學國文研究所博士論文，2000 年）。

其領袖。〔註 36〕這些成員其中大多是內閣與翰林官員，彼此酬贈唱和，故其詩文風格多少仍存有臺閣之氣，但是李東陽「茶陵派」在詩學理論的建構，事實上也已有別於「臺閣體」之詩學觀，自成一家之言。若從刊行的時間來觀察的話，以「茶陵派」最重要的詩學理論典籍《懷麓堂詩話》為例，根據廖可斌先生的看法：「它首次刊行於正德初，但它並非一時一地之作。李東陽的文學理論主張，在弘治中應已基本成熟。」〔註 37〕就實際的研究狀況而言，李東陽「茶陵派」實可稱為「臺閣體」與「復古派」的過渡，對臺閣體多有修正之處，亦啓發了復古派的發展，在明代詩學發展上有其獨特的地位，況且歷年來不乏「茶陵派」之研究，亦取得一定的研究成果，基於上述理由，我將之排除本書之論述範圍。

以上就這兩點來看，明代較為純粹的「臺閣體」，即表格所列第二階段「興盛期」與第三階段「轉變期」之代表作家群，這也是「臺閣體」詩學理論的研究主要對象。下表為明代永樂至成化時期提及詩學理論之臺閣作家表：

表 1.3

成熟期：永樂至正統（1403～1449）共十一人					
胡儼	1361～1443	夏原吉	1366～1430	李時勉	1374～1450
楊士奇	1365～1444	金幼孜	1368～1431	王英	1374～1450
梁潛	1366～1418	陳璉	1370～1454	王直	1379～1462
黃淮	1366～1449	楊榮	1371～1440		
轉變期：景泰至成化（1450～1487）共四人					
徐有貞	1407～1472	岳正	1418～1472	倪謙	？～1479
李賢	1408～1466				

〔註 36〕詳可參見連文萍：《明代茶陵派詩論研究》（東吳大學中國文學所碩士論文，1988 年），第一章第三節〈茶陵派之成員〉，頁 13～17。

〔註 37〕廖可斌：《復古派與明代文學思潮（上）》，頁 138。

因此儘可能全面閱讀這段時期詩人的別集，歸納整理他們詩論的部份，酌以較爲必要的文論互相參照，期能在使用合宜的情況下，做出不過度詮釋且較爲精準的分析。以下爲本書所會引述的文獻來源：

（一）詩家的別集：此爲最主要的援引文獻。唯有透過仔細地分析明人自己所提出的詩學理論，並且精讀原典，藉此讓明人自己發聲，而本書的分析亦不能過度詮釋，唯有如此才能更加貼近其詩學原貌。

（二）明史、實錄與方志：此爲背景的材料。能幫助釐清明代整體環境，如政治、經濟、地理等方面的了解。

（三）筆記與雜史類：同樣爲背景的輔助材料。可以進一步補充第二點尚無記載的風土民情，或是文人間的交流狀況。

（四）經學與哲學類書籍：此爲輔助材料。通常明代文人提出的詩學理論，都有各自的經學背景，以及思想基礎。閱讀這類書籍，對於詩學理論能有更深入的詮釋。

（五）當代西方理論的運用：在論述的過程中，若有適當合宜的西方文學理論，可以幫助我們將「臺閣體」相關的詩學理論，論述得更加清楚者，自當借鑑。

（六）當代學者的批評論述：閱讀且考察當代學者對於明代文學思潮的批評論述，將可幫助我們釐清自身思考時所產生的盲點，然後立基於前輩學者卓越的研究成果之上，能進一步提出整合性的分析與架構。

本書分析的模式，以詩歌基礎與本源論、詩歌本質功能論、詩歌創作方法論、詩歌批評與詩史觀，這四個方面來分類探討。除了從歷時性的角度，作爲主要的研究主軸，還需輔以共時性的方法，例如陳良運先生所提出的研究思維：

> 考察歷代的「共時效應」，可歸納爲兩種類型。一種是爲統治者意志所制約，即是某種文學理論爲統治者所提倡，以

> 它所影響和指導文學創作符合社會政治的需要，此爲「他選擇」型的「共時效應」。另一種是按照文學創作自身規律的發展，作家在自己創作中能夠發揮自由意志和創造精神，對傳統的東西有繼承、有創新；理論家對於前人所留下的大量材料，結合當代作家自由創作的實踐經驗，實行最優化選擇，推導出本時代最新的理論成果。理論推動了創作，新的創作經驗昇華又豐富了理論，此可稱爲「共時效應」的「自選擇」。當然「他選擇」與「自選擇」有時會表現一致，有時又會截然不同。總的來說，中國古代詩論經常是「自選擇」佔優勢。〔註 38〕

的確，運用陳先生所提出「他選擇」與「自選擇」的研究思維，將可對於明代永樂至成化時期的詩學狀況，有其更加清楚的概念。從明代「臺閣體」的發展脈絡，確實與統治者的意志，有所符合的部份，可視爲「他選擇」型的「共時效應」。故，唯有完整分析這些詩家之間的詩學理論，才能明白理論的異同之處，所呈現出來的詩學原貌爲何。

從這種「他選擇」型的「共時效應」，我們又可延伸出所謂「場域」（field）的思考概念，這對於我們理解明代開國後的文學思潮流變，即是洪武、建文時期的「地域詩學」，如何在永樂之後轉移到「臺閣體」，更能有一個清楚的認識。「場域」這個概念爲布爾迪厄（Pierre Bourdieu）所提出的，其云：

> 文學場是一個力量場，也是一個爭鬥場。這些鬥爭是爲了改變或保持已確立的力量關係：每一個行動者都把他從以前的鬥爭中獲取的力量（資本），交托給那些策略，而這些策略的運作方向取決於行動者在權力鬥爭中所佔的地位，取決於他所擁有的特殊資本。〔註 39〕

〔註 38〕陳良運：《中國詩學體系論》（北京：中國社會科學出版社，2003 年 4 月第 1 版第 3 刷），頁 27～28。

〔註 39〕布爾迪厄（Pierre Bourdieu）著，包亞明譯《文化資本與社會煉金術——布爾迪厄訪談錄》（上海：人民出版社，1997 年 1 月），頁 83。

丁威仁先生曾在《明洪武、建文時期地域詩學研究》中指出：「朱元璋與浙東派互構的文學場域，便是一個新的權力資本，此資本的累積形成了新的文化權力與策略，控制了洪武年間的詩學走向。」〔註 40〕其實永樂之後的詩學情況也是如此，只是對象轉換成明成祖朱棣（或仁宗、宣宗）與臺閣大臣。然而這同時也象徵著政治與文化權力的再次轉移——從明初浙東派轉移到臺閣大臣（或者謂之「江西文人集團」）身上，而這些臺閣大臣如楊士奇等人，所擁有的資本即是政治與文化權力的共構，有了這兩股力量的支持，「臺閣體」始能在永樂之後蔚爲風行。其次，從布爾迪厄「場域」思維切入來看，這個「爭鬥」場並不止於「人」與「人」之間，它更是一種對於當時一些詩學理念的對抗或是修正。

再者，當我們要去探討「臺閣體」詩學理論之前，單就研究的進程，勢必得先對「臺閣體」的背景，即政治與文化方面有所掌握，誠如劉若愚先生所提示的研究觀點一樣，其云：

> 我們假如對於產生作品的歷史和文化背景沒有完全研究明白，我們無法正確了解文學作品或批評作品。……。對於不同文化和不同時代之間，不同的信仰、假定、偏見和思考方式，給予適當考慮之後，我們必須致力於超越歷史和超越文化，尋求超越歷史和文化差異的文學特點和性質，以及批評的概念和標準。〔註 41〕

故第二章將對「臺閣體」發展的背景，包含政治、經濟、文化等方面進一步討論，而第三章的部份，則針對「臺閣體」進行釋名，甚至名稱的演進過程、形成之源流，期能給予較爲清晰地定位。從這幾個角度再回到「臺閣體」詩學理論的主軸，進行深入分析與探討，將可以更加突顯本書的研究價值。

〔註 40〕丁威仁：《明洪武、建文地域詩學研究》，頁 35。

〔註 41〕劉若愚著、杜國清譯：《中國文學理論》（台北：聯經出版社，1981 年），頁 294。

第三節　論文架構

從上一節的「研究範圍與分析方法」，我們可以得知本書研究的時代範圍，細部的詩家名單也已大致底定，亦可見到本書撰寫的主要焦點。本書詩論的章節安排不採用「以人爲經」或「時代分期」的寫作模式，而是以詩歌基礎與本源論、詩歌本質功能論、詩歌創作方法論、詩歌批評與詩史觀等，四個詩學的概念進行書寫。以下略述論文結構：

第一章爲「緒論」。先言研究的動機與目的；接續研究範圍與分析方法：本書所採取的論述架構；再說明前人的研究成果，這部份相當重要，藉由爬梳前輩學者於此領域已具備的研究概況，一方面可以更加理解前人的研究觀點和方法，另一方面也可明白本書的撰寫能進一步突破及補充的部份爲何。此節包含了對於明代永樂至成化時期的研究文獻，如通論文學史與批評史的看法、臺閣體及個別詩家之論述，以及整體的文學發展評述三個方面，以期能承繼前輩學者的重要論述，更深入地開拓永樂至成化的「臺閣體」詩學研究。

第二章爲「明代臺閣體發展背景析論」。主要針對明代的政治環境、學術思潮、經濟狀況作一概述，以利我們進入正文詩學理論的研究時，可以更加掌握「臺閣體」詩學發展背後整個時代的脈動。

第三章爲「臺閣體定義與範疇」。此部份爲本書撰寫的重心之一，若說「明代臺閣體發展背景析論」屬於外緣——即「文學外部」〔註 42〕的探討，那麼本章即爲正式進入「臺閣體」眞正內涵的分析，因此，我們在探討「臺閣體」詩學理論之前，必須試著重新梳理有關於「臺閣體」的相關文獻，才能進一步把握「臺閣體」發展的眞正脈絡。此章分爲「臺閣」釋名、「臺閣體」釋義、「臺閣體」作家及其分期觀等三大方面來釐清明代「臺閣體」。

〔註 42〕所謂的「文學的外部研究」與「文學的內部研究」兩者之分，可參見韋勒克、華倫著；王夢鷗、許國衡譯：《文學論：文學研究方法論》（台北：志文出版社，1979 年 10 月二版）。

本書第四章至第七章爲「臺閣體」詩學理論的探討：第四章爲「詩歌基礎與本源論」。旨在理解臺閣詩人如何看待詩歌的起源，以及他們所認爲的詩歌基礎是什麼，這兩者之間通常互爲影響，進而再從這個部份發掘出他們內在詩歌的價值根源。第五章爲「詩歌本質功能論」。通常臺閣體作家之詩歌本質，都直接導引出詩歌的功能，故本質與功能在他們看來是二而爲一，體用合一的狀態。第六章「詩歌創作方法論」。從這個部分的探討，我們可以得知臺閣作家對於詩歌的創作秉持著什麼樣的看法，對「臺閣體」的創作影響的層面有哪些。第七章「詩歌批評與詩史觀」。一般而言，臺閣作家當代的詩歌評論，通常立基於他們對於明代以前的詩歌流變之理解，故這兩個部份有其必要同列一章。

第八章結論，則是呈現本書研究之具體成果，作一總結歸納，藉此突顯永樂至成化「臺閣體」詩家詩論的價值建構，後續對於明代中後期詩學之影響等，並且說明「臺閣體」詩學對於整個明代詩學而言，具備著什麼樣守成與開拓的實質意義。

第四節　前人研究成果概述

任何一種論題的提出，皆無法與傳統脫鉤，而是進一步地承接傳統更加深入的研究。本節將回顧學界對於本論題已呈現出來的研究成果，但依據我目前所掌握的資料而言，尚未有專門且全面性探討之詩學研究著作，至於多數的文學史著作則選擇忽略這段時期的文學情況，僅以短短數語帶過。以下將分爲幾個部份，包含一、通論文學史及批評史著作；二、「臺閣體」及個別詩人之評述；三、明代永樂至成化詩文發展評述，進行回顧並試著檢視前人之研究成果，同時我也會列舉一些有助於本書研究之文獻。

一、通論文學史及批評史著作

略微檢視幾本一般相當常見的文學史著作，觀察其對於明代永樂至成化間的詩文發展有何看法。例如劉大杰先生的《中國文學發展史》

一書中，劉氏言：「從永樂到成化的幾十年中，明代政治比較安定，文學上所出現的，是由宰輔權臣所領導的臺閣體。那一種作品，缺乏現實內容和氣度，大都是一些歌功頌德，雍容典麗的應酬詩文。」〔註 43〕這段文字出現的章節是「擬古主義的興起和發展」，由此可見，將「臺閣體」視爲論述的背景。劉氏對於明初洪武、建文時期的發展多有論述，不過獨缺永樂至成化詩文發展的脈絡，顯然這個「斷層」在文學史家眼中並未有值得深入一談的地方。

此外，另三本文學史著作則略進一步關注臺閣體的發展。例如馬積高、黃均先生主編《中國古代文學史》對於臺閣體的看法與劉氏相近，只是點明了臺閣體後來所產生的流弊，因爲「得到統治者的提倡，一些利祿之徒競相仿效，故而成爲風氣，到後來更是『嘽緩冗沓，千篇一律』。」〔註 44〕這樣的說法亦在游國恩先生《中國文學史》〔註 45〕出現，並且兩者都提及于謙（1398～1457）的詩風與當時的臺閣體呈現鮮明的比照。至於章培恒、駱玉明先生主編《中國文學史》〔註 46〕則對臺閣體較有粗略性的關照，包含所形成的原因、臺閣主要作家的詩學主張，以及後來產生的流弊都有初步的論述。

綜觀上述四本文學史對於永樂至成化的詩文發展，實著墨不多。著墨處也多以臺閣體的負面評價爲主，且以「三楊」作爲代罪羔羊，但負面評價是否眞爲三楊本身的詩歌評價呢？值得我們深思。再者，除了「三楊」之外，臺閣體已無其他可以提及的重要作家？他們是否有提出什麼樣的詩學主張，各家之間相同或否？此外，對於臺閣體影響的時代劃分之問題，也有著歧異的看法。劉大杰先生和章培恒、駱

〔註 43〕劉大杰：《中國文學發展史（下）》（台北：華正書局，2006 年 8 月版），頁 998。

〔註 44〕馬積高、黃均主編：《中國古代文學史 4 明清》（台北：萬卷樓，1998 年 7 月初版），頁 23。

〔註 45〕游國恩等主編：《中國文學史》，（台北：五南出版社，1990 年 11 月）。

〔註 46〕章培恒、駱玉明主編：《中國文學史（下）》（上海：復旦大學出版社，2004 年 10 月第 1 版第 11 刷），頁 225～227。

玉明先生認爲臺閣體盛行於永樂至成化八十年；馬積高、黃均先生則以爲是永樂至天順六十一年；游國恩先生之看法，則從永樂擴大至弘治前後約一百年的時間。由此可見，關於臺閣體興衰之時間問題還未得到明確的解決，這部分亦是我所欲釐清的重點，而時間的劃分也關乎這一百年間之詩文作家，是否該納入某些流派的必要性。

朱易安先生《中國詩學史・明代卷》認爲「以三楊爲首的『臺閣體』，是明初直至弘、正年間影響極大的流派。」〔註 47〕朱氏似乎對於「明初」一詞並未定義清晰，而且將臺閣體的影響延伸至正德年間，此點看法值得商榷，也就是說百年來只有三楊爲首的「臺閣體」流行，沒有任何變異或修正的情況產生嗎？朱易安先生於此書第三章「正統、成化時期的詩學」曾提及除了臺閣體之外，還有一些道學家詩人，例如陳獻章、莊昶、胡居仁等，可惜未深入探討這些道學家詩人與臺閣體的詩學主張是否有何不同之處或是相互影響？例如「楊榮所說的性情，同樣是受到理學浸潤的概念，而這一時期活躍於臺閣以外的其他詩人，對於完善詩學中的『性情』理論，產生過舉足輕重的作用。其中有道學家詩人陳獻章。」〔註 48〕這樣的論述方式，易引發讀者對於其所謂「舉足輕重的作用」是否影響或是修正過臺閣體而產生疑問，惜朱氏並未更深入說明之。不過朱氏已將永樂至成化時期的詩學發展，除了「臺閣體」之外，還補上了一些道學家詩人。

依照永樂至成化的詩學發展脈絡來談，較有全面性關照的著作，爲王運熙、顧易生先生主編的《中國文學批評通史・伍・明代卷》專列一節來談「臺閣派、性氣詩派及李東陽等」，就這幾個方向的論述，確實比幾位前輩學者撰寫的文學史深入許多，但論述的態度基本上仍不脫傳統的看法。例如談到臺閣體「是適應封建帝王歌功頌德，粉飾太平的需要而產生的，古已有之。不過由於時代的不同，文學崇尚的

〔註 47〕朱易安：《中國詩學史・明代卷》（廈門：鷺江出版社，2002 年 9 月第 1 版），頁 56。

〔註 48〕朱易安：《中國詩學史・明代卷》，頁 57。

不同，表現在體裁風格上有所差異而已。」〔註 49〕又如談到臺閣體作家大抵以唐人為宗，稱楊士奇談論「初唐、盛唐詩的特徵竟是『以其和平易直之心而為治世之音』，完全背離了從陳子昂到李杜追蹤風雅的現實主義精神」，並且稱臺閣體作家們「受明初宋濂、高棅等的影響，論文宗韓歐，論詩宗唐音，但無論是韓歐還是唐音，他們推崇的僅是和平典雅、清新富麗一類的風格。」〔註 50〕都缺乏具體的例證且過於武斷。就我的觀察，楊士奇論詩是相當推崇「詩三百」和李杜，尤其是杜詩，至於缺乏現實主義精神應是從「詩文本」而言，並非從「論詩」來看。〔註 51〕再者，「論文宗韓歐，論詩宗唐音」從宋代江西派或更早時已然如此，並非單單受到宋濂、高棅等的影響，也非其首創，亦須說明具體影響了誰。否則，將容易導致讀者的誤會，以為臺閣體「論文宗韓歐，論詩宗唐音」的先驅僅止於宋濂與高棅。

相較於上述幾本著作，已經有了具體的作家列表，則有李曰剛先生的《中國詩歌流變史》以及郭英德先生主編《中國古代文學通論・明代卷》。李曰剛先生依據明詩發展的流變，將明代劃分為初明（洪武、建文）、盛明（永樂、成化）、中明（弘治、隆慶）、晚明（萬曆、泰昌）、末明（天啟、永曆）五期。其中盛明的部份就包含了臺閣體（甲、主盟三楊學士；乙、羽翼中朝卿貳）、諸別體（甲、東南五才子；乙、永正十八士；丙、景泰十才子；丁、理學五賢；戊、武功四傑），算是完整且有系統的探查出永樂至成化的詩學流派及其詩學主張，且大抵都有具體的引文例證，而且李氏認為臺閣體之外的稱為「諸別體」，可見臺閣體為盛明之主流。此本著作給予我相當多明代詩學觀念上的啟發。事實上，這樣的派別劃分是否全然無誤，甚至某些「才情並稱」的作家群能

〔註 49〕王運熙、顧易生主編：《中國文學批評通史・伍・明代卷》，（上海：上海古籍出版社，1996 年 2 月第 1 版），頁 70。

〔註 50〕王運熙、顧易生主編：《中國文學批評通史・伍・明代卷》，頁 73。

〔註 51〕我以為「詩理論」與「詩創作」兩者是否可以彼此契合或印證，是另一個相當重要且特別的課題，但礙於本書撰寫的完整度，暫且存而不論。

否形成或稱爲流派呢？此二點值得商榷。再者，如東南五才子中的解縉算不算臺閣體作家？這在許多論及臺閣體的著作中是一個非常模糊的灰色地帶，以及還有「永正十八士」中亦有一些作家被歸類爲臺閣體作家。將五個詩歌流派納入「諸別體」中，其標準在於「生面別開，自成體格者。」〔註52〕當然，我們明白這是就詩歌的風格而論，不過如果已經將臺閣體詩風預設爲「歌功頌德、雍容平易」，只要符合這個條件的納入，否者就不是臺閣體作家，如此一來，處理上是否過於武斷與簡易呢？這點也是撰寫上所要處理的首要難題，也就是說，唯有明確知道哪些爲臺閣體作家，才能進一步去探討臺閣體詩論。

至於郭英德先生主編《中國古代文學通論・明代卷》的作家列表，比李曰剛先生之著作還要簡略一點，大抵分爲臺閣體、解縉、于謙、理學五賢等人。郭氏認爲臺閣體流行的時間與馬積高、黃均先生相同，皆是永樂至天順年間，書中所評述的部分亦相類似。值得一提的是，郭氏提到「從文壇的整體狀況來看，正統初年以後，臺閣體文學漸趨式微，於是，旨在扭轉臺閣體風氣的茶陵派便應運而生了。」〔註53〕正統年間確實是「臺閣體」一個相當重要的轉折點，但郭氏這段文字的敘述方式，卻無法讓讀者明白臺閣文學的「式微」，爲何會是在正統之後，以及茶陵派形成的上限爲何。但郭英德先生提到一個相當重要的關鍵，其云：「茶陵派作爲中國文學發展史上銜接臺閣體與前七子的過度流派，在對臺閣體糾偏起衰的同時，又爲前七子復古理論的張揚奠定了基礎；另一方面，由於臺閣政治和廟堂文化的限制，李東陽沒能完全衝出臺閣體的樊籠。」〔註54〕李東陽算不算臺閣體作家？郭氏此語已經給了答案。只是李東陽論詩，已脫離臺閣體，自成一家。目前學界已有許多文獻，對李東陽

〔註52〕李曰剛：《中國詩歌流變史（下）》（台北：文津出版社，1987年2月），頁234。

〔註53〕郭英德主編：《中國古代文學通論・明代卷》（瀋陽：遼寧文民出版社，2005年5月第1版），頁27。

〔註54〕郭英德主編：《中國古代文學通論・明代卷》，頁28。

與茶陵派進行過相當多重要的研究，故暫不納入討論。

最後，還有一些批評史的著作，如郭紹虞《中國文學批評史》、朱東潤《中國文學批評史大綱》、方孝岳《中國文學批評・中國散文概論》〔註 55〕等，對於永樂至成化的文學批評付之闕如。而關注的焦點皆仍在於明初洪武、建文時期、李東陽和前後七子。從上述對於前人研究的成果來看，發現學者對於永樂至成化時期「臺閣體」詩文的觀照，沒有太多的論述與開拓，這也是本書希望進行這段時期詩論探討的主要原因。

二、「臺閣體」及個別詩人之評述

綜觀兩岸三地，近些年的碩、博士論文以及一些期刊論文，可以發現台灣的碩、博士論文，尚未針對明代「臺閣體」進行過整體的研究（按：本書撰寫爲西元 2011 年〔註 56〕），僅有駱芬美先生《三楊與明初之政治》〔註 57〕一文，以「三楊」之生平爲經，明初的政治環境爲緯，以史學的角度進行分析撰寫，並未涉及太多文學方面的討論。至於期刊論文方面，僅有陳煒舜先生〈永樂至弘治間臺閣諸臣的《楚辭》論〉及〈明代前期的臺閣文風、吳中文化與楚辭學〉〔註 58〕兩篇

〔註 55〕郭紹虞：《中國文學批評史》（台北：文史哲，2008 年 4 月初版再刷）；朱東潤：《中國文學批評史大綱》（上海：上海古籍出版社，2005 年 4 月第 1 版）；方孝岳：《中國文學批評・中國散文概論》（北京：三聯書店，2007 年 1 月第 1 版）。

〔註 56〕值得一提的是，在我之後還有兩本研究著作，分別：許逢仁：《《四庫全書總目》中的明代臺閣體派述評研究》（政治大學中文所碩士論文，2014 年），以及黃雋霖《典雅、頌德、王權——明代臺閣文學研究》（靜宜大學中文所碩士論文，2014 年）。顯示「臺閣體」逐漸受到學者們的關注、修正與討論。

〔註 57〕駱芬美：《三楊與明初之政治》（文化大學史學研究所碩士論文，1982 年）。

〔註 58〕陳煒舜：〈永樂至弘治間臺閣諸臣的《楚辭》論〉，《靜宜人文社會學報》第一卷第一期，2006 年 6 月，頁 31～58。〈明代前期的臺閣文風、吳中文化與楚辭學〉，《彰師大國文學誌》第十五期，2007 年 12 月，頁 171～208。

單篇論文。然而永樂至成化的臺閣代表作家，談論《楚辭》的理論並不多，因此陳煒舜先生這兩篇論文，所涉及的臺閣作家十分有限。從此可見，「臺閣體」的相關論述，在台灣學界仍未引起注意與重視。

至於在大陸方面，與台灣的情況恰恰相反，「臺閣體」的相關研究反而相當盛行。碩論就有張紅花先生《楊士奇詩文研究》、王昊先生《仁宣致治下的「臺閣」標本——對楊士奇詩歌的解讀》、籍芳麗先生《明代文壇「三楊」研究》、黃珮君先生《楊士奇臺閣體詩歌研究》等等。〔註 59〕大多是針對楊士奇的詩文作品，進行解讀研究。此外，還有一些期刊論文，如魏崇新先生〈楊士奇之創作及對臺閣文風之影響〉、左東嶺先生〈論臺閣體與仁、宣士風之關係〉、陳慶元先生〈楊榮與閩籍臺閣體詩人〉諸如此類〔註 60〕，這部份的研究成果相當豐碩。有的以楊士奇與臺閣體連結一起，試論其影響，如魏崇新之文；有的則針對三楊進行研究，如籍芳麗之碩士論文。不過，其討論大多不出黃卓越先生《明永樂至嘉靖初詩文觀研究》的研究範疇。而以單篇論文的篇幅，雖可對楊士奇等人的詩文，作一簡略的研究，卻常常無法詳盡地分析「臺閣體」於整個明代具備什麼樣的定位，此爲研究之侷限處。

一般學者討論明代的「臺閣體」詩文發展，仍多集中於個別詩人的作品探討，尤其以楊士奇、楊榮、楊溥等臺閣重臣爲主。反而較少觸及詩學理論的部份，更多是討論「臺閣體」的形成與政治、文化的

〔註 59〕張紅花：《楊士奇詩文研究》（大陸暨南大學中國古代文學碩士論文，2005 年 5 月）。王昊：《仁宣致治下的「臺閣」標本——對楊士奇詩歌的解讀》（山東師範大學中國古代文學碩士論文，2006 年 4 月）。籍芳麗《明代文壇「三楊」研究》（上海師範大學中國古代文學碩士論文，2006 年 5 月）。黃珮君：《楊士奇臺閣體詩歌研究》（南昌大學中國古代文學碩士論文，2010 年 1 月）。

〔註 60〕魏崇新：〈楊士奇之創作及對臺閣文風之影響〉，《南京師範大學文學院學報》第 2 期，2004 年 6 月，頁 59～66。左東嶺：〈論臺閣體與仁、宣士風之關係〉，《湖南社會科學》，2002 年 2 月，頁 89～93。陳慶元：〈楊榮與閩籍臺閣體詩人〉，《南平師專學報（社會科）》第 3 期，1995 年，頁 27～30。

關係等等。以下就「臺閣體」及個別詩人之評述的部份，另擇其要者介紹之：

（一）郭萬金先生〈臺閣體新論〉：此文與一般論述「臺閣體」形成之論文相當不同。此文直接處理「臺閣體」指的是什麼的問題，先推導出「臺閣體」乃專指楊士奇之詩文，加以論證其餘二楊（楊榮、楊溥）等人之文學地位，不如楊士奇，以茲證明「臺閣體」專指之意涵。就我掌握的資料而言，郭萬金先生此點見解，應是研究「臺閣體」之第一人，眞可謂「新論」。不過也正因「臺閣體」專指楊士奇之詩文的歷史文獻太過於稀少，幾乎都是王世貞或錢謙益所言（加上後人對此的接受程度），反而容易成爲「孤證」，於是對於四庫館臣評論「臺閣體」的意見，有些則採取了排斥的態度，論點也越趨於狹隘，這也是〈臺閣體新論〉此文較爲可惜之處。〔註61〕

（二）陳廣宏先生〈明初閩詩派與臺閣文學〉：此文分析了明初閩中詩派，如林鴻、高棅等人對於「臺閣體」的影響，遠比明初江西派如劉崧等人，更具有關鍵性，對於理解臺閣體詩文風格之起源頗有益處。此文最主要的貢獻在於，陳廣宏先生梳理了高棅《唐詩正聲》、《唐詩品匯》二個選本，對於明代「臺閣體」宗唐詩的影響，實可從正統年間，才開始發揮其影響力，而楊士奇和楊榮等人，可能未能見到這兩本唐詩選本。此點，本書也有些許論證，在楊士奇等人的詩論中，提到的反而僅有元代楊士宏《唐音》，而非高棅的選本。也就是說，陳廣宏先生〈明初閩詩派與臺閣文學〉此文，證明了流行了一百年左右的「臺閣體」並非全部皆以高棅的選本，作爲宗唐詩之依據。〔註62〕

（三）魏崇新先生〈臺閣體作家的創作風格及其成因〉：此文從幾個角度概略的說明臺閣體的諸多問題，包含「臺閣體作家的創作風格及宗尚」、「臺閣體詩文風格形成的原因」、「臺閣體作家詩文創作的影響」

〔註61〕郭萬金：〈臺閣體新論〉，《文學遺產》第五期，2008年。

〔註62〕陳廣宏：〈明初閩派與臺閣文學〉，收入廖可斌主編《明代文學論集（2006）》（浙江：浙江大學，2007年）。

三方面。只是這些角度實不脫前人所研究的範疇，幾乎可以包含在廖可斌先生《復古派與明代文學思潮》之內，且此文提到「臺閣作家詩尊盛唐曾受到明初高棅的影響」，然而在上一篇陳廣宏先生〈明初閩詩派與臺閣文學〉或是本書的論述當中，即可發現這樣的影響其實相當薄弱，有其時間的限制性。再者，此文提到臺閣作家詩宗杜甫、李白，缺乏了臺閣作家爲何要宗李、杜的具體例證，此爲較爲可惜之處。〔註 63〕

（四）朱鴻先生〈文集與文物研究——以明初閣臣黃淮爲例〉：此文以永樂初的閣臣黃淮爲研究對象，先介紹黃淮文集的撰輯、版本，進而就內容進行文獻分析，配合同時代諸人文集，兼及其他史料，以個案的研究，說明文集對於人物研究的重要性。此文提出一個不同的思維，即爲從非江西人的黃淮，來看明初內閣的制度，甚至是內閣之間相處的狀況。對於理解永樂時期的內閣制度，與諸人文集上的探討，皆有一定的幫助。〔註 64〕

三、明代永樂至成化詩文發展評述

本小節要探討永樂至成化詩文發展的情況，必然得先對元末明初洪武、建文時期的詩歌狀態有一定基本的理解，以下將擇其要者討論之。因永樂至成化八十年間，牽涉的範圍甚廣，凡可稱爲詩歌流派者，其形成之原因，必然不是一時一地一人可以達成，於是如果能從宏觀的角度來探析這時期的詩學發展，必然能得到較爲客觀的詮釋，並且從中尋求「臺閣體」之定位。

在台灣出版文獻方面，最爲重要的當爲簡錦松先生《明代文學批評研究——成化、嘉靖中期篇》〔註 65〕一書，第二章論述的部份即是

〔註 63〕魏崇新：〈臺閣體作家的創作風格及其成因〉，《復旦學報（社會科學版）》第二期，1999 年，頁 46～51。

〔註 64〕朱鴻：〈文集與文物研究——以明初閣臣黃淮爲例〉，《台灣師大歷史學報》第 29 期，2001 年 6 月，頁 73～93。

〔註 65〕簡錦松：《明代文學批評研究》（台北：台灣學生書局，1989 年 2 月初版）。

「臺閣體」。此書的出版，成為兩岸三地研究「臺閣體」得以有所援引的資料，肯定其先行研究之價值。大陸學者研究「臺閣體」著力最深的，當為廖可斌先生《復古派與明代文學思潮》與黃卓越先生《明永樂至嘉靖初詩文觀研究》，此二本書其中就援引了簡錦松先生對於「臺閣體」所闡發的一些論點，進行批評討論，故此兩本著作皆屬於「後出轉精」的研究文獻。

本小節首要評述的部份，著重對這段時期有其宏觀角度的觀照，並且較為深入梳理這時期的詩文變化者，其中在揀選有關於「臺閣體」論述的部份，進行檢視。如下：

（一）吉川幸次郎先生《元明詩概說》：此書爬梳元明兩代的詩歌發展情況，如何衍變而逐漸滲透到廣大階層的過程，有其深刻的見解，且相當重視所謂「虛構文學」的創造力。不過如同一般傳統文學史之觀點，對於永樂至成化的詩歌發展抱持著否定的態度，認定其「乏善可陳，等於交了白卷。」〔註 66〕甚至視為明詩的中衰，而吉川氏將其中衰的原因歸於明初的政治環境以及八股文取士，卻未進一步說明，這個時期的發展僅用二頁的篇幅描述。

（二）廖可斌先生《復古派與明代文學思潮》：廖氏此書可謂詳細且有系統的論述明代的文學思潮，從歷時的架構一步一步分析各種文學流派及思潮的興衰，對於明代文學發展的脈絡建構有極大的助益。其中有關於永樂至成化的詩文發展論述就有兩個章節專門處理，只是其專注的焦點放在整個歷史衍變的情況，針對文學流派、體制之形成與相互之影響，佐以明代政治環境加以解說，故許多較為細部的問題無法顧及。例如第三章「江西派與臺閣體」提到「臺閣體詩歌在某種程度上可以說是並祧江西、閩中兩派，而集所謂『卑冗不振』與『膚弱無理』於一身。」〔註 67〕從廖氏行文的脈絡觀之，亦是相當否

〔註 66〕【日】吉川幸次郎：《元明詩概說》（台北：台灣國立編譯館主編，幼獅文化事業公司印行，1986 年），頁 164。

〔註 67〕廖可斌：《復古派與明代文學思潮（上）》，頁 104。

定臺閣體的詩歌風格。但要問的是，盛行於永樂至成化的臺閣體，其作家群是否都呈現出「卑冗不振」、「膚弱無理」的情況？這樣的弊病能否從他們的詩歌理論中獲得解答？甚至他們是如何回應自己的創作，還是不曾回應呢？既然「『卑冗而不振』的情形並不是到了臺閣體才出現，而是明初江西詩派已然，或者說江西詩派歷來就有此弊。」〔註 68〕爲何臺閣體作家看不見這種弊端，甚至還要承繼這樣的「傳統」？至於江西派的部份，廖氏曾說「在很大的程度上，臺閣派等於江西派，臺閣體就是『江西體』。」〔註 69〕江西派的傳統是重理、重道，但臺閣體文人論詩通常談「性情」，這兩者之間是一樣的概念嗎？再者，臺閣體等於江西體，意味的是從宋代、明初江西派的詩歌創作及理論全然的繼承？書中也鮮少談到臺閣體爲何宗唐詩？宗唐詩具備什麼樣的意義，以及宗唐詩之「唐詩」是否有特定的時期或人物？這些重要的問題，仍有重新檢視之必要。

（三）黃卓越先生《明永樂至嘉靖初詩文觀研究》：黃氏此書相近於廖可斌先生《復古派與明代文學思潮》，不過更聚焦於永樂至嘉靖時期，期間對於「臺閣體」的分析，相當深入且旁徵博引，多有個人獨到的見解。不過，也正因黃氏處理的論題較爲龐大，不僅要針對詩及文的文獻進行爬梳，又要顧及整個時代發展的背景，且加入了許多政治、文化環境的討論，頗有集大成之勢，進而許多較爲細緻可詳談的部份便得捨棄，論述的方式尚不夠集中，稍顯零散。〔註 70〕

（四）丁威仁先生《明洪武、建文時期地域詩學研究》：此書透過地域詩學的觀點，深入研究明初洪武、建文時期的詩學情況，包含浙東派、江西派、蘇州派、閩中派，以及其他地域等，不僅仔細梳理各地域詩派之間詩學觀點之異同，對於明代中後期的詩學，亦提供了

〔註 68〕廖可斌：《復古派與明代文學思潮（上）》，頁 103。
〔註 69〕廖可斌：《復古派與明代文學思潮（上）》，頁 97。
〔註 70〕黃卓越：《明永樂至嘉靖初詩文觀研究》（北京：北京師範大學出版社，2001 年 12 年）。

其詩學思維的價值根源。對於學界爾後的明初之詩學研究，頗有開創之功。此書在研究的結語一章，亦承接廖可斌先生《復古派與明代文學思潮》的觀點，認爲明代「臺閣體」乃明初江西派的流衍。

（五）楊晉龍先生《明代詩經學研究》：此篇博士論文著作，梳理整個明代詩經學的流衍與變化，以及論述明代詩經學的特點與影響，旁徵博引、論證有據，由此可看出楊氏之研究功力深厚。而明代詩人論詩大多推崇《詩三百》，以其爲詩歌的根源，而此文透過各種角度的分析，如經學概念、學術思潮、社會風氣，以及明代各階層引用《詩》的狀況，各期中詩經學的代表著作等，種種深入的探討，均可補足本書對於經學系統的不足之處，同時也可在此文中獲得一些能詳加參酌的重要資料。〔註 71〕

（六）連文萍先生《明代詩話考述》：此篇博士論文著作，詳細且有系統的考察了整個明代的詩話著作，從版本的考據，後來彙輯的詩話源於哪些原本的詩話，都會其深入的分析，對於我在整理永樂至成化時期相關詩話的知識，皆有極大的助益。〔註 72〕

（七）鄭禮炬先生《明代洪武至正德年間的翰林院與文學》：此文主要針對洪武至正德年間翰林院作家所創作的詩文進行探討，雖有提及翰林院作家本身的詩文理論，可惜缺乏具體而有系統的梳理，有些原典的運用流於介紹性質。不過鄭氏在探討翰林作家的詩文時，提供了一個相當特殊的視角，他將東南五才子、梁潛、曾棨、王英、黃淮、胡儼劃分爲「與三楊臺閣體風格不同的翰林作家」〔註 73〕，姑且不論解縉等東南五才子是否應劃入臺閣體作家，但後五位在一般學術認知中，他們卻是屬於臺閣體作家群，如此一來，能否證明至少在三

〔註 71〕楊晉龍：《明代詩經學研究》（台灣大學中國文學所博士論文，1997 年 6 月）。

〔註 72〕連文萍：《明代詩話考述》（東吳大學中國文學所博士論文，1998 年 6 月）。

〔註 73〕鄭禮炬：《明代洪武至正德年間的翰林院與文學》，（南京師範大學博士論文，2006 年），頁 79～106。

楊、梁潛、曾棨、王英、黃淮、胡儼他們任官的時期，臺閣體詩文是有不同的風貌，而且是容許有不同的風格出現，並非只有臺閣體文風？但這也提示了一個相當關鍵的思考焦點，究竟是臺閣體可以擁有好幾種詩文風格，還是一些詩文風格都可以稱之爲臺閣體，這還需要進一步爬梳相關的臺閣體定義才能略爲清晰。

第二章　臺閣體發展背景析論

本書欲深入探討明代一個「斷代」的詩學發展，除了關注各家詩學理論的情況，還需要進一步理解相關的政治環境、經濟狀況與社會文化背景，其目的當然是爲了使詩學的發展能更加緊密地與歷史活動的脈絡結合在一起，或許我們就能更深入明白到詩學理論的建構，可能是因應著什麼樣的狀況而產生。因此，本書另列一章略述永樂至成化的背景，若從大致上的發展來看，或許可以幾個事件來稍微區分，一爲建文四年的「靖難之變」，二爲正統十四年發生「土木堡之變」，三爲景泰八年「奪門之變」。

第一節　內閣制度與政治環境

永樂至成化的政治環境，擬從二個方面來談，一是內閣制度之形成，二是與內閣制度息息相關的翰林院與庶吉士制度。

一、內閣制度之形成

何謂「內閣」？《明史・職官志》中說：「以其授餐大內，常侍天子殿閣之下，避宰相之名，又名內閣。」〔註 1〕可見明代的內閣與

〔註 1〕【清】張廷玉等撰：《明史》第 6 冊，卷七十二，頁 1732。

宰相只是名目上的轉變而已。明代歷史眞正有「宰相」名目出現之時間相當短暫，開國之初，朱元璋承接元朝的制度設立中書省，到洪武十三年胡惟庸案爆發，廢除中書省，不過短短十幾年，姑且以表 2.1 整理如下〔註 2〕：

表 2.1

	洪武年代	元年（1368）	七年（1374）	十三年（1380）	官品
中書省	左丞相 右丞相	李善長 徐達	胡惟庸	胡惟庸	正一品
	平章政事	常遇春、胡延瑞 廖永忠、李柏昇	李伯昇 李思齊	（洪武九年廢）	從一品
	左丞右丞	趙庸王溥	丁玉	殷哲李素	正二品
	參知政事	楊憲、傅獻 汪廣洋、劉惟敬	馮冕	（洪武九年廢）	從二品

洪武十三年正月，胡惟庸謀反被誅，正式廢除中書省，朱元璋對於宰相一職，有其相當明確的態度：「敕諭群臣：『國家罷宰相，設府、部、院、寺以分理庶務，立法至爲詳善。以後嗣君，其毋得議置宰相。臣下有奏請設立者，論以極刑。』」〔註 3〕於是往後明代便不復「宰相」名目。不過朱元璋獨攬大權處理大小政務，漸感「不可無輔臣」〔註 4〕，於是同年九月昭立四輔官，秩正三品，可惜成果不彰，於洪武十五年廢除。同年，「仿宋制，置華蓋殿、武英殿、文淵殿、東閣諸大學士。

〔註 2〕本節所製表格參考：（1）【清】張廷玉等撰：《明史》表第十、表十一「宰輔年表」，頁 3305～3351。（2）【明】王世貞撰：《弇山堂別集》（北京：中華書局，1985 年 12 月第 1 版第 1 刷）卷四十五「內閣輔臣年表」，頁 833～838。（3）王其榘：《明代內閣制度史》（北京：中華書局，1989 年 1 月第 1 版第 1 刷），頁 354～458。

〔註 3〕【清】張廷玉等撰：《明史》第 6 冊，卷七十二，〈職官一〉，頁 1733。

〔註 4〕《明太祖實錄》，收入《明實錄》（中央研究院歷史語言研究所，1967 年）卷一三三，頁 2115。

又置文華殿大學士，以輔導太子。秩皆正五品。」〔註5〕殿閣大學士的功用僅是「備顧問」與「輔導太子」，官品爲正五品，實際上決策者還是皇帝，不妨再援引一段「自洪武十三年罷宰相不設，析中書省之政歸六部，以尚書任天下事，侍郎貳之，而殿閣大學士袛備顧問，帝方自操威柄，學士鮮所參決。」〔註6〕可以得知殿閣大學士，並無行政權，「於政事無與也」〔註7〕。又，「以翰林、春坊評看諸司奏啓，兼司平駁。大學士特侍左右，備顧問而已。」〔註8〕可知當時翰林官擁有平駁諸司奏啓之權，譚希思於《明大政纂要》中云：「十二月命翰林院平駁諸司奏啓。平允則列名封進，署名某官某進，蓋隱然古中書之職。」〔註9〕可見翰林官當時遠比殿閣大學士還來得重要且具備一定的職權。

到建文時期，翰林官的權力獲得進一步提升。《明史·方孝儒列傳》中云：「惠帝即位，召爲翰林侍講。明年遷侍講學士，國家大政事輒咨之。帝好讀書，每有疑即召使講解。臨朝奏事，臣僚面議可否，或命孝儒就扆前批答。時修《太祖實錄》及《類要》諸書，孝儒皆爲總裁。更定官制，孝儒改文學博士。燕兵起，廷議討之，昭檄皆出其手。」〔註10〕實際上，翰林院文學博士的官品不過是從五品，但是卻早已擁有代皇帝「批答」之權？顯然這已經是翰林官眞正參預機務之始？綜觀這段引文，再對照《明史》對於「內閣」職務的總結「掌獻替可否，奉陳規誨，點檢題奏，票擬批答，以平允庶政。」〔註11〕將會發現兩者

〔註5〕【清】張廷玉等撰：《明史》第6冊，卷七十二，〈職官一〉，頁1733。
〔註6〕【清】張廷玉等撰：《明史》第6冊，卷七十二，〈職官一〉，頁1729。
〔註7〕【清】趙翼：《二十二史箚記》（收入王雲五主編：《叢書集成初編》，台北：商務印書館，1937年12月初版）卷三十三，頁701。
〔註8〕【清】張廷玉等撰：《明史》第6冊，卷七十二，〈職官一〉，頁1733。
〔註9〕【明】譚希思：《明大政纂要》（收入《四庫全書存目叢書》第14冊，史部，齊魯書社，1996年8月第1版第1刷）卷六，頁14～425。
〔註10〕【清】張廷玉等撰：《明史》第13冊，卷一百四十一，〈列傳〉，頁4018。
〔註11〕【清】張廷玉等撰：《明史》第6冊，卷七十二，〈職官一〉，頁1732。

極爲雷同之處。不過，難道方孝儒是建文時期的一個特例嗎？既然如此，「內閣」應該是指翰林官，特別是指方孝儒而言，爲何在《明史》裡卻似指「殿閣」呢？殿閣與翰林官之間有什麼樣的關連？

上述已大致了解明初洪武、建文時期「內閣」之變化，接著將進入本書研究的範圍，並且嘗試著解決我們提出的問題。明代永樂時期的情況如下：

> 成祖即位，特簡解縉、胡廣、楊榮等直文淵閣，參預機務。閣臣之預務自此始。然其時，入內閣者皆編、檢、講讀之官，不置官屬，不得專制諸司。諸司奏事，亦不得相關白。〔註12〕

《明史》卷一百四十七〈列傳〉第三十五「解縉」云：「成祖入京師，擢侍讀，命與黃淮、楊士奇、胡廣、金幼孜、楊榮、胡儼並直入文淵閣，預機務。內閣預機務自此始。」〔註13〕不妨再引一段「成祖時，士奇、榮與解縉等同直內閣。」〔註14〕就語意上的理解來說，成祖即位時，所謂的「內閣」應該指「文淵閣」而言〔註15〕，別無他閣。而且重點在於：入閣者都是翰林官。殿閣與翰林官的連結，可謂由此建立，誠如杜乃濟先生所言：「明代內閣制度，即由翰林官發展而來。」〔註16〕然而這時的「內閣」已經可以視爲類似洪武初期的「宰輔」嗎？

〔註12〕【清】張廷玉等撰：《明史》第6冊，卷七十二，〈職官一〉，頁1734。

〔註13〕【清】張廷玉等撰：《明史》第14冊，卷一百四十七，〈列傳〉，頁4120。

〔註14〕【清】張廷玉等撰：《明史》第14冊，卷一百四十八，〈列傳〉，頁4145。

〔註15〕不過事實上，經過一些研究者的考據，研究顯示「用『內閣』主要是與翰林院其他官員區分開來……文淵閣中已經有了解縉等人的直舍……爲了給這七個代言侍臣的直舍冠一個名稱，因此稱之爲『內閣』，而『內閣』並不完全等於文淵閣。」詳見張顯清、林金樹著：《明代政治史（上冊）》（大陸：廣西師範大學出版社，2006年12月初版），頁266。王其榘亦認爲「解縉等人所謂『入直文淵閣』的記載，是後人用自己的理解添增的。」參看氏著：《明代內閣制度史》，頁40。

〔註16〕杜乃濟：《明代內閣制度》（台北：台灣商務印書館，1980年6月），頁18。

實際上，「內閣」並沒有自己的獨立官署，解縉等人值班地點就在文淵閣內，同時「猶相繼署院事」〔註 17〕，而且「不得專制諸司。諸司奏事，亦不得相關白」，沒有實權。再來，永樂二年十二月，「賜縉等金綺衣，與尚書埒。縉等入謝，帝曰：『代言之司，機密所繫，且旦夕侍朕，裨益不在尚書下也。』」〔註 18〕這等於說明「內閣」應該只是皇帝的「私人秘書」。至於永樂時期的閣臣名單，如表 2.2 所示：

表 2.2

姓名	籍貫	出身	入閣前職	在閣時間	最後職稱
解縉	江西	進士	翰林侍讀	1402～1407	翰林學士兼右春坊大學士
胡廣	江西	狀元	侍講	1402～1418	文淵閣兼左春坊大學士
胡儼	江西	鄉舉	檢討	1402～1404	左諭德兼侍讀
黃淮	浙江	進士	翰林侍讀	1402～1414 1424～1427	少保戶部尚書兼武英殿大學士
楊榮	福建	進士	修撰	1402～1408 1409～1440	少師行在工部尚書兼謹身殿大學士
楊士奇	江西	薦舉	編修	1402～1444	少師兵部尚書兼華蓋殿大學士
金幼孜	江西	進士	檢討	1402～1431	太子少保禮部尚書兼武英殿大學士

從上表可以看出，進入洪熙之後，「內閣」七人中剩下黃淮、楊榮、楊士奇、金幼孜，同時，內閣職權與地位也逐步提高，首先提高的便是官銜。永樂二十二年至洪熙元年期間，黃淮進少保（從一品）、戶部尚書（正二品）兼武英殿大學士（正五品）；楊榮進太子少傅（正二品）、工部尚書（正二品）兼謹身殿大學士（正五品）；楊士奇進少

〔註 17〕【清】張廷玉等撰：《明史》第 6 冊，卷七十三，〈職官二〉，頁 1787。

〔註 18〕【清】張廷玉等撰：《明史》第 14 冊，卷一百四十七，〈列傳〉，頁 4120～4121。

保（從一品）、兵部尚書（正二品）兼華蓋殿大學士（正五品）；金幼孜進太子少保（正二品）、禮部尚書（正二品）兼文淵閣大學士（正五品）。至於楊溥於宣宗即位時，才以太常卿兼翰林學士入內閣，晚了二楊二十三年，九年遷禮部尚書（正二品），正統三年進少保（從一品）、禮部尚書兼武英殿大學士（正五品），等於代替了宣德六年金幼孜卒後之職缺。從上述的加銜或贈官，「內閣」之地位確實藉此提高不少，但還有一個相當重要的因素，即是「條旨制度」的產生，以及後來英宗時期的「票旨制度」，這兩者的演化正暗示著內閣權力的日漸加重，分點敘述如下：

（一）條旨制度：「上每退朝還宮，遇有幾務須計議者，必親御翰墨，書榮等姓名，識以御寶，或用御押封出，使之規畫，榮等條對，用文淵閣印封入，人不得聞。」〔註 19〕此時的批答仍由皇帝親手執行，不假他人，但到了宣德時期起了一點變化：

> 宣廟時，始令內閣楊士奇輩，及尚書兼詹事蹇義、夏元吉於凡中外奏章許用小票墨書貼各疏面以進，謂之條旨。中易紅書批出，上或親書或否，及遇大事大疑，猶命大臣面議，議既定，即傳旨處分，不待批答。〔註 20〕

「上或親書或否」是一個關鍵，也就是說，只要條旨符合皇帝的意思，那麼皇帝便不用再進行修改。再者，永樂期間「諸司奏事，亦不得相關白」，到了宣德之時，各類奏章都需經過內閣大臣與蹇義、夏元吉〔註 21〕之手，進行所謂的條旨，不就顯示皇帝承認了內閣行使「某種」權

〔註 19〕【明】黃佐撰：《翰林記》，〈參預幾務〉，頁 14。

〔註 20〕【明】黃佐撰：《翰林記》，〈傳旨條旨〉，頁 18。

〔註 21〕兩點如下：（1）夏元吉、蹇義雖然也加官太子少保、少保，兼尚書職，但並未兼殿閣大學士，故不算在內閣之列。詳可見【清】張廷玉等撰：《明史》第 14 冊，卷一百四十七，頁 4126；卷一百四十九，頁 4148。（2）又一引文可證「預機務不居其職，蹇義以吏書，夏元吉以户書，朝夕備顧問，然不與閣職。」見【清】孫承澤撰：《春明夢餘錄》（北京：北京古籍出版社，1992 年 12 月第 1 版第 1 刷）卷二十三，頁 339。

力，但需要注意的是，目前內閣還稱不上「專權」，畢竟當時還需要與兩位尚書兼詹事一同處理奏章，而且批答的權力仍掌握在皇帝手中。

（二）票旨制度：三楊於英宗即位之前，已歷事三朝，而英宗時期蹇義、夏元吉先後去位，據孫承澤《春明夢餘錄》中所載：「宣德以後，三楊眷重，漸柄朝政。英宗以九歲登極，凡事啓太后。太后避專，令內閣議行，此內閣票旨之所有始也。」〔註22〕所謂的票旨，又稱票擬，即是票擬聖旨。何良俊於《四友齋叢書摘抄》說得明白：

> 然各衙門章奏，接送閣下票旨，事權所在，其勢不得不重。後三楊在閣既久，漸兼尚書，其後散官加至保傅，雖無宰相之名，而有宰相之實矣。〔註23〕

由此可見，內閣三楊於英宗之時，權力已達到形同「宰相」的地步。不過，僅是「形同」而已，內閣票旨呈上，沒有經過皇帝（或者說太后）批答核准仍是無效。後來，當太后於正統七年（1442）死去，三楊中榮早卒於正統五年（1440），楊士奇與楊溥分別卒於正統九年（1444）、十一年（1446），「隨後三年，振逐導英宗北征，陷土木，幾至大亂。」〔註24〕即是土木堡之變。實際上，司禮監太監王振得到英宗的寵信並於太后死後即開始專政〔註25〕，儼然成爲「眞宰相」，內閣的地位已不復在，於是內閣的發展進入另一個階段。

而土木堡之變發生之前，雖有正統五年入閣的曹鼐、馬愉，九年有陳循，十年則是高穀、苗衷，以及十四年最後入閣的張益，共六人。「榮既歿，士奇常病不視事，閣務多決於鼐」〔註26〕，可是權力卻遠

〔註22〕【清】孫承澤撰：《春明夢餘錄》卷二十三，頁337。

〔註23〕【明】何良俊撰：《四友齋叢書摘抄（一）》，收入王雲五主編：《叢書集成初編》（台北：商務印書館，1937年12月初版），頁35。

〔註24〕【清】張廷玉等撰：《明史》第14冊，卷一百四十八，〈列傳〉，頁4144。

〔註25〕【清】張廷玉等撰：《明史》第14冊，卷一百七十六，〈列傳〉，頁4683。

〔註26〕【清】張廷玉等撰：《明史》第15冊，卷一百六十七，〈列傳〉，頁4501。

遠不及王振。雖說楊溥卒於正統十一年，但到了晚年，皇帝以溥年老，禮宜優閒，令勿與議〔註 27〕，將之排除內閣會議之外，而這些新任的閣臣也完全不及三楊當初的位高權重。內閣與閹臣之間的權力拉扯，其實全看皇帝一人的決定，《國榷》中亦云：

> 國家閣臣，實與公孤之權相盛衰。天子早朝宴退，日御便殿，則天下之權在公孤。一或宴安是懷，相臣不得睹其面，則天下之權在閹臣。蓋公孤虛侍君側，累日積月，朝鐘不鳴，章疏之入，司禮監文書房則主之，可否時出於內批，公孤不得而與矣。故三楊在宣宗時，言無不售，至英宗初，則拱手唯命，莫如之何。蓋宣宗則日臨群臣，躬攬庶政，故與公孤親，而權在公孤。英宗初政，頗事燕閑，故與閹臣親，而權在閹臣。一人之身，前後所遭如此，國家政權所寄之由也。〔註 28〕

此段引文舉出幾個對照，一是宣宗與英宗，二是內閣（三楊）與閹臣。再者，就是皇帝面議群臣與否的問題，如果勤於政事（有能力者），自然跟內閣親；反之，不面議也不上朝則與閹臣親——「章疏之入，司禮監文書房則主之」——這兩者情況則成爲了「皇帝本身」與「制度」最重要亦最受爭議的問題。

正統十四（1449）年九月，代宗即位，次年爲景泰元年，至景泰八年（1457），英宗奪門之變，同年爲天順元年。這期間的閣臣，除了原本的陳循、高穀和苗衷三人之外（曹鼐、張益死於土木堡），新的內閣成員有正統十四年入閣的商輅、彭時，景泰元年江淵（彭時命供事翰林院，不復與閣事〔註 29〕），次年蕭鎡、王一寧〔註 30〕

〔註 27〕【清】張廷玉等撰：《明史》第 15 冊，卷一百六十七，〈列傳〉，頁 4513。

〔註 28〕【明】談遷：《國榷》（北京：中華書局，1988 年 6 月第 1 版第 2 刷）卷二十四，〈英宗正統三年〉，頁 1563～1564。

〔註 29〕【清】張廷玉等撰：《明史》第 15 冊，卷一百七十六，〈列傳〉，頁 4683。

〔註 30〕《明史》無王一寧列傳。

入閣，三年王文入閣〔註31〕，共計九人。據王其榘先生《明代內閣制度史》的研究指出：「景泰初期的文淵閣的職司，大致又回復到永樂時期的情況，比之正統初年不是向前發展了而是後退了一步。」〔註32〕到了英宗奪門復位之後，內閣又一次大變動，天順元年命奪門有功的徐有貞主掌內閣，王文下獄死而與石亨友好的許彬代，陳循、江淵（淵於之前已調至兵部）俱謫戍遼東，蕭鎡、商輅削職爲民，高穀告老還鄉。由此可見，英宗復位之後，撤換掉景泰時所有的內閣舊臣，替補上來新內閣則有李賢、薛瑄。也是同年，六月徐有貞與石亨、曹吉祥內鬥爭權，徐有貞與李賢下獄，同時呂原入閣，而薛瑄告老疾以還鄉，岳正繼之，僅只有二十八天。七月，李賢「復官入閣柄政，原佐之。未幾，彭時亦入，三人相得甚歡」〔註33〕彭時爲皇帝親擢之人，「天順元年……帝坐文華殿召見時，曰：『汝非朕所擢狀元乎？』時頓首。明日仍命入閣，兼翰林院學士。閣臣自三楊後，進退禮甚輕。」〔註34〕從上引述許多閣臣來來去去之現象，確實「進退禮甚輕」，由此可見此時的「內閣制度」，實無明文的規定辦法，所謂的「制度」便由皇帝所控制。

進一步比較景泰至天順年間閣臣們的評價，以李賢的評價爲最優。例如「終天順之世，賢爲首輔，呂原、彭時佐之，然賢委任最專。……。自三楊以來，得君無如賢者。」又「贊曰：英宗之復辟也，……民氣未復，權奸內訌，柱石傾移，朝野多故，時事亦孔棘矣。李賢以一身搘拄期間，沛然若有餘。獎厲人材，振飭綱紀。迨憲、孝之世，名臣相望，猶多賢所識拔。偉哉宰相才也。」〔註35〕綜觀英宗復位之

〔註31〕「二品大臣入閣自文始。」見【清】張廷玉等撰：《明史》第15冊，卷一百六十八，頁4516。

〔註32〕王其榘：《明代內閣制度史》，頁96。

〔註33〕【清】張廷玉等撰：《明史》第15冊，卷一百七十六，〈列傳〉，頁4678。

〔註34〕【清】張廷玉等撰：《明史》第15冊，卷一百七十六，〈列傳〉，頁4683。

〔註35〕【清】張廷玉等撰：《明史》第15冊，卷一百七十六，〈列傳〉，頁4696。

後，先有石亨、曹吉祥專恣，後有錦衣衛門達擾亂四方，就算在這麼艱難的情況下，李賢在平允庶政、獎厲人材方面，可謂盡到了自己該盡之責任，故《明史》給予「偉哉宰相才」極高的評價。再者，「賢爲首輔」、「入閣柄政，原佐之」等語，似乎透露出往後內閣區分首輔、次輔從這開始。

天順八年（1464），憲宗即位，次年爲成化元年（1465），至成化二十三年（1487）前後內閣十位，分別是英宗時期的舊臣李賢、彭時、陳文三人，成化時期商輅、劉定之、萬安、劉珝、劉吉、彭華、尹直七人。成化二年，「首輔」李賢卒於任上而陳文繼之，成化五年陳文卒，隨後商輅、萬安相繼爲首。但憲宗在位二十三年卻只有召見過閣臣一次，類似上一頁所引之《國榷》情況，令內閣「吾輩每事盡言，太監擇而聞之，上無不允者」〔註 36〕內閣與皇帝失去面議政事的機會，故政事幾乎全然操之在太監手中。而，當時位居內閣之人，大多評價也不是很好，像李賢這樣的「偉哉宰相才」已不復在，諸如「安貪狡，吉陰刻」、「萬安、劉吉要結近倖，蒙恥固位」、「吉與萬安、劉珝在成化時，帝失德，無所規正，時有『紙糊三閣老，泥塑六尚書』之謠。」〔註 37〕大致上，太監得以左右朝政，內閣之間又彼此結黨營私、相互攻訐，甚至成化中還有「西廠」汪直專權之事，其朝野狀況實可謂混亂至極。最後，以幾點來歸納或補充以上所論，並分析永樂至成化之間的內閣狀況：

（一）文淵閣、內閣與翰林院：翰林院在正統七年之前，與文淵閣其實同在一處，但正統七年時，以故鴻臚寺爲翰林院，落成，翰林院徹底與文淵閣分開，此時文淵閣才是眞正所謂的「內閣」，成爲一個專設的機構。〔註 38〕不妨參看《明史》中記載一段相當有趣的文獻：

〔註 36〕【清】張廷玉等撰：《明史》第 15 冊，卷一百六十八，〈列傳〉，頁 4523。

〔註 37〕【清】張廷玉等撰：《明史》第 15 冊，卷一百六十八，〈列傳〉，頁 4526、4532、4528。

〔註 38〕參考王其榘：《明代內閣制度史》，頁 87～88。

> 至洪熙之後，楊士奇等加至師保，禮絕百僚，始不復署。
> 正統七年，翰林院落成，學士錢習禮不設楊士奇、楊溥公座，曰：此非三公府也。二楊以聞，乃命工部具椅案，禮部定位次，以內閣固翰林職也。〔註39〕

從引文中可以發現，在正統七年之前，雖然內閣與翰林院同在一處，不過自從楊士奇等「加至師保，禮絕百僚」，已不必署理翰林院事，等於專心當皇帝的「內閣」，不過就算如此，在楊士奇等人的心裡，或許認爲自己仍是翰林官，或許還以爲內閣的職務就是翰林院之職，但在翰林學士錢習禮的眼中，似乎內閣已然凌駕（甚至取代？）翰林院之上〔註40〕，故才有此「調侃」之語，不過這也某種程度顯示出兩者之間存在的矛盾與模糊之處。

（二）內閣職務：有關於內閣的職務，可以藉由一文獻觀察。成化二年，內閣陳文、彭時、商輅及劉定之四人上奏請辭，其奏章曰：

> 蓋自祖宗以來，設置內閣之臣，所以備論思、典命令、勸勉聖學，與聞庶務以助成太平熙皋之化，良有在也。伏惟皇上聖性高明，可以比仁義於堯舜，無以贊助萬一。言乎論思，則不能知無不言，言無不盡。言乎典命令，其不能宣布聖天子威德之環赫，睿思之精微以鼓動四方。言乎勸勉聖學，則經筵講讀不能辭嚴義正，色溫氣和。至於與聞庶務，則又未嘗見賢必荐，未嘗遇事必爭。蓋有其君而無其臣，所以不能致治而感動天變也。〔註41〕

此奏章說明內閣職務主要的四點：1.備論思。2.典命令。3.勸勉聖學。4.聞庶務。關於備論思，其實遠在明初洪武時期，朱元璋就已

〔註39〕【清】張廷玉等撰：《明史》第6冊，卷七十三，〈職官二〉，頁1787。

〔註40〕吳琦、唐金英認爲「內閣是由翰林院脫胎而出，分割了翰林院的部分職能，但內閣和翰林院有著割捨不斷的聯繫。」吳琦、唐金英：〈明代翰林院的政治功能〉，華中師範大學學報（人文社會科學版），2006年1月，頁98

〔註41〕《明憲宗實錄》卷四十四，頁919～920。

經說過了，不過對象可不是宰相（後來的內閣）一職，而是翰林官，他說：「官翰林者，雖以論思爲職，然既列近侍，旦夕在朕左右，凡國家政治得失、生民利病，當知無不言。」〔註42〕當時的大學士僅是「備顧問」〔註43〕。可見兩者重疊之處，不過後來似爲內閣之專職。至於典命令似爲上之達下的昭、誥之類；勸勉聖學即爲皇帝經筵講讀；聞庶務則是見賢必荐、遇事必爭。陳文四人認爲自己無法達到內閣的這四項基本任務，因此不得不求退，內閣四人集體求退在明史極爲少見，論其眞正的原因，所隱含的政治意涵還是遠大於眞正求退之決心。

（三）非翰林不入內閣：上述第一點「以內閣固翰林職」其實已經略顯痕跡，不過重點在於「嘉、隆以前，文移關白猶稱翰林院，以後則竟稱內閣矣。」〔註44〕也就是說，內閣在嘉、隆之前，文書來往還是得用翰林院的印信〔註45〕，可見內閣還不算一個獨立的單位，至少沒有獨立的印信，屬於皇帝抽調之性質。歷觀明代內閣：

> 成祖初年，內閣七人，非翰林者居其半。翰林纂修，亦諸色參用。自天順二年，李賢奏定纂修專選進士。由是，非進士不入翰林，非翰林不入內閣。南、北禮部尚書、侍郎及吏部右侍郎，非翰林不任。庶吉士始進之時，以羣目爲儲相。通計明一代宰輔一百七十餘人，由翰林者十九。〔註46〕

自從天順年間李賢奏定之後，「非進士不入翰林，非翰林不入內閣」成爲一種定例。接著，我們應當考察這「宰輔一百七十餘人」，其實明確的內閣人數一直有所爭議，如王其榘先生認爲一百六十四人

〔註42〕【明】黃佐撰：《翰林記》卷八，〈責盡言〉，頁100。

〔註43〕所謂「顧問」即是「大率咨詢道理、商確政務、平騭經史，而使之援摭古今之對。」見【明】黃佐撰：《翰林記》卷八，〈備顧問〉，頁99。

〔註44〕【清】張廷玉等撰：《明史》第6冊，卷七十三，〈職官二〉，頁1787。

〔註45〕關於「印信」的說明，亦可參見【明】黃佐撰：《翰林記》卷一，〈印信〉，頁9。

〔註46〕【清】張廷玉等撰：《明史》第6冊，卷七十，〈選舉二〉，頁1701～1702。

〔註 47〕；張治安先生之統計爲一六三人〔註 48〕，顯然與《明史》記載一百七十餘人有段差距，不過十之八、九以翰林進入內閣可謂確論。以下將永樂至成化（1402～1487）期間，所有的閣臣籍貫整理如下表 2.3：

表 2.3

籍貫	人數	百分比	籍貫	人數	百分比
江西（最多）	12	32.43	四川	2	5.40
浙江	5	13.51	河南	1	2.70
河北	5	13.51	安徽	1	2.70
江蘇	4	10.81	山西	1	2.70
山東	3	8.10	湖北	1	2.70
福建	2	5.40	總共人數	37	100%

永樂至成化時期的內閣，以江西籍的爲最多，次之浙江、河北，再次之江蘇，換句話說，這個時期的內閣以南方遠多於北方，而這樣的現象會產生或許不是沒有原因的，待「二、翰林院與庶吉士制度」以及「第二節、科舉取士與學術思潮」再進一步補充。

經過上述的討論，我們可以知道內閣與翰林院的關係，亦可發現兩者的職權重疊的部份很多，存在著許多模糊不清的灰色地帶，除了已經論述過的原因之外，恐怕還是因爲「內閣制度」並未明文規定，而帝王卻又如此需要宰輔一職來輔佐，且深怕明初的情況重演（可能也礙於朱元璋那段諭詔），故這段時期的內閣，或許還是處於妾身未明的尷尬狀況，不甚完備。

二、翰林院與庶吉士制度

從上一節我們論述永樂至成化內閣制度的發展，可以發現翰林院

〔註 47〕王其榘：《明代內閣制度史》，頁 377。

〔註 48〕張治安：《明代政治制度》（臺北：五南圖書有限公司，1985 年 9 月），頁 107。

跟內閣其實是息息相關的，其中最主要的是「非進士不入翰林，非翰林不入內閣」此一定例，先以簡單的圖示之，以利後續說明：

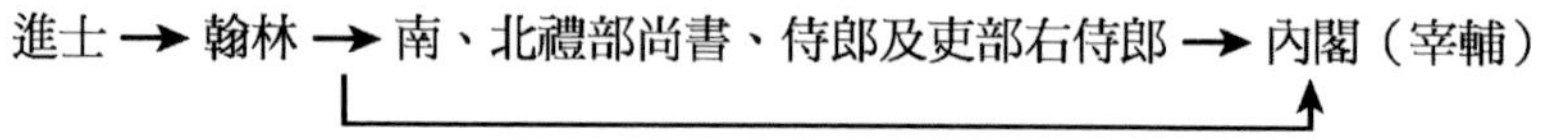

進士 → 翰林 → 南、北禮部尚書、侍郎及吏部右侍郎 → 內閣（宰輔）
（翰林 → 內閣）

看似單向的升遷途徑，同時也是一種反向影響。不過我們應當進一步理解何謂翰林院，其組成份子爲何？以及翰林院的職掌是什麼？根據《明史》所載，依職掌可類分爲四類，一爲翰林院正官；二爲翰林院屬官；三爲翰林院史官；四爲翰林院庶吉士。〔註 49〕製表 2.4 如下

表 2.4

	官職	品秩	職掌	人數	屬官及備註
翰林院	學士	正五品	掌制誥、史冊、文翰之事，以考議制度，詳正文書，備天子顧問。	1 人	五經博士 典籍 侍書 待詔 孔目（未入流）
	侍讀學士	並從五品		2 人	
	侍講學士	並從五品		2 人	
	侍讀	並正六品	掌講讀經史等。	2 人	
	侍講	並正六品		2 人	
	史官修撰	從六品	掌修國史等。	無定員	
	史官編修	正七品			
	史官檢討	從七品			
	庶吉士	讀書翰林院，以學士一人教習之。			

其中最值得注意者爲「翰林院庶吉士」選拔制度，它不僅是明代有別於前朝的一個創舉，更是爲明、清兩代培養人材的重要管道，明代甚至有「庶吉士始進之時，以羣目爲儲相」這樣的看法。首先，就需對庶吉士所屬的「翰林院」此一名目有所了解，「翰林」一詞最早出現

〔註 49〕彭時則是以三類來分，其云：「翰林故事，凡同寅皆尚齒，與諸司不同然，必以類分。學士自分一類，侍讀、侍講自一類，修撰、編修、檢討自是一類，等級截然不紊，蓋其所來久矣。」見【明】彭時：《可齋雜記》（收入《續修四庫全書・子部・雜家類》）卷九十一，頁 570。

於西漢揚雄的《長楊賦》:「聊因筆墨之成文章，故藉翰林以爲主人。」唐代之前，「翰林」就等於所謂的「文苑」、「詞壇」。〔註50〕唐代開元年間，正式以「翰林」名目設置翰林學士院，選文學之士爲翰林學士，而到了明代則將翰林學士院改爲翰林院。據黃佐《翰林記》記載：

> 聖祖高皇定天下之初，首闡人文，建翰林院。……。洪武初建翰林院於皇城內，學士以下晚朝即宿其中。扁之曰：詞林。其後兼考唐宋制度，詔改建於皇城東南宗人府之後，詹事府居其次。〔註51〕

引文中可以得知吳元年、洪武初年翰林院的建置都較爲簡單，後來考唐、宋制度才改置別處。至於「詞林」一詞可以想見當時翰林院的性質，這也提示了後來選拔庶吉士的條件。再來，「庶吉士」乃「采《書經》庶常吉士之義」〔註52〕而命名，在洪武初年，庶吉士還不是專屬翰林院。據《明史》所言：

> 十八年廷試，擢一甲進士丁顯等爲翰林院修撰，二甲馬京等爲編修，吳文爲檢討。進士之入翰林，自此始也。使進士觀政於諸司，其在翰林、成敕監等衙門者，曰庶吉士。進士之爲庶吉士，亦自此始也。其在六部、都察院、通政司、大理寺等衙門仍稱進士，觀政進士之名義自此始也。〔註53〕

洪武十八年，新科進士可略分爲二類：(一) 進士直接進入翰林院擔任修撰、編修、檢討等，本不算是庶吉士。(二) 至於其餘的進士均「觀政於諸司」，稱之爲「觀政進士」。如果是在翰林、成敕監等衙門者，才稱之爲「庶吉士」。如果是在六部、都察院、通政司、大理寺等衙門者，仍稱進士。可見當時朱元璋的想法，欲藉此培養一批政治

〔註50〕參見高厚德、許夢瀛：〈翰林院制度考〉，收入《燕京大學教育學報》，燕京大學教育學會出版，1941年9月，頁83。

〔註51〕【明】黃佐撰：《翰林記》卷一，〈官制因革〉，頁1、7。

〔註52〕【明】王世貞撰：《弇山堂別集》，頁1545。

〔註53〕【清】張廷玉等撰：《明史》第6冊，卷七十，〈選舉二〉，頁1696。

人才，這時的庶吉士，還未有選拔之標準。不過到了永樂二年的情況又有所不同，增加了些許條件：

> 永樂二年，既授一甲三人曾棨、周述、周孟簡等官，復命於第二甲擇文學優等楊相等五十人，及善書者湯流等十人，俱爲翰林院庶吉士，庶吉士遂專屬翰林矣。復命學士解縉等選才資英敏者，就學文淵閣。縉等選修撰棨，編修述、孟簡，庶吉士相等共二十八人，以應二十八宿之數。庶吉士周忱自陳少年願學。帝喜而俞之，增忱爲二十九人。……。是年所選王英、王直、段民、周忱、陳敬宗、李時勉等，名傳後世者，不下十餘人。〔註54〕

同樣，已經授官的一甲三人，不能稱之爲庶吉士。再者，從二甲進士中，以「文學優等」和「善書者」爲標準，選拔共六十人〔註55〕，又以「文學優等」者選拔最多，都稱之爲翰林院庶吉士，此時庶吉士已專屬翰林院。皇帝再命令翰林學士解縉（此時已是「內閣」），從這六十位庶吉士中，挑選「才資英敏者」加上周忱共二十六人，進入文淵閣內讀書就學（一甲已經授官之三人亦然）。也就是說，這些進入文淵閣的庶吉士，個個爲「文學優等」（或善書）且又「才資英敏」之新科進士，值得注意的現象是，第二批共有二十九人〔註56〕，其中江西人就佔了二十人之多，卒業後官翰林者有七人。

這一批庶吉士的「精英」，是由成祖即位時已入「內閣」的翰林學士解縉選拔。那麼永樂之後，又是由誰來進行選拔呢？

> 自永樂二年以來，或間科一選，或連科屢選，或數科不

〔註54〕【清】張廷玉等撰：《明史》第6冊，卷七十，〈選舉二〉，頁1700。

〔註55〕人數的問題，早於《明史》的另一個記載：「於二甲擇文學優長楊相等五十一人，及善書流湯流等十人，俱改翰林庶吉士進學。」見【明】王世貞撰：《弇山堂別集》，頁1547。

〔註56〕據《翰林記》所載如下：「至是縉等選修撰曾棨、編修周述、周孟簡、庶吉士楊相、劉子欽、彭汝器、王英、王直、余鼎、章敞、王訓、柴廣敬、王道、熊直、陳敬宗、沈升、洪順、章朴、余學夔、羅汝敬、盧翰、湯流、李時勉、段民、倪維啓、袁添祥、吳紳、楊勉二十八人。」見【明】黃佐撰：《翰林記》卷四，〈文淵閣進學〉，頁38。

> 選，或合三科同選，初無定限。或內閣自選，或禮部選宋，或會禮部同選，或限年歲，或拘地方，或採譽望，或就廷試卷中查取，或別出題考試，亦無定制。自古帝王儲才館閣以教養之。本朝所以儲養之者，自及第進士之外，止有庶吉士一途，而或選或否。且有才者未被皆選，所選者未必皆才，若更拘地方、年歲，則已成之才又多棄而不用也。〔註 57〕

可見永樂之後，選拔的制度還未完善建立，加上科目亦無定制，諸多限制之下造成「有才者未被皆選，所選者未必皆才」。其中，呈現出一點：透過內閣、禮部來選或同選，從一開始的圖表不就顯示，「南、北禮部尚書」必爲翰林官才能擔任的（至少從天順年間開始），也就是說，詮選庶吉士之權都在於翰林官與內閣手中。到了弘治之後，以內閣會同吏、禮二部考選以爲常。新科進士選爲庶吉士之後，三年卒業，成績優者官翰林，擔任翰林官後，成爲下一次考選庶吉士的考官，或者成爲教習庶吉士的館師。例如行在翰林院侍讀學士曾棨、侍講王英，即擔任永樂十六年戊戌會試的考試官；正統元年，「庶吉士，少詹事王直、王英教之。」〔註 58〕，諸如此類，形成一種政治上的梯隊。

之前已論述過，永樂二年選拔庶吉士的標準，以「文學優等」爲最多人，而弘治年間的選拔，幾乎也是以此標準來進行：

> 令新進士錄平日所作論、策、詩、賦、序、記等文字，限十五篇以上，呈之禮部，送翰林考訂。少年有新作五篇，亦許投試翰林院。擇其詞藻文理可取者，按號行取。禮部以糊名試卷，偕閣臣出題考試於東閣，試卷與所投之文相稱，即收預選。每科所選不過二十人，每選所留不過三五輩，將來成就必有足賴者。〔註 59〕

〔註 57〕【清】張廷玉等撰：《明史》第 6 冊，卷七十，〈選舉二〉，頁 1701。

〔註 58〕【明】王世貞撰：《弇山堂別集》，頁 1549～1552。

〔註 59〕【清】張廷玉等撰：《明史》第 6 冊，卷七十，〈選舉二〉，頁 1701。

同樣「擇其詞藻文理可取者」〔註 60〕，而這樣的選拔過程，有其特定的名稱，謂之爲「館選」；而庶吉士三年卒業之後，成績優者可任翰林官，次者分發爲給事中等，此謂之「散館」。庶吉士這三年在館閣讀書，那麼館師教授的內容爲何？學風又是如何的呢？據孫承澤《春明夢餘錄》中所載：

> 萬曆中管志道疏：二祖始選庶吉士，皆令肄業文淵閣，讀中秘書，常親視校試，驗其進修，務在通達國體，薰陶德性，以儲異日之用。自正統以後，掄選多非出自聖意，而從閣臣議請舉行，亦不得讀中秘書，而以唐詩正聲、文章正宗爲日課，不知將來所以備顧問，贊機密者，果用此糟粕否乎？〔註 61〕

又，正統之後的情況於黃佐《翰林記》同樣提及：

> 正統以來，在公署讀書者，大多從事詞章，內閣所謂按月考試，則詩文各一篇，第其高下，俱揭帖開列名氏，發本院立案，以爲去留之地。致使卑陋者多至奔競，有志者甚至謝病而去，不能去者，多稱病不往，將近三年，則紛然計議邀求解館。〔註 62〕

綜合兩段引文來觀察，可見正統之後，館師日課教授的內容以《唐詩正聲》、《文章正宗》爲主，還要按月考詩、文各一篇，而這樣的考試制度甚至當成庶吉士未來出路之依據。《唐詩正聲》爲高棅所選編，《明史・文苑傳》中云：「其所選《唐詩品彙》、《唐詩正聲》，終明之世，館閣宗之。」〔註 63〕至於《文章正宗》則爲南宋理學家眞德秀（1178～1235）所編，以「明義理，切世用」爲標準進行選錄，故縱使「辭

〔註 60〕宣德五年，明宣宗也曾命內閣大臣楊士奇：「卿等可察其（按：新科進士）人選，文詞之優者以聞。」見【清】孫承澤：《春明夢餘錄》卷三十二，頁 502。

〔註 61〕【清】孫承澤：《春明夢餘錄》卷三十二，頁 505。

〔註 62〕【明】黃佐撰：《翰林記》卷四，〈公署教習〉，頁 40。

〔註 63〕【清】張廷玉等撰：《明史》第 24 冊，卷二百八十六，〈列傳〉，頁 7336。

雖工亦不錄」〔註 64〕，十分強調實用價值。不過，因何《唐詩正聲》、《文章正宗》會被視之爲「糟粕」呢？

從另一角度來看，士子透過明代科舉制度欲求取功名，故將讀五經視爲首要任務，不重詩賦創作，明代焦竑（1540～1620）對於這樣的現象似乎表示贊同，甚至認爲詩賦乃薄技可以猝辦，他是這麼說的：「國家罷前代詩賦，獨群多士，以經造士，好古者嘗患不足收博雅之才，余竊以爲不然。詩賦浮華薄技，稍有才者，可以猝辦，至於經術，非蘊藉之深不能入。」〔註 65〕焦竑對於詩賦的態度或許過於偏激，「好古者」所謂的「博雅之才」其實包含著經術與詩賦，於是難免有所擔心，認爲不足收博雅之才。照這樣說來，進士之後選爲庶吉士，館課以《唐詩正聲》、《文章正宗》爲教材，亦須進行詩、文考試，「以爲去留之地」，不失爲一種補救辦法。只是這樣一來，又好像本末倒置。〔註 66〕怎麼說呢？一方面「不得讀中秘書」，另一方面又專爲詩賦，於未來「備顧問，贊機密者」實在於政事無補，進而引起許多爭議。〔註 67〕再者，爲何以正統作區分呢？推測原因，可能也在於皇帝本身的態度，引文中說二祖（太祖、成祖）「常親視校試，驗其進修，務在通達國體，薰陶德性，以儲異日之用。」正統之後，皇帝年幼「掄選多非出自聖意」，無法親自掌握庶吉士的學習狀態，而到

〔註 64〕【南宋】眞德秀：《文章正宗》（台北：台灣商務印書館，1983 年），頁 5。

〔註 65〕【明】焦竑：《澹園續集》卷三，收入《澹園集（下）》（北京：中華書局，1999 年 5 月第 1 版第 1 刷），〈賀沈君鳳岡舉明經序〉，頁 802。

〔註 66〕黃佐就說：「舍大綱而先末藝，以詩文記誦爲學而道德政學則忽棄焉。」見【明】黃佐撰：《翰林記》卷四，〈公署教習〉，頁 40。

〔註 67〕連文萍先生認爲：「翰林院詞臣掌詞賦之業，庶吉士教習以騁詞弄藻爲務，乃互爲因果而已。只是，問題出在翰林院教習庶吉士，散館後少數留院，多數則分發爲諸曹或外省官吏，因此庶吉士的教習內容是否切合實用？儲才、育才的功能是否彰顯？就成爲爭議。」此文論述了許多關於翰林院館課的內容，研究相當深入且完備，可參看。見連文萍：〈明代翰林院的詩歌館課研究〉，《政大中文學報》第十二期，2009 年 12 月，頁 238。

了「萬曆中」情況又更爲嚴重。

不過「從事詞章」眞的是件壞事嗎？既然選拔庶吉士，以文學優等爲標準，而身爲「侍從文學之臣」〔註 68〕的翰林官，在教習庶吉士時亦注重詩文的訓練。或許原因之一，可能來自於皇帝（尤其是較有能力的皇帝）本身愛好文藝的緣故，〔註 69〕關於此點又可在「應制詩文」中發現這兩者之間緊密的關係。翰林院本「以供奉文字爲職，凡被命有所述作，則謂之應制，然祖宗皆出於命，或相與賡和。」〔註 70〕每每皇帝有所命令時，翰林詞臣們就必須「有所述作」。當遇到特定節日，亦然：

> 今上大婚以後，留意文史篇什。遇元旦、端陽、冬至，必命詞臣進對聯及詩詞之屬，間出內帑所藏書畫，令之題詠，或游宴即宣索進呈，至講筵尤爲隆重。宴賞之外，間有橫賜，先人與同年及前輩諸公，無日不從事楮墨，而禁臠法醞，亦時時上門。〔註 71〕

永樂至成化時期累積了大量的這類應制之作，可謂「是朝廷廟堂大事、君臣互動等的記錄與書寫」〔註 72〕，這也意味著，既然有如此的需求，那麼翰林院就必須有所因應的措施。連文萍先生在〈明代翰林院的詩歌館課研究〉一文中所作之結語：「翰林院的詩歌館課，儘管在儲才育才的功能上有所爭議，但對於明代士子因專務舉業導致『不知何謂之詩』的弊病，實有補益之效。特別是士人在登科之後，參與翰林院庶吉士的考選，必須以詩作應考，如果平時專務舉業，素不知

〔註 68〕【明】黃佐撰：《翰林記》卷十一，〈應制詩文〉，頁 142。

〔註 69〕例如「洪武中，上嘗召詞臣，賦詩歌以爲樂，且與評論詩法。」「永樂七年，仁宗東宮贊善王汝玉每日於文華後殿道說賦詩之法。」「仁宗監國視朝之暇，專意文事。」見【明】黃佐撰：《翰林記》卷十一，〈評論詩文〉，頁 147～148。

〔註 70〕【明】黃佐撰：《翰林記》卷八，〈備顧問〉，頁 99。

〔註 71〕【明】沈德符：《萬曆野獲編》卷十（北京：中華書局，1997 年 11 月第 1 版第 3 刷），頁 267。

〔註 72〕連文萍：〈明代翰林院的詩歌館課研究〉，頁 253。

詩，就會面臨嚴竣考驗。」〔註 73〕可謂確論。

當我們理解庶吉士與翰林院之間的關係後，接著應該整合來觀察，究竟「非進士不入翰林，非翰林不入內閣」以及「庶吉士始進之時，以羣目爲儲相」在永樂至成化時期是否眞是如此？以下表 2.5 進一步呈現〔註 74〕：

表 2.5

內閣姓名	出身	籍貫	庶吉士時間	當時人數	入閣前職位
高穀	進士	江蘇	永樂十三年	62	工部右侍郎侍講學士
張益	進士	江蘇			侍讀學士
許彬	進士	山東			禮部右侍郎兼學士
江淵	進士	四川	宣德五年	8	侍講
蕭鎡	進士	江西	宣德八年	28	祭酒兼學士
徐有貞	進士	江蘇			兵部尙書兼學士
萬安	進士	四川	正統十三年	29	禮部左侍郎兼學士
劉珝	進士	山東			吏部左侍郎兼學士
劉吉	進士	河北			禮部左侍郎兼學士
彭華	進士	江西	景泰五年	18	吏部右侍郎兼學士
尹直	進士	江西			戶部右侍郎兼學士
丘濬	進士	廣東			禮部尙書
劉健	進士	河南	天順四年	14	禮部右侍郎兼學士
李東陽	進士	湖南	天順八年	18	禮部左侍郎侍讀學士
焦芳	進士	河南			吏部尙書

〔註 73〕連文萍：〈明代翰林院的詩歌館課研究〉，頁 253。

〔註 74〕此表參考：(1) 黃卓越：《明永樂至嘉靖詩文觀研究》，頁 19～21。需注意的是「當時人數」一欄，黃卓越先生亦將「已授官的一甲三人」納入，雖人數方面相同，但我整理之內閣僅取「純」庶吉士而論。(2)【明】王世貞撰：《弇山堂別集》，頁 1547～1563。(3) 王其榘：《明代內閣制度史》，頁 354～458。

<table>
<tr><th>內閣姓名</th><th>出身</th><th>籍貫</th><th>庶吉士時間</th><th>當時人數</th><th>入閣前職位</th></tr>
<tr><td>楊廷和</td><td>進士</td><td>四川</td><td rowspan="3">成化十四年</td><td rowspan="3">28</td><td>南京戶部尚書</td></tr>
<tr><td>梁儲</td><td>進士</td><td>廣東</td><td>太子少保南京吏部尚書</td></tr>
<tr><td>劉忠</td><td>進士</td><td>河南</td><td>吏部尚書兼學士</td></tr>
<tr><td>蔣冕</td><td>進士</td><td>廣西</td><td rowspan="3">成化二十三年</td><td rowspan="3">30</td><td>禮部尚書</td></tr>
<tr><td>毛紀</td><td>進士</td><td>山東</td><td>禮部尚書</td></tr>
<tr><td>石珤</td><td>進士</td><td>河北</td><td>吏部尚書</td></tr>
</table>

表 2.5 所需要注意的是，這並不是永樂至成化的內閣總名單，而是以選庶吉士的時間來進行整理。以幾點來歸納：

（一）以人數來說：由永樂至成化時期所選的庶吉士，最後升遷至內閣者，總共有二十一人，如果以張治安先生的數據，明代總內閣人數一百六十三來比，大概爲百分之十三；再以張氏統計庶吉士之數據爲八八人〔註 75〕，則這個時期就佔了百分之二十四，約四分之一。

（二）以籍貫來說：江西、江蘇、山東、四川、河南各三個，河北、廣東各二個，湖南、廣西各一個，總體還是南多於北。

（三）以職位來說：二十一位庶吉士，入閣前的職位，擔任過六部職務，包含禮部職務者八人；吏部六人；戶部二人；兵部與工部各一人；翰林官與其他者三人。而同時兼翰林官者，共有十一人，過半數。可見進入內閣之前，決大多數必須有六部之經歷，「非進士不入翰林，非翰林不入內閣」以及「庶吉士始進之時，以羣目爲儲相」確實在這些內閣的經歷中一一呈現。

總而言之，任何制度的建立，從萌發到成熟，總是得經過不斷地試驗與調整，不可能全然都是好的影響，然而翰林院庶吉士這個制度，爲明代政治史上的一個創舉，當屬無議。後來影響到清代，清代繼續沿用這樣的制度。錢穆先生於《中國歷代政治得失》一書就對明清兩代的翰林院及其制度發表看法：

〔註 75〕張治安：《明代政治制度》，頁 107。

明清兩代許多的有名人，都出在翰林院。因爲考取進士後，留在中央這幾年，對政府一切實際政事，積漸都了解。……。他在進士留館時期及翰林院時期，一面讀書修學，一面獲得許多政治知識，靜待政府之大用。進士與翰林成爲政府一個儲才養望之階梯。科舉本只能物色人才，並不能培植人才的。而在明清兩代進士翰林制度下，卻可培植些人才。這種人才，無形中集中在中央，其影響就很大。……。明清兩代，許多大學問家、大政治家，多半從進士翰林出身，並不是十年窗下，只懂八股文章，其他都不曉得。……。當然，做翰林的不一定全都好，然而政治家、學問家都由這裡面出來，那亦是事實。〔註 76〕

雖然本節並未明確分析「文權歸臺閣」以及「文權下移郎署」的過程〔註 77〕，不過，從本節的討論中，大致上可以把握庶吉士、翰林院甚至內閣，這一條政治升遷之路徑，不僅是政治上，包含文學亦然。此外，我們從錢穆先生的意見中，不斷地看見科舉與政治之連結，他甚至說「科舉本只能物色人才，並不能培植人才」。於此，下一節將針對明代的科舉取士做一概略之說明。

第二節　科舉取士與學術思潮

一、科舉取士

上一節從一開始討論的內閣、翰林院、庶吉士等，「非進士不入翰林，非翰林不入內閣」這一條政治升遷的途徑，關係最大者莫過於「科舉取士」。《明史》就云：「明制，科目最盛，卿相皆由此出。」〔註 78〕那麼，明代的科舉取士〔註 79〕是什麼樣的情況？據《明史‧選

〔註 76〕錢穆：《中國歷代政治得失》（北京：三聯書店，2001 年 6 月），頁 129～130。

〔註 77〕這類的相關研究可參黃卓越先生《明永樂至嘉靖詩文觀研究》一書，以及簡錦松先生《明代文學批評研究》（台北：台灣學生書局，1989 年 2 月初版），兩者皆有深入的論述。

〔註 78〕【清】張廷玉等撰：《明史》第 6 冊，卷六十九，〈選舉一〉，頁 1675。

舉二》記載：

> 科目者，沿唐、宋之舊，而稍變其試士之法，專取四子書及《易》、《書》、《詩》、《春秋》、《禮記》五經命題試士。蓋太祖與劉基所定。其文略仿宋經義，然代古人語氣爲之，體用排偶，謂之八股，通謂之制義。三年大比，以諸生試之直省，曰鄉試。中式者爲舉人。次年，以舉人試之京師，曰會試。中式者，天子親策於廷，曰廷式，亦曰殿試。分一、二、三甲以爲名第之次。一甲止三人，曰狀元、榜眼、探花，賜進士及第。二甲若干人，賜進士出身。三甲若干人，賜同進士出身。〔註 80〕

由此可見，考試的科目只限於《四書》、《五經》，而且內容上「代古人語氣爲之」；形式上則是「體用排偶，謂之八股」，如此一來，等於士子不得以其他形式擅加議論，此爲明代科舉大致的樣貌。最早開科，據《明史》記載爲洪武三年，太祖朱元璋云：「自今年八月始，特設科舉，務取經明行修、博通古今、名實相稱者。朕將親策於廷，第其高下而任之以官。使中外文臣皆由科舉而進，非科舉者毋得與官。」〔註 81〕欲使中文外臣皆由科舉取士，這爲科舉的立意之根本。不過洪武六年，因「所取多後生少年，能以所學措諸行事者寡，乃但令有司察舉賢才，而罷科舉不用」〔註 82〕，可見「薦舉法」〔註 83〕在當時遠比科舉取士，更加適合亟需賢才的明初政治環境。直到洪武十七年，才眞正定科舉之式，逐以爲永制，相對薦舉法則日漸廢除而不用，不過薦舉法到建文、永樂初期都還存在，也就是說，與科舉取

〔註 79〕明代科舉有分爲文武兩科，但本節僅以探討文科爲主。

〔註 80〕【清】張廷玉等撰：《明史》第 6 冊，卷七十，〈選舉二〉，頁 1693。

〔註 81〕【清】張廷玉等撰：《明史》第 6 冊，卷七十，〈選舉二〉，頁 1695～1696。

〔註 82〕【清】張廷玉等撰：《明史》第 6 冊，卷七十，〈選舉二〉，頁 1696。

〔註 83〕太祖認爲：「六部總領天下之務，非學問博洽、才德兼美之士，不足以居之。慮有隱居山林，或屈在下僚者，其令有司悉心推訪。」見【清】張廷玉等撰：《明史》第 6 冊，卷七十一，頁 1711。

士制度並行，例如永樂時期的內閣大臣楊士奇，即是薦舉而後登翰林。

士子先通過鄉試，通過者俱稱「舉人」，次年再進京考試，稱之爲「會試」，中式之後，最終由天子親策，稱爲「廷式」或「殿試」。而「殿試一般不黜落，是以會試中式後，通常都會通過殿試，只是在名次上有所不同。」〔註 84〕至於出身，據《國榷》中錄其具體情形〔註 85〕：

（一）一甲，賜進士及第。分別爲狀元、榜眼、探花。狀元授以翰林院修撰，官品爲從六品；榜眼、探花俱授翰林院編修，官品爲正七品。

（二）二甲，賜進士出身。授以主事、知州等職。

（三）三甲，賜同進士出身。授以評事、行人、中書、推官、知縣等職。

不過二、三甲考選庶吉士者，皆爲翰林官。〔註 86〕等於多了一次晉升的機會。不管是鄉試、會試和殿試，最值得注意者反而爲「會試」，明代會試有一特點，即是分卷制度：

> 初制，禮闈取士，不分南北。自洪武丁丑，考官劉三吾、白信蹈所取宋琮等五十二人，皆南士。三月，廷試，擢陳䢿爲第一。帝怒所取之偏，命侍讀張信等十二人覆閱，䢿亦與焉。帝猶怒不已，悉誅信蹈及信、䢿等，戍三吾於邊，親自閱卷，取任伯安等六十一人。六月復廷試，以韓克忠爲第一。皆北士也。然訖永樂間，未嘗分地而取。洪熙元年，仁宗命楊士奇等定取士之額，南人十六，北人十四。宣德、正統間，分爲南、北、中卷，以百人爲率，則南取五十五名，北取三十五名，中取十名。景泰初，詔書遵永樂間例。二年辛未，禮部方奉行，而給事中李侃爭之，言：「部臣欲專以文詞，多取南人。」行部侍郎羅綺亦助侃言。事下禮部，覆奏：「臣等奉詔書，非

〔註 84〕廖鴻裕：《明代科舉研究》（中國文化大學中國文學所博士論文，2008 年 12 月），頁 57。

〔註 85〕【明】談遷：《國榷》卷九十三，〈思宗崇禎七年〉，頁 5636。

〔註 86〕【清】張廷玉等撰：《明史》第 6 冊，卷七十，〈選舉二〉，頁 1695。

私請也。」景帝命遵詔書，不從侃議。未幾，給事中徐廷章復請依正統間例。五年甲戌，會試禮部奏請裁定，於是復從延章言，分南、北、中卷。〔註 87〕

洪武三十年發生的科舉事件稱之爲「南北榜」或「春夏榜」，此一事件表面疑爲科舉舞弊事件，但背後其實存在著朱元璋一個思維，藉此以收北方士子之心，欲使其政權能更加穩固，事實上，南北文化差異不僅是明初以來的問題，唐代已然，尤其發生安史之亂後。〔註 88〕於是仁宗時期，楊士奇欲革除科舉之弊，逐分南北卷，兼取南北之士，其想法是「長才大器」者多出自北方，南人則是「有文多浮」，或許可以彼此互補，然具體之方法爲「試卷例緘其姓名，請今後於外書『南北』二字，如一科取百人，南取六十，北取四十，則南北人才皆入用矣。」〔註 89〕不過這個制度，到了宣宗即位之後，才眞正實行南北卷制度並增加中卷，延續至正統，到了景泰初年雖有短暫停止分卷制度，不過不久又恢復正統間例。

分卷之區域如下：

（一）南卷：應天及蘇州、松江諸府，浙江、江西、福建、湖廣、廣東等。

（二）北卷：順天、山東、山西、河南、陝西等。

（三）中卷：四川、廣西、雲南、貴州及鳳陽、廬州二府，滁、徐、和三州。

比例爲南卷：五十五；北卷：三十五；中卷：十。後來成化二十二年，「萬安當國，周洪謨爲禮部尚書，皆四川人，乃因布政使潘稹之請，南北各減二名，以益於中。」〔註 90〕我們於剛開始論述內閣制

〔註 87〕【清】張廷玉等撰：《明史》第 6 冊，卷七十，〈選舉二〉，頁 1697～98。

〔註 88〕詳情可參廖鴻裕：《明代科舉研究》，頁 47～56。

〔註 89〕【明】楊士奇：《東里別集》，收入《東里文集》（北京：中華書局，1998 年 7 月），〈聖諭錄卷中〉，頁 404。

〔註 90〕【清】張廷玉等撰：《明史》第 6 冊，卷七十，〈選舉二〉，頁 1698。

度時，已經知道內閣大臣「萬安、劉吉要結近倖」，由此事亦可證之。不過這種制度維持不了太久，弘治二年又復從舊制且嗣後相沿不改。經過上述的討論，我們大致可以知道明初、永樂至成化之間科舉分卷之狀況。

將科舉之分卷比例原則，再結合表 1.3 永樂至成化期間，所有的閣臣籍貫，其實就不難理解了。再者，內閣以江西籍爲最多，實在是因江西制義極盛，例如歷事永樂至正統四朝的楊士奇就說：「四方出仕之重莫盛江西，江西爲縣六十有九，莫盛吉水。」〔註 91〕而嘉靖時期羅洪先在《吉安進士錄序》亦云：「我朝開科一百七十九年，吉安一郡舉進士者七百有九十人，可謂盛矣。而名人亦往：出於其間，有足爲千百世之忘者，豈非國家養士之效。」〔註 92〕同樣在《列朝詩集小傳》中所載：「國初館閣，莫盛於江西，故有『翰林多吉水，朝士半江西』之語。」〔註 93〕由此可知，至少在嘉靖之前，江西人透過科舉進入翰林就佔了大半，這樣的結果也是江西人在朝廷裡佔有一定地位之主要原因。

最後，探討一些關於明代科舉的評價。例如王鏊（1450～1524）云：

> 國家設科取士之法，其可謂正矣、密矣。先之經義，以觀其窮理之學；次之論表，以觀其博古之學；終之策問，以觀時務之學。士誠窮理也、博古也、識時務也，尚何求哉？可謂良法矣。〔註 94〕

王鏊「成化十年鄉試，明年會試，俱第一。廷試第三，授編修。」〔註 95〕而他本身也是一位八股文大家，他的出現有人認爲是標誌著八股

〔註 91〕【清】黃宗羲編：《明文海》卷二八七，頁 2981。
〔註 92〕【清】黃宗羲編：《明文海》卷三0一，頁 3113。
〔註 93〕【清】錢謙益：《列朝詩集小傳》，〈周講學敘〉，頁 172。
〔註 94〕【明】王鏊：《震澤集》（臺北：臺灣商務印書館《景印清文淵閣四庫全書》，1986 年 3 月）卷三十三，〈擬皋言〉，頁 485。
〔註 95〕【清】張廷玉等撰：《明史》第 16 冊，卷一百八十一，〈列傳〉，頁 4825。

文臻於成熟，如凌義遠即給他很高的評價，認爲：「制藝之盛，莫如成、弘，必以王文恪公爲稱首。其筆力高古，體兼眾妙，既非謹守成法者所能步趨，亦非馳騁大家者所可超乘而上。」〔註 96〕顯然是將八股文當成一個純粹、獨立之文體看待，但它是否眞能如此純粹呢？或者我們應該問「科舉」是不是可以那樣「純粹」？再回到王鏊所言，他認爲科舉取士之法相當公正且全面性，可以測試出士子的窮理之學、博古之學、時務之學，可謂一種「良法」。但清代儒者廖燕（1644～1705）則不如此認爲：

> 自漢、唐、宋歷代以來，皆以文取士，而有善有不善，得其法者惟明爲然。明制：士惟習四子書，兼通一經，試以八股，號爲制義，中式者錄之，士以爲爵祿所在，日夜竭精敝神以攻其業。自《四書》一經外，咸束高閣，雖圖史滿前，皆不暇目，以爲妨吾之所爲，於是天下之書，不焚而自焚矣。非焚也，人不復讀，與焚無異也。〔註 97〕

廖燕看到的現象，是士子追求爵錄而只攻讀科舉會考的科目，其他書皆束之高閣，廖燕甚至還以「天下書自焚」〔註 98〕來譬喻，呈現出他的擔憂，看不慣士子的急功近利，這確實是科舉一直以來爲人詬病的地方。從兩段引文中，可以看到兩者之間對於科舉心態上的差異，一個是以取士子學問之全面性來談，一個是以取士這方法後續造成的影響來談。也就是說，廖燕看見的明代科舉是「不善」的地方，王鏊看見「善」的地方，至於何良俊（1506～1573）則將「有善有不善」之處一併說了，其云：

〔註 96〕【清】梁章鉅著，陳居淵校點：《制藝叢話：試律叢話》（上海：上海書店，2001 年 12 月）卷十二，頁 231。

〔註 97〕【清】廖燕：《二十七松堂集》（臺北：中央研究院中國文哲研究所籌備處，1995 年 6 月）卷一，〈明太祖論〉，頁 25。

〔註 98〕顧炎武亦說：「愚以爲八股之害，等於焚書，而敗壞人材，有甚於咸陽之郊所坑者但四百六十餘人也。」見【清】顧炎武著，黃汝成集釋：《日知錄集釋》（上海：上海古籍出版社，2006 年 12 月）卷十六，〈擬題〉，頁 946。

近時之人，皆言祖宗以經義取士，恐不足以盡天下之才，又以爲作古詩文其難，經義直淺淺耳，此大不然。蓋經義皆聖人精微之蘊，使爲古詩文，則稍有聰明之人，略加檃括，便能成章。若聖人之言，非有待於蘊藉眞積之久，其何能以措一辭乎？況必有待於蘊藉眞積，則利根之人，沉鬱既久，化輕俊爲敦厚。鈍根之人，磨礪已深，矯頹惰爲奮迅。故賢智者不見其有餘，愚不肖者不見其不足。蓋以養天下之才，正欲得其平而用之，愚以爲自漢以後，取士之科莫善於此。但今讀舊文字之人，一用，則躁競之徒一切苟且以就功名之會。而體認《經》《傳》之人，終無可進之階，祖宗良法美意遂天淵矣，其流之弊一至於此，痛哉痛哉！〔註 99〕

前幾段文字似曾熟悉，顯然與上文援引明代焦竑的看法相當一致。何良俊認爲科舉以經義取士的最佳理想狀態，即是王鏊所言的狀態，可以眞正測試出士子的窮理之學、博古之學、時務之學，這些如果不是「蘊藉眞積之久」是無法做到的。但矛盾點也出現在此，既然已經「蘊藉眞積之久」理應可以承藉著「祖宗良法美意」一試中舉，進而爲國家施展長才、進一己之力，不過爲何眞正可以「體認《經》《傳》之人，終無可進之階」呢？推測，可能因爲科舉名額少，而科舉也確實有其流弊，使得偷機取巧之人可以輕易取得功名。我們不妨看顧炎武（1613～1682）是如何觀察，其言：

國家之所以取生員，而考之以經義、論策、表判者，欲其明六經之旨，通當世之務也。今以書坊所刻之義謂之爲時文，舍聖人之經典、先儒之注疏與前代之史不讀，而讀其所謂時文。時文之出，每科一變，五尺童子能誦數十篇，而小變其文，即可以取功名。而鈍者至白首而不得遇。老成之士既以有用之歲月銷磨於場屋之中，而少年捷得之者又易視天下國家之事，以爲人生之所以爲功名者惟此而

〔註 99〕【明】何良俊撰：《四友齋叢書》（北京：中華書局，1997 年 11 月初版）卷三，〈經三〉，頁 23。

已。故敗壞天下之人才，而至於士不成士，官不成官，兵不成兵，將不成將，夫然後寇賊姦宄得而乘之，敵國外侮得而勝之。苟以時文之功，用之於經史及當世之務，則必有聰明俊傑、通達治體之士起於其間矣。〔註 100〕

從此引文中得知：聰明者，閱讀時文之後稍變，少年即可捷得功名；愚鈍者，耗費無數時光，尤其是有用之歲數，直到年老仍舊無法中舉。顧炎武看到這點，認爲如此一來已經是「敗壞天下之人才」，最後導致的結果，國力只會持續衰敗，寇賊、敵國均可乘之、勝之，這是科舉制度問題，同時也該是士子心態的問題，若暫時將這些問題存而不論。明代科舉的盛行，在某種程度上來說，不也等於教育的普及化，而學校、書院和社學普遍的設立，等於進一步提升庶民知識水平；「書坊所刻之義謂之爲時文」，可見考科舉所用的相關書籍，幾乎「大賣」，既然有市場，當然也帶動了刻書行業的發展，也許這些都遠遠比不上科舉所留下的弊病，最後可能導致亡國的問題重要吧？

科舉的流弊不全然是制度的問題，其最根本之問題應當在於，誠如王陽明（1472～1529）曾經引用程頤所言「舉業不患妨功，惟患奪志。」〔註 101〕也就是士子的心態問題，說得更加清楚一些，便是「家貧親老，豈可不求祿仕？求祿仕而不工舉業，卻是不盡人事而徒責天命，無是理矣。但能立志堅定，隨事盡道，不以得失動念，則雖勉習舉業，亦自無妨聖賢之學。若是原無求爲聖賢之志，雖不業舉，日談道德，亦只成就得務外好高之病而已。」〔註 102〕不正好說明了，其實問題在於士子自己所持之態度，須立志堅定，不動得失之心。這段引文隱含了當時的現象，即是大多士子認爲「舉業」與「聖賢之學」爲兩條完全不相交的道路，只能擇其一，故王陽明才會表明「立志堅

〔註 100〕【清】顧炎武著，黃汝成集釋：《日知錄集釋》卷十六，〈生員額數〉，頁 967。

〔註 101〕【明】王陽明：《王陽明全集》（上海：上海古籍出版社，1992 年 12 月第 1 版第 1 刷）卷四，〈與辰中諸生〉，頁 144。

〔註 102〕【明】王陽明：《王陽明全集》卷四，〈寄聞人邦英邦正〉，頁 168。

定，隨事盡道，不以得失動念」之重要，這也是當時士子極度缺乏的部份。

二、學術思潮

上文探討相關科舉取士之辦法時，提及「科目者，沿唐、宋之舊，而稍變其試士之法，專取四子書及《易》、《書》、《詩》、《春秋》、《禮記》五經命題試士。」我們應該進一步理解爲何明代開科是以《四書》、《五經》命題，是否跟明代開國以來的政權的鞏固、人才的取用等，有著密不可分的關係，也就是說，明初以來的學術思潮爲何？與科舉之間有何聯繫？這些問題都有助於我們探討永樂至成化之間的詩學的背景有更深一層的認識。

明太祖朱元璋起於布衣，驅除元代異族統治之後，建立明朝。開國之初，以恢復漢唐衣冠爲基本原則，同時在社會文化思想的掌控上，也以程朱理學爲尊。「後七子」李攀龍（1514～1570）就曾言：

> 我太祖高皇帝即位之初，首立太學，命許存仁爲祭酒，一宗朱氏之學，令學者非《五經》、孔、孟之書不讀；非濂、洛、關、閩之學不講。成祖文皇帝益張而大之，命儒臣輯《五經》、《四書》及《性理全書》頒布天下。饒州儒士朱季友詣闕上書專詆周、程、張、朱之說，上覽而怒曰：「此儒之賊也。」命有司聲罪杖遣，悉焚其所著書，曰：「毋誤後人。」於是邪說屏息，迨今二百餘年，庠序之所教、制科之所取，一稟於是。〔註103〕

從朱元璋尚未開國之前，四處征戰時所徵得之參謀、耆儒，大多秉習程朱之學，以講論道德、興起教化爲主。如元至正十八年（1358），朱元璋攻下婺州，開立郡學，召浙東金華人宋濂、葉儀爲五經師〔註104〕，

〔註103〕【清】陳鼎輯：《東林列傳（一）》（收入周駿富輯《明代傳記叢刊．學林類3》，台北：明文書局）卷二，〈李攀龍〉，頁005～135－005～136。

〔註104〕【清】張廷玉等撰：《明史》第12冊，卷一百二十八，〈宋濂列傳〉，頁3784。

同時召金華人范祖幹爲諮議，其後更多浙東與江西文人加入，如蘇伯衡、陶凱、王禕，以及青田人劉基等，不僅在朱元璋征戰時出謀獻策，更爲開國之後相關政策的制定貢獻已力，其中宋濂、王禕更是直接被認爲是朱學之第四傳〔註 105〕。朱元璋會如此重視程朱理學，不外乎是受到這些參謀與耆儒的影響，而他自己亦認爲：「聖人之道所以爲萬世法。……。夫武定禍亂，文致太平，悉是道也。」〔註 106〕而浙東與江西兩地理學色彩相當濃厚，浙東理學可上溯至南宋「婺學」與「永嘉之學」，推崇「伊洛正源」，其所強調的是「文以明道」的思想，主張「宗經」、「征聖」，重視「文統」與「道統」的合一；至於江西本就是理學的薈萃之地，如北宋周敦頤晚年講學於此，二程亦師從周敦頤，而朱熹與陸九淵著名的「鵝湖大會」亦在江西，而其理學重視的亦是「明道」、「宗經」，値得注意的是江西的「雙峯（饒魯）學派」和浙東的「北山（何基）學派」兩者同源於「勉齋（黃幹）學派」，故浙東與江西的關係相當密切。〔註 107〕朱元璋既說「文致太平」，實爲鞏固明初之政權，在他的治國思維裡，儒學爲社會之基礎以及根本之價值：

> 儒雖專文學而理道統，其農、工、商三者，皆出於私教。至如立綱陳紀，輔君以仁，功莫大焉。〔註 108〕

又云：

〔註 105〕章學誠曾說朱學「沿其學者，一傳而爲勉齋、九峰，再傳而爲西山、鶴山、東發、厚齋，三傳而爲仁山、白雲，四傳而爲潛溪（宋濂）、義烏（王禕），五傳而爲寧人、百詩，則皆服古通經，學求其是。」見氏著：《文史通義》（上海：上海書店，1988 年 3 月第 1 版第 1 刷）卷三內編三，〈朱陸〉，頁 78。《明史》亦有將兩人並舉之記載：「太祖喜曰：『江南有二儒，卿（按：王禕）與宋濂耳。』」見《明史》第 24 冊，卷二百八十九，〈忠義列傳〉，頁 7414。

〔註 106〕【清】張廷玉等撰：《明史》第 24 冊，卷二百八十二，〈儒林列傳〉，頁 7223。

〔註 107〕參考廖可斌：《復古派與明代文學思潮（上）》，頁 64～66、97～99。

〔註 108〕【明】朱元璋：《明太祖集》（安徽：黃山書社，1991 年 11 月第 1 版第 1 刷）卷十三，〈拔儒僧文〉，頁 265。

> 假如三教，惟儒者凡有國家不可無，夫子生於周，立綱常而治禮；樂，助國家洪休，文廟祀焉。〔註 109〕

儒家三綱五常的概念，正好提供朱元璋穩固政權之依據，惟有將儒家禮教的思維植入社會文化系統之中，國家才能持續穩定發展。於是可以看到，其具體的行動即是「一宗朱氏之學，令學者非《五經》、孔、孟之書不讀；非濂、洛、關、閩之學不講。」不管是講學者，或是求學者，都是在程朱理學的體系下進行的，此外，科舉制度亦是如此，不妨再援引一段：

> 後頒科舉定式，初場試《四書》義三道，經義四道。《四書》主朱子集註，《易》主程傳、朱子本義，《書》主蔡氏傳及古註疏，《詩》主朱子集傳，《春秋》主左氏、公羊、穀梁三傳及胡安國、張洽傳，《禮記》主古註疏。永樂間，頒《四書五經大全》，廢註疏不用。其後，《春秋》亦不用張洽傳，《禮記》止用陳澔集說。〔註 110〕

永樂十二年，成祖命金幼孜與胡廣等人纂《四書五經大全》、《性理大全》，其中《四書五經大全》廢古註疏不用；《性理大全》七十卷，以周、程、張、朱諸儒性理之書而類聚成編〔註 111〕。此舉，相較於太祖朱元璋而言，等於直接標誌著程朱理學，尤其確立朱子學爲學術最高的地位，何良俊甚至直接說「寧得罪於孔孟，毋得罪於宋儒。」〔註 112〕否則，就如上文所提到的，成祖可是會將儒賊「聲罪杖遣，悉焚其所著書」。然這件事只是永樂時期的一個「特例」嗎？不妨從沈德符（1578～1642）《萬曆野獲編》中之記載觀察：

> 正統七年，東昌府判傅寬進《太極圖說》，上謂：「僻謬悖理。」斥之勿令誤後學。天順二年，常州布衣陳眞晟獻程、朱正學不報。成化二十年五月，無錫處士陳公懋刪改《四書》朱子集註進呈，命毀之，仍命有司治罪。……。至弘

〔註 109〕【明】朱元璋：《明太祖集》卷十，〈釋道論〉，頁 213。
〔註 110〕【清】張廷玉等撰：《明史》第 6 冊，卷七十，〈選舉二〉，頁 1694。
〔註 111〕【清】張廷玉等撰：《明史》第 8 冊，卷九十八，〈藝文三〉，頁 2425。
〔註 112〕【明】何良俊撰：《四友齋叢書》卷二，〈經二〉，頁 21。

> 治元年，公懋又上所著《尚書》、《周易》、《大學》、《中庸》註，稱：「臣有一得，頗能折衷。」通政司言：「公懋不稱軍民職，自名爲庶人。所進多穿鑿悖理。」上命焚所著書，押遣還鄉。〔註 113〕

由上文得知，不管士子進獻之書內容是否眞的「僻謬悖理」，也無從考據，但有一共同現象即是，只要涉及到官方學術之著作，是刪改也好、折衷說法也罷，一律遭到在上位者以「悖理」看待，然後焚書、押還原鄉等處置，官方著作似不容受到「挑戰」。

自永樂之後，可謂是將《四書》、《五經》（程朱理學）與科舉徹底緊密連結的時代，如此一來等於透過官方將學術與士子的思想變相地箝制在一起，而這樣對於明代學術思潮所會產生的弊病之一，即是「經學研究的科舉化傾向」，一些專爲科舉撰寫的經學著作也應運而生，「雖然對解經詁經無甚俾益，但卻受到讀書人的歡迎，因爲這些書籍是針對科舉撰寫，讀書人不必花費大量時間閱讀經書，尚茫然不知考試重點爲何，因此其影響亦較一般經學著作要大。」〔註 114〕加上以《四書》、《五經》命題自永樂之後已久，考官能從其中命題的空間亦大幅減少，可想而知最後朱子學可能面臨的結果，即是逐漸僵化甚至歧出。

大抵來說，自明代開國以來皆以朱子學爲尊，主要是藉由與科舉制度的結合，進一步躍升爲官方學術主流，卻也是因爲科舉制度而產生極大的弊病，直到明代中期陽明心學的崛起，蔚爲大觀，明代學術才開始有了明顯之區別，據《明史・儒林傳》即云：

> 原夫明初諸儒，皆朱子門人之支流餘裔，師承有目，矩矱秩然。曹端、胡居仁篤踐履，謹繩墨，守儒先之正傳，無

〔註 113〕【明】沈德符：《萬曆野獲編》卷二十五，〈獻書被斥〉，頁 633～634。

〔註 114〕詳可參見廖鴻裕：《明代科舉研究》，頁 161～164。「經學研究的科舉化傾向」語出此博論內文之標題，而廖氏所謂之「科舉經書」爲劉敬純《詩意》、鄒期楨《尚書揆一》、桑拱陽《四書則》、汪邦柱《周易會通》、程汝繼《周易宗義》、蔡清《四書蒙引》、楊鼎熙《禮記敬業》等。

> 敢改錯。學術之分，則自陳獻章、王守仁始。宗獻章者曰江門之學，孤行獨詣，其傳不遠。宗守仁者曰姚江之學，別立宗旨，顯與朱子背馳，門徒徧天下，流傳逾百年，其教大行，其弊滋甚。嘉、隆而後，篤信程、朱，不遷異說者，無復幾人矣。〔註 115〕

可見陽明心學「異說」在嘉靖、隆慶之後已相當盛行。顧憲成（1550～1612）即說：「當士人桎梏于訓詁詞章間，驟而聞良知之說，一時心目俱醒，恍若撥雲霧而見白日，豈不大快。」〔註 116〕陽明心學崛起的原因，想必跟日漸僵化的官方朱子學術不無關係，不過它始終不曾徹底取代過朱子學，而眞正成官方學術，然陽明心學對於明代學術風氣的轉移，確實有其一定的影響與地位。

承繼著明初洪武、建文時期的理學大家，如宋濂、王褘、方孝儒、曹端等之後，著名者還有薛瑄、吳與弼、羅倫、胡居仁、莊昶以及陳獻章等，均爲永樂至成化時期的理學人物。例如薛瑄年少時曾師高密魏希文、海寧范汝舟理學，之後盡焚自已以前所作之詩賦，開始究心於洛、閩淵源，甚至到了廢寢忘食的地方，《明史》云：「瑄學一本程、朱，其修已教人，以復性爲主，充養邃密，言動咸可法。嘗曰：『自考亭以還，斯道已大明，無煩著作，直須躬行耳。』」〔註 117〕薛瑄理學以復性、明性爲宗，即所謂的「性即理」，十分強調躬行篤實之學，而由他開創的「河東學派」，弟子遍及河南、山東、關中一帶，而他著名的再傳弟子呂柟對於關學在明代的重興起了關鍵的作用。〔註 118〕至於吳與弼「年十九，見《伊洛淵源圖》，慨然嚮慕，遂罷學

〔註 115〕【清】張廷玉等撰：《明史》第 24 冊，卷二百八十二，〈儒林列傳〉，頁 7222。

〔註 116〕【明】顧憲成：《小心齋箚記》（臺北：廣文書局，1975 年 4 月）卷三，頁 62。

〔註 117〕【清】張廷玉等撰：《明史》第 24 冊，卷二百八十二，〈儒林列傳〉，頁 7229。

〔註 118〕參考張學智：《明代哲學史》（北京：北京大學出版社，2003 年 6 月第 1 版第 2 刷），頁 13。

子業，盡讀《四子》、《五經》、洛閩諸錄，不下樓者數年。」〔註 119〕吳與弼的出現是緊接著曹端、薛瑄之後，而其理學思想也與薛瑄類似，同樣強調躬行實踐，並且特別重視在已發念頭上「省察克治」的工夫，其著名的弟子，就有婁諒、胡居仁、羅倫、陳獻章等，稱之為「崇仁學派」，而在其門下後來又分成陳獻章的江門心學，以及胡居仁的余幹之學。〔註 120〕這個階段之後，便是王陽明心學的興起，可見永樂至成化理學發展確實有著承先啓後的關鍵地位。

第三節　文人治生與經濟狀態

從上述行文的脈絡中，雖然並沒有太多有關明代經濟狀況的描述，卻也可以從中獲得一些線索。例如探討科舉制度時，得知明代坊間有所謂的「科舉應考叢書」，而且在明代廣設學校的措施之下，使得教育越來越普及，相對地識字、閱讀人口增加，對於知識、書籍的需求也越高，都可部分反應出明代出版產業的發展；同樣的，士子讀書識字、文人創作詩文亦需要文房四寶等基本工具，這些都包含在社會經濟的層面。如果再以參加應舉的士子為例，在讀書就學的階段，大多難以從事什麼生產，於是日常基本所需，均得仰賴家庭的供給。若通過鄉試之後，進京參加會試，又會是一筆不少的花費，也就是說，倘若沒有一定的經濟基礎，是無法供應士子參與科舉考試。

基本上，一個國家的發展、國力的盛衰，以及社會文化活動等，皆與其經濟結構有著密切的關係，故本節擬以三個方面進一步來談：一、農業富國。二、工商業的興起。三、消費型態與文士治生之連結。期能除了本書所研究永樂至成化時期的經濟背景之外，而對整個明代也有一個初步的認識。

〔註 119〕【清】張廷玉等撰：《明史》第 24 冊，卷二百八十二，〈儒林列傳〉，頁 7240。

〔註 120〕參考張學智：《明代哲學史》，頁 26～29。

一、農業富國與工商業的興起

元末各地戰亂不斷，社會的經濟基礎遭受到破壞，幾乎停滯，直到朱元璋一統之後，社會秩序逐漸恢復穩定，並制定一系列的經濟政策，輕徭薄賦，休養生息。明初，獎勵農業生產，「中原地多荒蕪，命省臣議，計民授田。設司農司，開置河南、臨濠之田，驗其丁力，計畝給之，不得兼併。北方城池多不治，召民耕種，人給十五畝、蔬地二畝，免出三年。」〔註 121〕以此確立了自耕農的制度。相對於中原而言，在當時最主要的糧食產區，仍是在南方等地，除了米、麥等基本作物，還有桑、棉、茶、水果等高經濟作物，而《明史・食貨志》中記載：「洪武元年北伐，命浙江、江西及蘇州等九府，運糧三百萬石於汴梁。」〔註 122〕可見南方除了有多餘的糧食可以供應北伐，還能自給自足。至於明初另一項重要的農業政策，即是屯田制，「太祖初，立民兵萬戶府，寓兵於農，其法最善。」〔註 123〕透過「自耕農」與「屯田」這兩項制度，不僅大大增加了明初的耕地面積，提高稅收，更重要的爲後來的經濟發展奠定了基礎，於是到了永樂年間，已經是「宇內富庶，賦入盈羨，米粟自輸京師數百萬石外，府縣倉廩蓄積甚豐，至紅腐不可食。歲歉，有司往往先發粟振貸，然後以聞」〔註 124〕與元末之情況已經不可同日而語，甚至可以說，永樂時期的經濟實力，成爲了成祖朱棣數次北征與派遣鄭和下西洋的最佳後盾。

如果以實際的開拓數字來觀察，洪武二十六年時，「覈天下土田，總八百五十萬七千六百二十三頃，蓋駸駸無棄土矣。……。弘治十五年，天下土田止四百二十二萬八千五十八頃。」〔註 125〕弘治相對於洪武時期，土田驟減了一半之多，而會發生這樣的狀況，嘉靖八年霍

〔註 121〕【明】龍文彬：《明會要》卷五十三（北京：中華書局，1956 年），〈食貨一〉，頁 982。

〔註 122〕【清】張廷玉等撰：《明史》第 7 冊，卷七十九，〈食貨三〉，頁 1915。

〔註 123〕【清】張廷玉等撰：《明史》第 7 冊，卷七十七，〈食貨一〉，頁 1883。

〔註 124〕【清】張廷玉等撰：《明史》第 7 冊，卷七十八，〈食貨二〉，頁 1895。

〔註 125〕【清】張廷玉等撰：《明史》第 7 冊，卷七十七，〈食貨一〉，頁 1882。

韜曾言：「自洪武迄弘治百四十年，天下額田已減強半，而湖廣、河南、廣東失額尤多。非撥給於王府，則欺隱於猾民。廣東無藩府，非欺隱及委棄於寇賊矣。司國計者，可不究心。」〔註 126〕一般農民失去的土地，大多落入皇室宗親、貴族以及寇賊的手中，而這些失去耕地的農民，被迫成爲流民。至於屯田制也有類似的流弊，「自正統後，屯政稍弛，而屯糧猶存三之二。其後屯田多爲內監、軍官占奪，法盡壞。」〔註 127〕又是由「正統」作爲劃分的界限，每況愈下。那麼整體而言，明代各朝變化的狀況，據《明史》云：

> 《記》曰：「取財於地，而取法於天。富國之本，在於農桑。」明初，沿元之舊，錢法不通而用鈔，又禁民間以銀交易，宜若不便於民。而洪、永、熙、宣之際，百姓充實，府藏衍溢。蓋是時，劭農務墾辟，土無萊蕪，人敦本業，又開屯田、中鹽以給邊軍，餫餉不仰藉於縣官，故上下交足，軍民胥裕。其後，屯田壞於豪強之兼併，計臣變鹽法。於是邊兵悉仰食太倉，轉輸往往不給。世宗以後，耗財之道廣，府庫匱竭。神宗乃加賦重征，礦稅四齣，移正供以實左藏。中涓群小，横斂侵漁。民多逐末，田卒汙萊。吏不能拊循，而覆侵刻之。海內困敝，而儲積益以空乏。昧者多言複通鈔法可以富國，不知國初之充裕在勤農桑，而不在行鈔法也。〔註 128〕

明代以農富國，且國初社會風氣尚實樸，永樂之後，經濟逐漸獲得長足的發展，到了正統之後，人們已開始追求個人財富，尤其是權豪勢要，透過奪取農民的土地和變相取得鹽權進而致富，行爲也一反明初實樸之風，轉趨於豪奢。透過《玉堂叢語》中記載的一例可知，何淡撰寫李充嗣（1465～1537）的墓誌銘，其贊曰：「……前數十載，吾廣士大夫多以富爲諱，爭自灑濯，以免公議。及余接世務以來，聞

〔註 126〕【清】張廷玉等撰：《明史》第 7 冊，卷七十七，〈食貨一〉，頁 1882～1883。

〔註 127〕【清】張廷玉等撰：《明史》第 7 冊，卷七十七，〈食貨一〉，頁 1885。

〔註 128〕【清】張廷玉等撰：《明史》第 7 冊，卷七十七，〈食貨一〉，頁 1877。

人仕，眾必問曰：『好衙門否？』聞人退，眾必問曰：『有收拾否？』且耀金珠廣田宅以驕里閭者，世不以爲過也。夫勢大則用奢，父驕則子汰，卒之顚覆，而後知財爲禍梯，亦已晚矣。」〔註 129〕李充嗣生於成化元年，卒於嘉靖年間，這段引文恰可反應明代中期當時的社會風氣，一個是「以富爲諱，以免公議」，另一個是「耀金珠廣田宅以驕里閭者，世不以爲過」，反而以富貴爲榮，兩者形成強烈的對比。

明初顯然爲「重農抑商」的時代，不過也正是因爲農業經濟的高度發展，包含棉花與蠶絲可以被製作成絲綢、棉布等等，一方面帶動棉紡織業的發展，另一方面也可進一步製作成手工藝品，促進國家商業發展越來越繁榮；「剩餘產品、剩餘勞力以及購買能力、購買慾望均得以保證。天下一統的安定局面保證了交換的安全、便利，實已營造一個廣闊的商品市場，雖不曾得到政府的直接鼓勵與支持，但明代的工商業卻已於經濟發展的自我運作中開始走向繁榮。」〔註 130〕而明代工商業逐漸繁榮，除了我們上文所提到農民的土地被權勢佔據之外，即是國家的政策，賦稅日增且繇役日重，這亦是造成有些人民棄農從工、商業的原因，據明代何良俊的觀察：

> 余謂正德以前，百姓十一在官、十九在田，蓋因四民各有定業。百姓安於農畝，無有他志，官府亦驅之就農，不加煩擾，故家家豐足，人樂於爲農。自四、五十年來，賦稅日增，繇役日重，民命不堪，遂皆遷業。……。昔日逐末之人尚少，今去農而改業爲工商者三倍於前矣。昔日原無遊手之人，今去農而遊手趨食者又十之二三矣，大抵以十分百姓言之，已六七分去農至若。〔註 131〕

推測當時的情況正是「世宗以後，耗財之道廣，府庫匱竭。神宗乃加

〔註 129〕【明】焦竑：《玉堂叢語》（北京：中華書局，1981 年 7 月）卷五，〈廉介〉，頁 167

〔註 130〕郭萬金：〈明代經濟生活與詩歌傳統〉，《文學評論》第 1 期，2008 年，頁 138。

〔註 131〕【明】何良俊撰：《四友齋叢書摘抄（二）》，〈史三〉，頁 171～172。

賦重征，礦稅四齣，移正供以實左藏」的時期。農民逼不得已，或爲遊手趨食者，或進而轉入工商業，一定程度也造成工商業的逐步興盛。

例如明代永樂至成化年間的金屬工藝，無論是銅、錫、鐵或金、銀等方面，都繼承了以前的成就，進一步發展創造出更加豐富多彩、巧奪天工的作品，其中最具特色且著名的即是「宣德爐」、「金銀細工」和「景泰藍」等三類作品。宣德爐爲宣德年間著名工匠吳邦佐、李澄德等爲朝廷製造的祭祀宗廟及陳設玩賞的銅製器皿，因其品種多爲香爐式樣，於是統稱宣德爐；明代的金銀細工運用了編、織、盤、辮、碼、拱等多種製作方法，技術比元代有更大的進步。北京定陵、江南南城益莊王墓等處出土的金銀器物，都能反應出當時所達到的高度水平；景泰年間，景泰藍工藝進入鼎盛時期，品種上出現鼎彝之類的大件和大批日常用品，都呈現其手工的精緻細膩之處。〔註 132〕手工業藝術的發達，也進一步推動了商業發展的步調。

嘉靖、萬曆年間，商人的足跡北至眞定、永平、順平，南至兩粵雲貴，東至齊魯平越，西至巴蜀漢中關外；而私人海外貿易也突破官府的重重障礙而迅速崛起，特別是隆慶開放漳州月港之後，商業交流更加頻繁。商業資本日漸累積之下，出現了許多以地域爲主的商幫，例如徽商、晉商、江右商、閩商、吳越商等等，其中有些除了經營商業之外，還參與了生產領域，包含投資手工製造業方面。〔註 133〕既然商人得奔走於全國各地，於是就得編寫許多交通路徑的路程圖，也可相對地反應出明代商業之興盛，例如相當有名的黃汴《一統路程圖》、《新刻水陸路程便覽》、《圖注水陸路程途》、《天下水陸路程》、憺漪子《天下路程圖引》、陶承慶《新刻京本華夷風物商程一覽》等〔註 134〕，這些編書提供給專職商業交流的商人相當多的幫助，同時

〔註 132〕參考南炳文、何孝榮：《明代文化研究》（北京：人民出版社，2006 年 6 月），頁 234～237。

〔註 133〕參考鄭師渠總主編，陳梧桐編：《中國文化通史：明代卷》（北京：北京師範大學出版社，2009 年 7 月第 1 版第 1 刷），頁 16。

〔註 134〕參考南炳文、何孝榮：《明代文化研究》，頁 105～112。

這些書的編寫，突顯明代地理學的一大開展。

到了明代中期時，隨著商業的高度發展，商人的地位也獲得不斷提昇，於是從明初以來的四民關係，原本爲士、農、工、商，轉向爲士、商、農、工，抱持著如此的看法者，如何心隱（1517～1579）即言：「商賈大於農工，士大於商賈。」又說：「商賈之大，士之大，莫不見之，而聖賢之大則莫之見也。農工欲主於自主，而不得不主於商賈，商賈欲主於自主，而不得不主於士。商賈與士之大，莫不見也。」〔註 135〕可知當時的社會結果已然重新排列，士與商的地位「幾乎」相同，當然也隱含著士子在舉業遭受失敗之後，轉而從事商業，不過最後仍得主於「士」，入仕對於明代的社會生態來說，還是四民最高地位的保證〔註 136〕，明代晚期之後更是如此。

二、消費型態與文士治生之連結

此小節，我們將從不同的角度，來看待士大夫與經濟狀態之間的關係。首先，先從陸容（1436～1494）《菽園雜記》開始談起，其云：

> 今仕者有父母之喪，輒徧求輓詩爲冊，士大夫亦勉強以副其意，舉世同然也。蓋卿大夫之喪，有當爲神道碑者，有當爲墓表者，如內閣大臣三人，一人請爲神道碑，一人請爲葬誌，餘一人恐其以爲遺己也，則以輓詩序爲請。皆有重幣入贄，且以爲後會張本。既有詩序，則不能無詩，於是而徧求詩章以成之。亦有仕未通顯，持此歸示其鄉人，以爲平昔見重於名人。而人之愛敬其親如此，以爲不如是，則於其親之喪有缺然矣。於是人人務爲此舉，而不知其非

〔註 135〕【明】何心隱：《何心隱集》（北京：中華書局，1960 年），〈答作主〉，頁 53～54。

〔註 136〕劉曉東先生研究指出：「晚明士人棄儒營商，表面看來是通過對仕途的脫離體現了其相對獨立的社會人格。但事實上，這卻常常只是特定歷史環境中士人對『仕途經濟』的一種曲線回歸。他們往往在積累一定資產後便通過對子弟的培養來實現對科舉與仕途的回歸。」見劉曉東：〈論明代士人的「異業治生」〉，《史學月刊》第 8 期，2007 年，頁 101。

> 所當急。甚至江南銅臭之家，與朝紳素不相識，亦必夤緣所交，投贄求輓。受其贄者不問其人賢否，漫爾應之。銅臭者得此，不但裒冊而已，或刻石墓亭，或刻板家塾。有利其贄而厭其求者，爲活套詩若干首以備應付。及其印行，則彼此一律，此其最可笑者也。〔註 137〕

以下列幾點歸納一下：(一）上至內閣大臣，下至一般官員，爲彼此的父母或士大夫階級之間，撰寫神道碑、墓表及輓詩，已是一種常態。如果不這樣做，反而認爲「喪禮」不夠完整，而士大夫可得重幣亦能傳播自己的名聲。〔註 138〕（二）不論是仕未通顯之人或是江南銅臭之家，都希望得到朝中大臣或是知名文人的輓詩，藉此以炫耀鄉閭，這與「耀金珠廣田宅以驕里閭者，世不以爲過」是同樣的意思，如果「金珠田宅」屬於物質層面，那麼「輓詩」就算是屬於「名聲」層面。（三）作輓詩之人，想得重幣卻又厭其求之人，會事先準備好「活套詩」若干首，大概就是事先寫好一個詩文本的格式，只需換換人名、讚辭之類的「公式詩」，於是才千篇一律。不過此處我們應再補充說明的是，上至內閣大臣，下至一般官員，是否眞是靠這類的寫作來「治生」呢？還是有其根本的創作思維，此點可與本書第四章第二節「輓詩」本源論的部分再做出連結。

若先將是否眞能傳播自己的名聲這點存而不論（畢竟陸容都說「此其最可笑者」）。從上述分析中顯示出士大夫階級的功利心態（或是爲生存逼不得已？），暫以「江南銅臭之家」與「文人」而言，出「重幣」求得文人之輓詩，可視爲是一種「消費文化」的經濟型態；文人作出輓詩而得到「重幣」，則是一種文人「治生」的經濟型態，於是兩者之間有了文藝活動（如公開展示、刻板家塾、

〔註 137〕【明】陸容：《菽園雜記》（北京：中華書局，1985 年 5 月）卷十五，頁 189。

〔註 138〕廖可斌先生認爲「難怪『三楊』、『二王』、李東陽等臺閣體代表作家的詩文集中，還篇累牘盡是這類『大作』。」見氏著：《復古派與明代文學思潮（上）》，頁 89。

集結成冊）上的連結。不僅爲喪禮者如此，還有所謂的祝壽之文，歸有光（1506～1571）算是將此事說得最爲坦白的人了，在其〈陸思軒壽序〉云：

> 東吳之俗，號爲淫侈，然於養生之禮，未能具也，獨隆于爲壽。人自五十以上，每旬而加，必於其誕之辰，召其鄉里親戚爲盛會。又有壽之文，多至數十首，張之壁間。而來會者飲酒而已，亦少睇其壁間之文，故文不必佳。凡橫目二足之徒，皆可爲也。予居是邑，亦若列禦寇之在鄭之鄙，眾庶而已。故凡來求文爲壽者，常不拒逆其意，以與之並馳于橫目二足之徒之間，亦以見予之潦倒也。〔註 139〕

此文說得眞切坦白，卻又隱藏著文人本身的傲氣。富者求其作祝壽文，只是爲了使祝壽會場的牆壁「增光」，與會者眞正會去欣賞的太少了，關於這點會不會是互爲因果之關係呢？畢竟，歸有光都自言「文不必佳」，甚至只要是「橫目二足之徒」都可爲之，既然文不必佳，那還會有人駐足欣賞嗎？不過可能是他自嘲而欲解其悶，迫於生存的無奈，最後同樣落得「並馳于橫目二足之徒之間」。或許就在此時，歸有光自認爲自己已不是「文人」的身分，而是再一般不過的普通人了，也就是說，富者所消費的是歸有光「文人」的光環，而歸有光「出賣」的也是他最不願出賣的文人光芒與自尊（富者使「文人」庸俗化；文人則渴望自己只是「一般人」，進而在內心架高「文人」地位，使之盡量保存舊有的獨特性），這是爲了維持生計之潦倒文人的內心掙扎與無奈。

這種「出賣」的無奈，到底值多少實質的銀兩？或許可從作文潤筆的費用來觀察。據郭萬金先生的分析，他說「雖出於無奈，作文潤筆畢竟獲得了生計壓力下的合理存在，而鬻文行爲中的商業因素自然因之滋長。正統進士葉盛《水東日記》載，『三五年前，翰林名人送

〔註 139〕【明】歸有光：《震川先生集》（上海：上海古籍出版社，1981 年 9 月）卷十三，〈陸思軒壽序〉，頁 334～335。

行文一首，潤筆銀二三錢可求；事變後文價頓高，非五錢一兩不敢請，迄今猶然』〔註 140〕，至成化間，翰林名士的一篇文章，潤筆已過二兩白銀，而到正德之後，更高達四五十兩。」〔註 141〕縱使我們並不了解明代各期各區的銀兩〔註 142〕，可以確切給予文人多少的幫助，但從鬻文逐漸增加的潤筆費用，應當不全然是通貨膨漲之類的因素，而是明代中期之後，隨著國家商業經濟的興盛，工商階級越來越富有，然文人階級，尤其是士大夫的薪餉實沒有太大的變動，或許潤筆費用增加之原因便是功利心使然。

當然文人之中亦有極具「風骨」之人，例如《明史・文苑傳》記載江南四才子之一的文徵明：「四方乞詩文書畫者，接踵於道，而富貴人不易得片楮，尤不肯與王府及中人，曰：『此法所禁也。』周、徽諸王以寶玩爲贈，不啓封而還之。」〔註 143〕此透露出當時富者或王公貴族，都以收藏知名文人的詩文書畫爲榮，也就是說，以消費「文藝」作爲參與「文藝」的主要型態，只要獲（購）得知名的作品，即可突顯自己的品味、自己的風雅，甚至建立起自己與主流文壇的重要連結。

於是從上面的例子，便可試著構築出兩條路徑，一是迫於生存無奈，或追求功利的文士治生模式，連結起富貴者的消費型態，形成詩文的庸俗化；二是如文徵明等文士，以風骨斷絕詩文的販賣，形成自我獨立之風格。明代中期之後，商業愈漸興盛，這種情況也愈趨嚴重。

〔註 140〕【明】葉盛：《水東日記》（北京：中華書局，1980 年 10 月）卷一，〈翰林文字潤筆〉，頁 3。

〔註 141〕郭萬金：〈明代經濟生活與詩歌傳統〉，頁 144。

〔註 142〕若我們以糧食的價錢爲例，成化十二年，「松潘疊溪，每米一石，時價銀二兩；茂州小河，每米一石，銀一兩。」見《明憲宗實錄》卷一六〇，頁 2921。

〔註 143〕【清】張廷玉等撰：《明史》第 24 冊，卷二百八十七，〈文苑三〉，頁 7362。

第四節　小結

本章試以三個面相，包含政治環境、學術思潮、經濟狀況等，來對明代永樂至成化的詩學背景，作一大致上的爬梳與認識，以利我們進入正文詩學理論的研究時，可以更加理解各家各派詩學發展背後的整個時代的脈動。以下整理「臺閣體」與這些時代脈動之關係，以節目來區分之：

（一）從「內閣制度與政治環境」言：從明初的政治環境開始論述，我們可以看到「臺閣體」作家，如楊士奇等人的崛起，實與永樂皇帝朱棣的「奪門之變」有極大的關係，造成明洪武、建文時期的政壇主力浙東派急速的衰落。相對地，其掌握的文化權力也跟著「易主」。接著在「翰林院與庶吉士制度」的層面，不管是選拔庶吉士或翰林院教習，都和「臺閣體」文風的塑造成型有極大的關連，而翰林院本身又是晉升明代「內閣」最重要的政治途徑，故從這個角度來觀察「臺閣體」組成成員之間的身分地位，亦不失為一種研究的方法。

（二）從「科舉取士與學術思潮」言：科舉與學術思潮常常是彼此共構的狀態，明代自永樂時期頒發的《四書五經大全》、《性理大全》來看，幾乎都以朱子的傳注為主，並且透過科舉的因素，更是一躍為官方的代表學術。而「臺閣體」作家的思維，亦是延續儒家的思維，所以在實際創作層面或詩學理論，往往呈現出宗經、明道的思想，也就不足為奇了。

（三）從「文人治生與經濟狀態」言：此節我們可以得知明代除了政治環境的變化之外，其經濟層面呈現出什麼的狀態。這與文人治生的關聯又是什麼。譬如陸容《菽園雜記》中所言的情況，實為明代開國以後的文壇常態——上至內閣大臣，下至一般官員，為彼此的父母或士大夫階級之間，撰寫神道碑、墓表及輓詩。這些文壇「交流」的情況，士大夫可得重幣亦能傳播自己的名聲，這在臺閣三楊、二王等人的詩文集中，尤為常見。然其根本的思維，可能在於他們立基於傳統儒家的思維之下，認為這類作品的創作乃源出於「情」，或是「有德必有言」的概念，此於第四章第二節的討論會再次詳述。

從以上幾點的歸納，加上立基於本章專門處理時代脈動的問題，期能使本書在詩學理論正文的論述更爲流暢，因不必擔心失去「背景」的研究，將突顯不了「主體」的位置。

第三章　臺閣體定義與範疇

歷年來，眾多的研究者與文學史家，無不將「臺閣體」與三楊連結一起，原因不外乎是認定，「臺閣體」的興起和三楊的提倡、創作有著非常密切的關係，說得明白一些，他們認為「臺閣體」源於三楊共同創立。由他們三人所構築出「臺閣體」此一詩文風格，甚至成為一個特定的文學創作流派，盛行於永樂之後，可謂是壟斷當時文壇。而後世學者對於「臺閣體」多給予非常負面之評價，認為這是一種詩文發展的停滯和墮落，同時，也這些評價的矛頭直指三楊本身，但這樣的詮釋與標籤是否眞正符合實情呢？因此，我們在探討「臺閣體」詩學理論之前，必須試著重新梳理有關於「臺閣體」的相關文獻，才能進一步把握「臺閣體」發展的脈絡，故以下將略分為幾個層次來談。

第一節　「臺閣」釋名

根據史籍文獻的記載，最早「臺閣」一詞，應當始於漢代。《後漢書》中多次提及「臺閣」，如「自雄掌納言，多所匡肅，每有章表奏議，臺閣以為故事。」〔註 1〕那麼「臺閣以為故事」的「臺閣」所

〔註 1〕【南朝．宋】范曄撰：《後漢書》第 7 冊（北京：中華書局，1973 年 8 月第 1 版第 2 刷），卷六十一，〈左周黃列傳〉，頁 2022。

指何人呢？其云：「今臺閣近臣，尚書令陳蕃，僕射胡廣，尚書朱宇、荀緄、劉祐、魏朗、劉矩、尹勳等，皆國之貞士，朝之良佐。尚書郎張陵、嬀皓、苑康、楊喬、邊韶、戴恢等，文質彬彬，明達國典。」〔註2〕又如「雖置三公，事歸臺閣。自此以來，三公之職，備員而已。」〔註3〕李賢注云：「臺閣，謂尚書也。」而《資治通鑑》亦有同樣的說法，其云：「瓊昔隨父在臺閣，習見故事。」〔註4〕胡三省注云：「瓊父香，和帝時爲尚書令。」可見當時所謂的「臺閣近臣」實包含了尚書令、僕射、尚書、尚書郎等職。

而在文學與文學理論的方面的文獻，如《文心雕龍》中云：「左雄奏議，臺閣爲式；胡廣章奏，天下第一。」〔註5〕正如上段所言，左雄的奏議皆被當時身居臺閣的官員視爲施政的參考依據。而在漢詩方面，則有〈古詩爲焦仲卿妻作〉一首中云：「汝是大家子，仕宦於臺閣，愼勿爲婦死，貴賤情何薄。」〔註6〕吳興王蒓父註及云：「臺閣，貴官所居。」以上諸例皆可說明「臺閣」一詞在漢代所指稱的，不僅是官職還是一個機構。

漢代之後，魏晉與隋代大致沿用舊制，即是以「臺閣」作爲尚書省的一個別稱。如《隋史》中載：「尋省府及僚佐，置公則坐於

〔註2〕【南朝·宋】范曄撰：《後漢書》第8冊，卷六十九，〈竇何列傳〉，頁2240。亦有所謂的三臺之稱，「尚書爲中臺，謁者爲外臺，御史爲憲臺，謂之三臺。」見【漢】應邵撰：《漢官儀》卷上，收入王雲五主編：《叢書集成初編》(台北：商務印書館，1937年12月初版)，頁21。

〔註3〕【南朝·宋】范曄撰：《後漢書》第6冊，卷四十九，〈王充王符仲長統列傳〉，頁1657。

〔註4〕【宋】司馬光編：《資治通鑑》(北京：中華書局，1976年10月第1版第4刷)卷五十一，〈漢紀四十三：順帝永建二年〉，頁1651。

〔註5〕【南朝·梁】劉勰撰，王久烈等譯註：《語譯詳註文心雕龍》第二十三，〈章表〉，頁319。其註云：「王先謙後漢書集解引王鳴盛曰：『所云臺閣者，猶言宮掖中秘云爾。』」

〔註6〕【清】沈德潛編，吳興王蒓父箋註：《古詩源箋註》(台北：華正書局，1990年9月)卷二，頁111。

尚書都省。朝之眾務，總歸於臺閣。」〔註7〕到了唐代時期，所謂的「臺閣」又可稱作「臺省」，實包含了三省（中書省、門下省、尚書省）官與御史臺。不過到了宋代時，南北宋的情況則又有所不同，根據楊芹與曹家齊先生的研究指出，北宋所謂的「臺閣」，嚴格來說，「臺」爲御史臺；「閣」則是館閣，故「臺閣臣僚」指的是御史臺與館閣官，合稱之義，需要注意的是此時的「臺閣」已不包含唐代以前的尚書省或三省。至於北宋所謂的「館閣」，即是昭文館、國史館、集賢院與秘閣，合稱「崇文院」，元豐改制後，以崇文院爲祕書省，不過秘書省仍有「三館秘閣」之稱。南宋，「臺閣」之涵義似乎又有擴大，「臺閣」一稱除包括御史臺、館閣（祕書省）外，還包含了收藏諸帝御書、御制文集和其他典籍、圖畫的諸閣，例如龍圖、天章、寶文等諸閣，「臺閣」包含諸閣可說是始於南宋。〔註8〕不管是御史臺或是館閣，「臺閣」在宋代的士子眼中已經是仕宦顯赫的重要標誌，尤其是館閣，由館閣出身而升任宰相者，在宋朝一代相當的多，如李昉、呂端等等。譬如北宋歐陽修（1007～1072）在〈送徐生之澠池〉一詩中所描述：「羅列臺閣皆名卿。」〔註9〕可佐證之。

到了元代，多承宋制。至元元年，置翰林兼國史院。二十年，省併集賢院爲翰林國史集賢院，二十二年，復分立集賢院。〔註10〕從另一個引文中，即可發現「臺閣」一詞亦是一種泛稱。例如《元史・揭傒斯列傳》中提到：「傒斯凡三入翰林，朝廷之事，臺閣之儀，靡不

〔註7〕【唐】魏徵等撰：《隋書》（北京：中華書局，1982年10月第1版第2刷）第3冊，卷二十八，〈百官下〉，頁773。

〔註8〕參考楊芹、曹家齊：〈宋代「臺閣」涵義考〉，《學術研究》第1期，2009年1月。

〔註9〕傅璇琮等主編：《全宋詩》（北京：北京大學古文獻研究所，1998年12月）卷二八六，頁3628。

〔註10〕【明】宋濂等撰：《元史》（北京：中華書局，1976年4月第1版第1刷）第7冊，卷八十七，〈百官三〉，頁2189～2190。

閑習。」〔註 11〕這至少表示著「臺閣」一詞並未泛指整個朝廷，而是指「翰林院」以上的官職泛稱。由上述的分析，我們可以知道其實「臺閣」一直以來並未明確的定義清楚，宋代的「臺閣」包含著御史臺、館閣與諸閣、元代的「臺閣」則包含著翰林兼國史院等，演變到了明代，其性質已經相當接近明代所謂的「館閣」，根據羅玘（1447～1519）《館閣壽詩序》中所云：

> 今言館，合翰林、詹事、春坊、司經局皆館也，非必謂史館也；今言閣，東閣也，凡館之官，晨必會於斯，故亦曰閣也，非必謂內閣也。然內閣之官亦必由館閣入，故人亦蒙冒概目之曰館閣云。有大制作，曰：「此館閣筆也。」有欲記其亭臺、銘其器物者，必之館閣；有欲薦道其先功德者，必之館閣；有欲文其親壽者，必之館閣。〔註 12〕

由此可知，至少在羅玘（成化末，鄉試第一，明年舉進士，選庶吉士〔註 13〕）生活的時期，館閣一詞的意義已經擴大，實質包含了翰林院、詹事府、春坊、司經局、東閣，以及史館、內閣。〔註 14〕因此，由此點來看，羅玘似乎已將明代之前的「臺閣」（本來包含當時的「館閣」）等同明代的「館閣」，也就是說，兩者二而爲一，所以在明代來說「館閣」其實就是「臺閣」。

〔註 11〕【明】宋濂等撰：《元史》第 14 冊，卷一百八十一，〈揭傒斯列傳〉，頁 4184。

〔註 12〕【明】羅玘：《圭峰集》（台北：台灣商務印書館影印文淵閣四庫全書，1983 年初版）卷一，〈館閣壽詩序〉，頁 9 下。

〔註 13〕【清】張廷玉等撰：《明史》第 24 冊，卷二百八十六，〈列傳〉，頁 7344。

〔註 14〕如果我們以中央研究院歷史語言研究所製作的「漢籍電子文獻資料庫・正史」爲例，輸入「臺閣」、「內閣」、「館閣」等詞檢索，將會發現「臺閣」一詞大多出現在宋代以前，明史 1 筆，清史稿 4 筆；「內閣」集中於明清兩史，分別爲 222 筆與 554 筆，宋史之前幾乎很少出現，出現時其意義全然不同於明清所謂的內閣；「館閣」則集中於宋史 138 筆，明史 16 筆，清史稿 5 筆。詳可參考網站：http://hanchi.ihp.sinica.edu.tw/ihp/hanji.htm。檢索時間爲 2010 年 10 月 24 號。

但是我們所欲了解之事，乃在於羅玘之時，還存不存在「臺閣」一詞？這個問題，也就是「館閣」是否已然徹底取代「臺閣」，成為當時或爾後的文人流通的唯一稱呼？若根據與羅玘同時的李東陽來看，李東陽（1447～1516）在〈匏翁家藏集序〉中提及：

> 取甲科，官史局，文名滿天下，老居臺閣，弗究厥施，而終始於所謂文者。〔註15〕

「匏翁」即是吳寬。吳寬（1435～1504）成化八年，會試、廷試皆第一，授修撰，侍講東宮。十六年進禮部尚書，餘如故，後入閣未果，中外皆為之惜。〔註16〕李東陽謂之「臺閣」與羅玘有其相合之處，不過仍沿用「臺閣」而非「館閣」，而且「老」字所指則偏向於「尚書」一職。於是，我們可以得出一個結論：至少明代中葉前後，文人之間的「臺閣」與「館閣」之用法得以同時並存，視其情況而用之。

透過上述梳理歷史文獻的過程中，我們只理解到「臺閣」一詞在政治上所指涉的意涵，但在後世的詩文批評中，常常以「臺閣體」來指涉楊士奇等人的詩文風格與地位，相當程度地顯示出「臺閣體」已經被定型，形塑成一種公認且特定的詩文風格，不過官職名稱為主的「臺閣」加上文學概念的「體」，其形成的脈絡軌跡為何？此為下文所欲深究之處。

第二節　「臺閣體」釋義

「臺閣」一詞並非是明代首創，那麼它就具備了整個歷史發展的過程中，各朝代所不斷賦予它的意涵，以及後來之流變。我們從上文的探討也可以發現到，其實在明代之前，「臺閣」多半與官職聯繫在一起，那麼，它與詩文創作之間的關係到底是什麼？身居「臺閣」之

〔註15〕【明】李東陽著、周寶賓典校：《李東陽集》第三卷，卷之四，〈匏翁家藏集序〉，頁59。

〔註16〕【清】張廷玉等撰：《明史》第16冊，卷一百八十四，〈列傳〉，頁4883～4884。

士大夫所創作的詩文，就能全部稱之爲「臺閣體」或者「臺閣」詩文嗎？這樣的假設，尤其在明代更顯得關鍵。有鑒於此，此節應分爲幾個層次來談，包含一、臺閣之文與山林之文。二、「臺閣體」——楊士奇之詩文。三、「臺閣體」定義及相關名稱之演變。茲分述如下：

一、臺閣之文與山林之文

宋代吳處厚（生卒年不詳）《青箱雜記》中提到「朝廷臺閣之文」與「山林草野之文」的比較，這應當是較早將兩者對舉的文獻，其云：

> 然余嘗究之，文章雖皆出於心術，而實有兩等：有山林草野之文；有朝廷臺閣之文。山林草野之文則其氣枯槁憔悴，乃道不得行，著書立言者之所尚也。朝廷臺閣之文，則其氣溫潤豐縟，乃得位於時，演綸視草者之所尚也。故本朝楊大年、宋宣獻、宋莒公、胡武平所撰制詔，皆婉美淳厚，過於前世燕、許、常、楊遠甚，而其爲人，亦各類其文章。〔註 17〕

繼承這類說法且爲人所注意者，當是明初宋濂〔註 18〕，其云：

> 昔人之論文者，曰有山林之文，有臺閣之文。山林之文，其氣枯以槁，臺閣之文，其氣麗以雄，豈非天之降才爾殊也，亦以所居之地不同，故其發於言辭之或異耳。濂嘗以此而求諸家之詩，其見於山林者，無非風雲月露之形，花木蟲魚之玩，山川原隰之勝而已，然其情也曲以暢，故其音也渺以幽。若夫處臺閣則不然，覽乎城觀宮闕之壯，典章文物之懿，甲兵卒乘之雄，華夷會同之盛，所以恢廓其心胸，踔厲其志氣者，無不厚也，無不碩也，故不發則已，

〔註 17〕【宋】吳處厚撰：《青箱雜記》（北京：中華書局，1985 年 5 月第 1 版第 1 刷）卷五，頁 46。

〔註 18〕宋濂師承黃溍，黃溍亦曾提及「臺閣之文」，其云：「皇慶、延祐間，公入通朝籍，以性理之學施於臺閣之文，而其文益粹如良金美玉，不俟鍛鍊琱琢而光輝發越，自有不可掩者矣。」見【元】黃溍《文獻集》卷六（台北：台灣商務印書館影印文淵閣四庫全書，1983 年），〈順齋文集序〉，頁 1209～401。

發則其音淳龐而雍容，鏗鍧而鏜鞳，甚矣哉！〔註19〕

同樣的話，宋濂又云：「予聞昔人論文，有山林臺閣之異。山林之文，其氣瑟縮而枯槁；臺閣之文，其體絢麗而豐腴，此無他，所處之地不同而所托之興有異也。」〔註20〕結合以上兩者的說法，或許可試著製表呈現之，如下〔註21〕：

表3.1

	臺閣之文	山林之文
詩之體	雅、頌	風
作者	公卿士大夫	氓隸女婦之手
所處之地	朝廷	山林
性質	施之以朝會、施之以燕饗	里巷歌謠之詞
題材呈現	城觀宮闕之壯，典章文物之懿，甲兵卒乘之雄，華夷會同之盛	風雲月露之形，花木蟲魚之玩，山川原隰之勝
風格	其氣溫潤豐縟	其氣枯槁憔悴
	其體絢麗而豐腴	其氣瑟縮而枯槁
	其音淳龐而雍容，鏗鍧而鏜鞳	其情也曲以暢，其音也渺以幽
崇尚者	得位於時，欲演綸視草者	道不得行，欲著書立言者

從這兩段引文中得知，明初宋濂大大擴充了宋代吳處厚之臺閣與山林之文的內涵且說得更加清晰，即是「此無他，所處之地不同而所托之興有異也」。透過兩人對於兩種類型的文學風格之敘述，即可發現傳統文人或士子的底層心態，即是「修身、齊家、治國、平天下」的儒家思維，宋濂甚至說「恢廓其心胸，踔厲其志氣」，所謂的「志

〔註19〕【明】宋濂：《宋學士全集》卷七，引自叢書籍成初編《宋學士全集》（北京：中華書局，1985年），〈汪右丞詩集序〉，頁186。

〔註20〕【明】宋濂：《宋學士全集》卷四，〈蔣錄事詩集後〉，頁65。

〔註21〕丁威仁將浙東派宋濂的說法，進一步結合「詩三百」（宋濂本身的詩歌觀點多上溯「詩三百」），兩者製表後所呈現出來的詩學觀點，頗爲清晰，可參。見丁威仁：《明洪武、建文時期地域詩學研究》，頁73。

氣」應爲儒家「詩言志」的價值延伸，這點相較於吳處厚，又表現得更加強烈。不過，吳處厚也點出相當值得參考的一點，「山林之文，乃道不得行，著書立言者之所尙。臺閣之文，乃得位於時，演綸視草者之所尙。」道不得行與得位於時，前者似乎是一種自我安慰的心態，後者則像是一種「功用性」居多的崇尙心理，換個說法，爲何「臺閣之文」不會被「著書立言者」所崇尙呢？推測，正是因爲沒有迫切的實用性，爲官所寫的「臺閣之文」主要爲「制詔」（宋）、「大制作」（明），故它會被演綸視草者所學習。如此一來，再對照宋濂所言，便可得知吳處厚的看法是一種較爲實際的狀況，宋濂的看法（推崇「臺閣之文」）則較爲理想化。

如果說宋濂提出了如此理想的觀點，可證明他認爲「臺閣之文」是一種可以進一步發展的美學範式，那麼明代的「臺閣詩文」或「臺閣體」眞正該標誌的應當是明初宋濂，因何讓永樂之後的楊士奇等人「掠美」了呢？這應當不是「成功不必在我」或是「臺閣體草創」等語，可以如此簡略解釋的一個疑問。當然，我們必須先承認的是，大多詩文風格的誕生或者盛行，勢必有一段醞釀時期，但宋濂被視爲明初文章最達者〔註22〕，若依其詩文創作能力，同時也知悉吳處厚所謂臺閣與山林之文的差別，爲何他無法開發「臺閣之文」進而到達「臺閣體」之極致呢？（這裡所謂的「極致」是指可以讓後世「標榜」的程度，即是「典範」的意義。當然這可能包含了很多複雜的因素，如政治環境、個人的態度等等，以下僅以內容來論。）於此，我們不妨進行一個假設，如果宋濂提出的「臺閣之文」並不全然等同於「臺閣體」呢？或者，比照一般論及「三楊臺閣體」的模式，以「宋濂臺閣體」言而論之？似乎這樣的論點不甚妥當。

不妨約略參考幾位前輩學者的意見，即可明白這不甚妥當之因。

〔註22〕王世貞云：「文章最達者，則無過宋文憲濂……。」見【明】王世貞著、羅仲鼎校注：《藝苑卮言校注》卷五（濟南：齊魯書社，1992年7月第1版），頁234。

如錢基博先生曾指出：「太祖之世，運當開國，多峭健雄博之文。成祖而後，太平日久，爲臺閣雍容之作。作者遞興，皆沖融演迤，不矜才氣。」〔註 23〕又如許總先生所言：「如果說，入明之初的宋濂、劉基等人的文學生涯尚帶有元、明之際那種『各抒心得』的表現特點，那麼，眞正體現出具有明代自身特色的明前期文學則應當以所謂的『臺閣體』與『性理詩』爲代表。」〔註 24〕由此可見，兩位學者在分析明初文學與行文脈絡之間，並未特別突顯宋濂的「臺閣之文」，乃在於宋濂與劉基等人，由元入明「各抒心得」的詩文表現，其實單就題材方面的呈現，就遠比「臺閣體」還要更加多元，況且是以「峭健雄博之文」爲主要特色，絕非讓後世批評得體無完膚的「臺閣體」可以比擬。

而且，宋濂認爲「臺閣之文」的風格，主要是表現「所處之地不同而所托之興有異」以及「其音淳龐而雍容，鏗鍧而鏜鞳」〔註 25〕這兩點身上，就語意的理解，「其音淳龐而雍容，鏗鍧而鏜鞳」指的是「城觀宮闕之壯，典章文物之懿，甲兵卒乘之雄，華夷會同之盛」題材所呈現出來的特色。我們要著重的焦點，應該在於「其音鏗鍧而鏜鞳」和「所託之興」之上；「臺閣體」，多數的研究者皆認爲主要呈現出「雍容」之風格，卻未曾見過類似「其音鏗鍧而鏜鞳」〔註 26〕之語

〔註 23〕錢基博：《中國文學史》（北京：中華書局，1996 年 2 月第 1 版第 2 刷），頁 856。

〔註 24〕許總：《宋明理學與中國文學》（南昌：百花洲出版社，1999 年初版），頁 355。

〔註 25〕明初閩中派張以寧也有類似宋濂「聲音論」之觀點，他認爲：「聲由人心生，協於音而最精者爲詩。縉紳於臺閣而詩者，其神腴、其氣縟；布韋於草澤而詩者，其神槁、其氣涼。」見【明】張以寧：《翠屏集》（台北：台灣商務印書館影印文淵閣四庫全書，1983 年）卷三，〈草堂詩集序〉。

〔註 26〕就目前掌握的資料，將「鏗鍧」與「鏜鞳」二詞同時運用在文學批評者，當爲宋代劉克莊（1187～1269）論辛棄疾詞風時，曾云：「大聲鏜鞳，小聲鏗鍧，橫絕六合，掃空萬古。」蘇淑芬先生就認爲「他那些『大聲鏜鞳，小聲鏗鍧』，具有時代特色的愛國詞，是作品中的

來形容「臺閣體」，故這兩者有其同，卻也有其異處。至於「所託之興」的部分，可得知宋濂認爲「臺閣之文」需具備「興」，但目前卻無法確切地說什麼樣子的「臺閣之文」才是具備「興」。而「興」字在「臺閣體」詩論中則多有論述，容後文再仔細論述。

不過，我們還是得注意到宋濂論「臺閣之文」，應該呈現出什麼樣態仍舊屬於理論的「建構」，至於實際創作層面是否已然如此，或誰之「臺閣之文」早已呈現，仍需進行文本的考察才能得知，容本書置而不談。

二、「臺閣體」——楊士奇之詩文

從一開始論述「臺閣」、「臺閣之文」，卻都未曾對「臺閣體」三個字作一溯源。「臺閣體」在正史的文獻中從未出現過，而類同的文字出現頻率最高的，則在於清代四庫館臣所撰的《四庫全書提要》之中。〔註27〕這樣是否能說明「臺閣體」一詞，始於清代？或者，已經顯示出「臺閣體」成爲了一種後世批評的範式？

根據目前所掌握的資料而言，明代最早以「臺閣體」三字進行文學批評，見載於明人王世貞（1526～1590）《藝苑卮言》。關於成書時間，其自序曾言：「余始有所抨騭於文章家，曰《藝苑卮言》者，成自戊午（1558）耳。然自戊午而歲稍益之，以至乙丑（1565），而始脫稿。里中子不善秘，梓而行之。」〔註28〕由此可知，《藝苑卮言》

瑰寶。」可見此指爲愛國詞所表現出來的特色，這與宋濂所言「甲兵卒乘之雄，華夷會同之盛」，有某種程度雷同之關係。前段引文爲【宋】劉克莊：《後村先生大全集》，見《四部叢刊初編》第273冊（臺北商務印書館，1967年），〈辛稼軒集序〉，頁846。後段引文爲蘇淑芬：〈辛棄疾農村詞辨析〉，《東吳中文學報》第三期，1997年5月，頁211。

〔註27〕根據「台北故宮【寒泉】古典文獻全文檢索資料庫・四庫全書提要」搜尋，僅以臺閣、臺閣體、臺閣舊體、臺閣一派等關鍵字搜尋，便有近35筆資料。詳可參考網址：http://210.69.170.100/s25/。檢索時間：2010年10月24號。

〔註28〕【明】王世貞著、羅仲鼎校注：《藝苑卮言校注》，〈原序二〉，頁2。

成書大概是在嘉靖中後期的時間，而離永樂初年約有一百五十幾年。王世貞《藝苑卮言》爲研究明代詩文時，眾多研究者時常會引用到的原典文獻，同時，王世貞也是後七子的領袖人物，故不管是詩文創作或批評，皆可見其在明代文學之重要地位。〔註 29〕《藝苑卮言》卷五之記載：

> 文章之最達者，則無過宋文憲濂、楊文貞士奇、李文正東陽、王文成守仁。……。楊尚法，源出歐陽氏，以簡澹和易爲主，而乏充拓之功，至今貴之曰「臺閣體」。……。解大紳文實勝詩，頗自足發，不知所裁。胡光大、楊勉仁、金幼孜、黃宗豫、曾子棨、王行儉諸公，皆廬陵之羽翼也。〔註 30〕

我們從引文中可以清楚的看到「楊尚法，源出歐陽氏，以簡澹和易爲主，而乏充拓之功，至今貴之曰『臺閣體』」。於此，可見明人王世貞的觀點，即是楊士奇尚法且源出歐陽修的風格，在距離永樂一百五十幾年後的當時，貴「之」爲「臺閣體」，也就是說，只有楊士奇之文才是「臺閣體」。〔註 31〕從這也可以看到王世貞對於「臺閣體」三字

〔註 29〕台灣專門以王世貞作爲研究對象的碩博士論文就有：(1) 卓福安先生《王世貞詩文論研究》(東海大學中國文學所博士論文，2002 年)。(2) 黃志明先生《王世貞研究提要——以其生平及學術爲中心》(政治大學中國文學所博士論文，1976 年)。(3) 朴均雨先生《王世貞詩文論研究》(政治大學中國文學所碩士論文，1989 年)。更多被納入前後七子的論文當中，諸如此類。其中值得一提的是，卓福安先生《王世貞詩文論研究》試以其著書與傳播的情形觀看其影響性，詳情可參〈附錄二〉，頁 421～431。

〔註 30〕【明】王世貞著、羅仲鼎校注：《藝苑卮言校注》卷五，頁 234～235。「而乏充拓之功」一句之「乏」字，此書作「令」，實爲「乏」字才是正確。可參考後幾註之相關文獻。

〔註 31〕後世研究明代時，還有另一個特殊的「書體」亦稱爲「臺閣體」，以沈度爲其中一個代表，但本書之討論並不涉及此一面相。根據王麗瑄先生云：「其婉麗飄逸，雍容矩度的書風，成爲士子爭相臨仿的對象，並於永樂期間盛極一時，造成了臺閣體的巔峰發展……至成化年間，臺閣體瀰漫近一世紀，其歷時之久、影響之廣，爲書史上罕見。也由於其書體專用於科舉考試，制誥奏表及粉飾太平，因此在藝術的內涵上是較爲不足的。」見王麗瑄：《明人小楷研究》(暨南大學中國語文學所碩士論文，2007 年 6 月)，頁 67。

所下的定義，已然不同於明初宋濂以所處之地爲「臺閣」者，則爲文乃「臺閣之文」。至於在楊士奇執掌文柄之前的一代文宗解縉，王世貞認爲其「頗自足發」，此意味著解縉詩文風格當與「臺閣體」有所差別。而與楊士奇「臺閣體」相當者，爲「胡光大、楊勉仁、金幼孜、黃宗豫、曾子棨、王行儉諸公」，連楊榮都在羽翼之列，既然有「羽翼」就必然有其「主體」——楊士奇「臺閣體」，由此可見，王世貞對於這段時期的文學認知。如王世貞又云：

> 國初之業，潛溪爲冠，烏傷稱輔。臺閣之體，東里闢源，長沙道流。〔註32〕

這裡的語法乃「四字一組」之書寫模式，故文中的「臺閣之體」其實等同於「臺閣體」。王世貞認爲楊士奇乃臺閣體之源，李東陽道其流，當屬無異。

明代，除了王世貞《藝苑卮言》所言之外，還有另一個文獻可供參考，亦是同樣的看法。轉引簡錦松先生在其著作《明代文學批評研究》裡的一段文獻，以茲說明。簡錦松先生云：

> 至於楊士奇、李東陽、何宗彥先後俱收天下文權復歸臺閣，且著明「臺閣體」之名稱者，乃張愼言《何文毅（宗彥）公全集序》也，其言曰：「當代名相之業，莫著於楚石首楊文定（士奇），值締建之初，補天浴日，策勳亡兩，於是文章尚宋廬陵氏，號『臺閣體』，與世嚮風。其權散而不收，學士大夫各挾其所長，奔命辭苑，至長沙李文正出，倡明其學，權復歸於臺閣。」〔註33〕

此段引文需先注意的地方在於：括號文字（士奇）爲簡錦松先生自已所加。接著，如何來觀察王世貞之後，明人張愼言所撰寫的〈何文毅公全集序〉？我們可以略分幾個問題：（一）石首楊文定是楊溥，爲

〔註32〕【明】王世貞著、羅仲鼎校注：《藝苑卮言校注》卷五，頁241～242。

〔註33〕簡錦松：《明代文學批評研究——成化、嘉靖中期》，頁38。至於【明】張愼言：〈何文毅公全集序〉一文，收入【清】黃宗羲編：《明文海》卷二五三，頁2651。

何簡錦松先生括號寫士奇？（二）何文毅（1559～1624）爲江西人；張愼言（1578～1646）則是山西人，這類型的文人全集序，反而頌揚不是江西人的湖北石首人楊溥？此點相當令人疑惑不解。況且「文章尚宋廬陵氏」相當明顯地爲當時人所知曉，多是指楊士奇文章所宗者。（三）文中所謂的「値締建之初」所指何時呢？從明代幾個重大事件來看，指的是明代開國？明成祖朱棣奪位？還是土木堡之變、英宗復辟呢？綜合以上三點疑問來看，土木堡之變前，三楊已死；明代開國，三楊還未入閣，最有可能爲明成祖朱棣奪位前後，才有得以「補天浴日，策勳亡兩」的情況，但是那時楊溥尚未入閣。〔註 34〕

故，張愼言是否以「曲筆」頌揚湖北人楊溥來褒揚江西人何宗彥，這兩者有何關係，實不得而知。〔註 35〕至於王世貞《藝苑卮言》此時也成書（1565）已久，如果張愼言看過就會知道「臺閣體」乃王世貞用來專指楊士奇而言。簡錦松先生應當認爲張愼言誤植，所以括號才會補上「士奇」二字，如果簡錦松先生所言爲眞，等於認定楊士奇，其文章尚宋廬陵氏，號「臺閣體」這一個連結，不過相當可惜的是，簡錦松先生並未深入的論述此點。

但，如果是張愼言「刻意」要將石首楊文定（楊溥）一同納入（甚至取代？）單指楊士奇的「臺閣體」呢？這便顯示出「臺閣體」的意涵逐步被擴大的現象。問題在於楊溥文壇之影響力，是否眞能超越「二楊」之上？我們可以看到王世貞所言的「文章最達者」與「羽翼」名單，並沒有出現楊溥，況且政治地位上的「三楊」能否毫不考慮地等

〔註 34〕《明史》記載：「宣德間，復建弘文閣於思善門右，以翰林學士楊溥掌閣印，循併入文淵閣。」如果張愼言以此爲準，實過於高估楊溥於「三楊」之中的政治地位，而成爲「三楊」之首。引文見【清】張廷玉等撰：《明史》第 6 冊，卷七十三，〈職官二〉，頁 1788。

〔註 35〕大陸學者郭萬金先生認爲：「張愼言對於『臺閣體』的指稱並不模糊，只因主旨所需，故用曲筆而已，其後，文中又屢言『權歸臺閣』、『臺閣之文』，將整個閣臣群混而言之。」見郭萬金：〈臺閣體新論〉，《文學遺產》第五期，2008 年，頁 82。

同文學地位上的「三楊」？會有如此的疑問，問題就在於「共主朝政」與「共操文柄」這兩者之間的落差。這似乎是研治古典文學避無可避的重要問題。文學方面，清人朱彝尊（1629～1709）《靜志居詩話》云：「東楊詩頗溫麗，擬西楊不及，下視南楊有餘。」〔註 36〕清人陳田《明詩紀事》則在「楊溥」一條云：「西楊文學，東楊政事，南楊雅操。」〔註 37〕事實上，朱彝尊《靜志居詩話》在「楊溥」一條也認爲：「三楊位業並稱，南楊詩名獨不振。」〔註 38〕也就是說，「三楊」專長的部分，各有其不同，唯一相同者可能僅是政治上的影響力，於是我們可以看到「共主朝政」其實在內涵上並不全然等同於「共操文柄」。再進一步來說，那麼「三楊」當中，誰是眞正主文柄者？李東陽直接說：

> 永樂後至於正統，楊文貞公實主文柄。鄉郡之彥，每以屬諸先生。文貞之文，亦所有擇，世服其精。而後人乃有刻爲續集，至數十卷者。〔註 39〕

永樂至正統，確實是楊士奇入閣歷事四朝的時間，遠比楊溥還要早。〔註 40〕「楊文貞公實主文柄」，這也隱含了「實主文柄」在明代中期之前，實與「政治地位」無法切割，不過就算如此李東陽還是僅認爲楊士奇，當爲文壇的盟主，這句以下的引文，則可稍微顯示楊士奇之文在鄉郡士子之間，有流傳，亦有其可觀之處，世服其精。故，張愼言〈何文毅公全集序〉所言，楊溥之文學地位可以一舉超越「二楊」，

〔註 36〕【清】朱彝尊《靜志居詩話》卷六，〈楊榮〉，頁 147。

〔註 37〕【清】陳田：《明詩紀事》（收入周駿富輯《明代傳記叢刊・學林類 11》）乙籤卷三，〈楊溥〉，頁 013～068。

〔註 38〕【清】朱彝尊《靜志居詩話》卷六，〈楊溥〉，頁 147。

〔註 39〕【明】李東陽著、周寶賓典校：《李東陽集》第二卷，卷之五，〈呆齋劉先生集序〉，頁 74。

〔註 40〕胡應麟《詩藪》記載：「惟國朝勳業才名兼者頗不乏其人。……密勿則楊文貞……皆文武兼該，聲實咸備，前代所罕覯者。」這個名單，楊榮、楊溥都不在此列。見【明】胡應麟：《詩藪》續編卷一，〈國朝上〉，頁 347。。

進而達到被張氏標榜的程度，實在令人相當不解。

接著，明代王世貞及張愼言都指出了「臺閣體」的名目，那麼後來的人是否也有同樣的觀點，或者接受的情形？〔註 41〕如果我們再回過頭來觀看，第一章引過的的原典，明末清初錢謙益（1582～1664）《列朝詩集小傳》乙集「楊少師士奇」一條中云：

國初相業稱三楊，公爲之首。其詩文號臺閣體。〔註 42〕

「相業稱三楊」這是我們所理解的部分。「公爲之首。其詩文號臺閣體。」以「公爲之首」可以連結前後，楊士奇爲「三楊」之首當屬無異，但是其後楊士奇的詩文號「臺閣體」，這會讓人產生疑問嗎？確實會產生疑問，不過，此點卻只有放在「楊少師士奇」一條之中，不正好表明了錢謙益與王世貞乃是同樣的立場嗎？此外，值得注意的是：王世貞專講楊士奇之「文章」爲「臺閣體」，錢謙益則是擴大到楊士奇「詩文皆號臺閣體」。

論述至此，我們不免心生疑惑，既然是專指楊士奇之詩文，爲何會是以「臺閣體」稱之呢？也就是以官職名「臺閣」加上文學概念的「體」，但以明代「『臺閣』體」來說，位居「臺閣」者，實不止楊士奇一人。如果說楊士奇之詩文成爲了一種美學的範式，理應稱呼爲「楊士奇體」才較爲準確，卻不以此爲之？試推敲其原因，正因爲「臺閣體」的影響不僅僅止於楊士奇一人而已，如王世貞所言「臺閣之體，

〔註 41〕清人所編《元明事類鈔》亦有王世貞云「楊尚法，源出歐陽氏，以簡澹和易爲主，而乏充拓之功，至今貴之曰『臺閣體』」此一原典。見【清】姚之駰：《元明事類鈔》（台北：台灣商務印書館影印文淵閣四庫全書，1983 年）卷二十一，〈臺閣體〉。亦可見【清】陳田：《明詩紀事》乙籤卷三，〈楊士奇〉，頁 013～058－013～059。

〔註 42〕【清】錢謙益：《列朝詩集小傳》乙集，〈楊少師士奇〉，頁 162。清代張英曾充當《淵鑒類函》之總裁官，其《淵鑒類函》曾引《明詩紀事》所言，其云：「楊士奇，泰和人，其詩文號臺閣體。」觀點亦與王世貞、錢謙益同，不過需注意的是《明詩紀事》可能不是清代陳田的版本，根據郭萬金〈臺閣體新論〉考察，疑爲師從錢謙益的毛晉所編之《明詩紀事》。引文見《淵鑒類函》（台北：台灣商務印書館影印文淵閣四庫全書，1983 年）卷一九六。

東里闢源，長沙道流。」楊士奇的詩文是一個源頭，而以官職來說的「臺閣」背後支撐者，爲楊士奇的政治地位；以文學概念來說的「體」則是文章需有指標性、典範的意義，如王世貞所言「文章之最達者」。如此一來，也就不難理解「臺閣體」最初的意涵了。

三、「臺閣體」定義及相關名稱之演變

延續上一小節所提，雖然王世貞認爲「臺閣之體，東里闢源，長沙道流。」但是「臺閣體」此一稱呼，並沒有被後世從事文學批評者列爲「專有名詞」，其實正如第一小節中李東陽與羅玘的狀況，政治上之「臺閣」與「館閣」界線不明，自然影響文學批評上的「臺閣體」與「館閣體」，進而造成諸多「名義」上的討論。除了上述這兩個名稱之外，還有「臺閣之體」、「臺閣之文」、「館閣著作」、「館閣之文」……等等，要精準且細膩的分析這些名稱之間的同異，實非可能之事，況且也不一定具備分析的意義，不過有一前提則需注意：明代的王世貞和明末清初錢謙益雖然專指「臺閣體」爲楊士奇之詩文，但清代四庫館臣並未採納如此觀點，反而擴大「臺閣體」涉及的範疇，如此一來，我們可以試著稍微這樣定義，前者爲「臺閣體」之狹義，後者則爲廣義。

有鑑於此，我們此節將會對明、清以來這些名稱運用之情況，進行整理以及爬梳，這將會對我們釐清明代「臺閣體」有一定的助益。從下述之爬梳過程，亦可一步一步釐清明、清兩代之文學批評史家對於「臺閣體」之定義，此包含著「臺閣體」之溯源、「臺閣體」之時間觀、「臺閣體」之詩文風格及體裁等。我們現今很多詩學觀點的來源，實承繼自清代四庫館臣的詮釋觀點。以下先以表格，後以條列的方式，呈現《四庫全書總目》〔註 43〕中，有關「臺閣體」批評的文獻，並以粗體字特別標示，再以此爲骨幹，援引其他文獻輔助說明之。

〔註 43〕【清】永瑢等撰：《四庫全書總目》（北京：中華書局，1965 年 6 月第 1 版第 1 刷）。本小節所引皆爲此版本，以後所引之文，僅標「卷～集部～類～頁數」。

表格 3.2

名稱	出處：人名《書名》		
臺閣體	高啓《鳧藻集》	袁華《可傳集》	
臺閣舊體	朱存理《樓居雜著》	吳桂芳《師暇裒言》	
	吳文華《濟美堂集》	劉儼《劉文介公集》	
臺閣之體	鍾復《雲川文集》	倪謙《倪文僖集》	彭韶《彭惠安集》
	韓雍《襄毅文集》	蕭鎡《尚約居士集》	蕭良有《玉堂遺稿》
	周述《東墅詩集》	祝萃《虛齋先生遺集》	呂本《期齋集》
	吳伯宗《榮進集》	袁宏道《袁中郎集》	岳正《類博稿》
	清朱彝尊《明詩綜》	清李振裕《白石山房》	
臺閣之派	林俊《見素文集》		
臺閣流派	徐溥《謙齋文錄》	周敘《石溪文集》	
臺閣舊派	周倫《貞翁淨》		

由表格中可以看到，幾乎有關於「臺閣體」的批評語彙，皆出自明人的文集，清代只有二位。這已然明確地表示，在四庫館臣的眼中所謂的「臺閣體」——不管是稱爲「臺閣體」、「臺閣舊體」、「臺閣之體」、「臺閣之派」、「臺閣流派」及「臺閣舊派」——以上皆僅限於「明代」之後，或說專稱明代詩文流派的一種類稱。接著，我們再觀察其他文獻：

（一）劉崧（1321～1381）《槎翁詩集》：史亦稱崧善爲詩，豫章人宗之爲西江派，大抵以清和婉約之音提導後進。迨楊士奇等嗣起，復變爲**臺閣博大之體**，久之遂浸成賾漫。〔註 44〕

（二）陳謨（1297～1388）《海桑集》：文體簡潔，詩格春容，則**東里淵源**實出於是。其在明初，固渢渢乎雅音也。〔註 45〕

〔註 44〕【清】永瑢等撰：《四庫全書總目》卷一六九，集部二二，別集類二二，頁 1467。

〔註 45〕【清】永瑢等撰：《四庫全書總目》卷一六九，集部二二，別集類二二，頁 1476。

（三）吳伯宗（？～1384）《榮進集》：詩文皆雍容典雅，有開國之規模。明一代**臺閣之體**，胚胎於此。〔註 46〕

此三例爲明初洪武、建文時期的作家，從引文中都可見到四庫館臣試圖將楊士奇與「臺閣體」進行溯源。第二筆言陳謨「文體簡潔，詩格春容」、第三筆言吳伯宗「詩文皆雍容典雅」，確實以「簡潔、春容」、「雍容典雅」等詞來看，四庫館臣多以此稱後來的臺閣文風，至於「臺閣博大之體」則相較罕見。再者，先行簡單列出江西派與楊士奇等人的關係，如下：

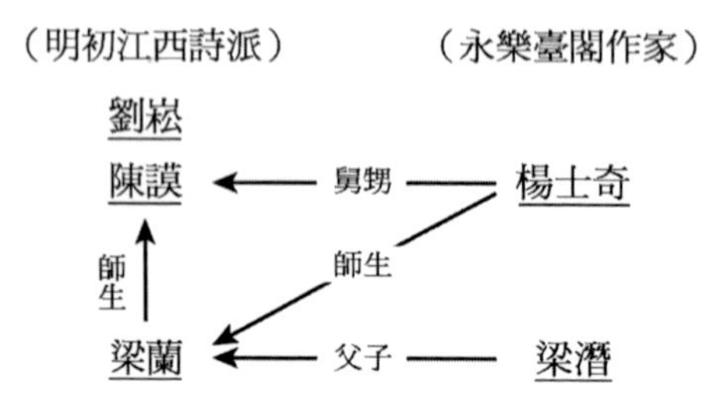

以「提導後進」與師承「淵源」談劉崧和陳謨等江西派對楊士奇之影響〔註 47〕，確實是較爲實際的批評方式，而且也可見到明初江西派的影響力。前者，影響「楊士奇等」人；後者，則是楊士奇之淵源。《列朝詩集小傳》甲集「劉司業崧」云：「泰和以雅正標宗。……。江西之派，中降而歸東里，步趨臺閣，其流也卑冗而不振。」〔註 48〕亦可證江西派對於楊士奇之影響，「歸」似乎有延續之意，至於「卑冗而不振」

〔註 46〕【清】永瑢等撰：《四庫全書總目》卷一六九，集部二二，別集類二二，頁 1477。

〔註 47〕楊士奇還點出江西經師所造成的影響，其云：「元之世，江右經師爲四方所推服，五經皆有專門，精深明徹，講授外各有著書以惠來學。當時齊魯秦蜀之士道川陸奔走數千里以來受業者，前後相望。迨國朝龍興，江右老師宿儒往往多在，學者有所依歸，如南昌包魯伯、傅拱辰、臨江梁孟敬、胡行簡、廬陵陳心吾、劉云章、歐陽師尹、蕭自省、劉允恭、劉伯琛、陳村民、臨川吳大任、何伯善，皆歸然浩瀚，而凡有志經學者所必之焉。」見【明】楊士奇：《東里續集》（收入《四庫全書影印文淵閣本》）卷十四，〈蠖闇集序〉。

〔註 48〕【清】錢謙益：《列朝詩集小傳》甲集，〈劉司業崧〉，頁 89。

這應該是後世對於「臺閣體」共同的意見，但是「也」字，亦包含了楊士奇？錢謙益曾云：「今所傳《東里詩集》，大都詞氣安閒，首尾停穩，不尚藻辭，不矜麗句，太平宰相之氣度，可以想見，以詞章取之則末矣。」〔註 49〕此種詮釋觀點，頗似胡應麟「以位掩之」〔註 50〕的看法，但不管是錢謙益、胡應麟及四庫館臣皆認爲楊士奇詩文雖有缺點，但還不至於流於「卑冗而不振」。那麼，四庫館臣又是如何詮釋楊士奇、楊榮與「臺閣體」之間的關係呢？其云：

（一）楊士奇《東里全集》：明初三楊竝稱，而士奇文章特優，制誥碑版，多出其手。仁宗雅好歐陽修文，士奇文亦平正紆餘，得其髣髴。故鄭瑗《井觀瑣言》稱其文典則，無浮泛之病，雜錄敘事，極平穩不費力。後來**館閣著作**沿爲流派，遂爲七子之口實。然李夢陽詩云：「宣德文體多渾淪，偉哉東里廊廟珍」，亦不盡沒其所長。蓋其文雖乏新裁，而不失古格。前輩典型遂主持數十年之風氣，非偶然也。〔註 51〕

（二）楊榮《楊文敏集》：榮當明全盛之日，歷事四朝，恩禮始終無閒。儒生遭遇，可謂至榮。故發爲文章，具有富貴福澤之氣，應制諸作，渢渢雅音。其他詩文亦皆雍容平易，肖其爲人，雖無深湛幽渺之思，縱橫馳驟之才，足以震耀一世，而逶迤有度，醇實無疵，**臺閣之文**所由與山林枯槁者異也。與楊士奇同主一代之文柄，亦有由矣。柄國既久，晚進者遞相摹擬。城中高髻，四方一尺，餘波所衍，漸流爲膚廓冗長，千篇一律。物窮則變，於是何、李崛起，倡爲復古之論，而士奇、榮等遂爲藝林之口實。平心而論，凡文章之力足以轉移一世者，其始也必能自成一家，其久也亦無不生弊。微獨**東里一派**，即前、後七子，亦孰不皆然。不可以前人之盛，併回護後來之衰，亦

〔註 49〕【清】錢謙益：《列朝詩集小傳》乙集，〈楊少師士奇〉，頁 162。

〔註 50〕胡應麟《詩藪》即云：「永樂中，姚恭靖、楊文貞、文敏、胡文穆、金文靖，皆大臣有篇什者，頗以位遇掩之，詩體實平正可觀。」見【明】胡應麟：《詩藪》續編卷一，〈國朝上〉，頁 346。

〔註 51〕【清】永瑢等撰：《四庫全書總目》卷一七〇，集部二三，別集類二三，頁 1484。

不可以後來之衰，併掩沒前人之盛也。亦何容以末流放失，遽病士奇與榮哉！〔註 52〕

以幾點整理之：(1) 指出楊士奇與楊榮共主文柄，未提楊溥。〔註 53〕(2) 楊士奇的文章在「三楊」當中特優，且文與歐陽修相似，風格近錢謙益所言。至於楊榮之文所表現出的風格，即是典型的「臺閣之文」，如富貴福澤之氣、雍容平易、透迤有度、醇實無疵等。兩者的缺點皆在於「乏新裁」、「無深湛幽渺之思」，等同於王世貞所言「乏充拓之功」。(3) 四庫館臣對於二楊的評價頗爲肯定，認爲「文章之力足以轉移一世者，其始也必能自成一家」，雖前、後七子對「臺閣體」有極大的意見，但李夢陽說：「宣德文體多渾淪，偉哉東里廊廟珍。」可見還是相當推崇楊士奇之文。(4) 楊士奇之「館閣著作」沿爲流派，甚至稱爲東里一派，可見楊士奇的「領袖」地位。「其流」即晚進者遞相摹擬，造成膚廓冗長，千篇一律之流弊。四庫館臣也認爲「不可以前人之盛，併回護後來之衰，亦不可以後來之衰，併掩沒前人之盛也。亦何容以末流放失，遽病士奇與榮哉！」頗爲客觀。

看來，四庫館臣批評二楊的部分，並未因爲「其流」之弊，而遽病「其源」。也未見「臺閣體」一詞，只見楊榮一條的「臺閣之文」，至於「流派」、「東里一派」尤可見四庫館臣是從「主文柄」(源)、「柄國既久，晚進者遞相摹擬」(流) 的角度來定義。〔註 54〕「久」是一

〔註 52〕【清】永瑢等撰：《四庫全書總目》卷一七〇，集部二三，別集類二三，頁 1484。

〔註 53〕根據《四庫全書總目》的查詢，並未找到楊溥《楊文定公全集》。

〔註 54〕至於楊士奇等人，是否有「提倡」，實有兩派意見。(1) 郭萬金先生以「三楊」視詩文爲末技、餘事的角度，否認三楊直接「提倡」。見郭萬金：〈臺閣體新論〉，頁 82～86。(2) 廖可斌先生則從科舉制度、翰林院教習等角度來說，晚進者爲了討取在上位者的歡心，追逐名利而遞相摹擬。如他說：「臺閣諸臣揮舞科舉考試這根指揮棒，下層文人自然只好靡然向風。」見廖可斌：《復古派與明代文學思潮 (上)》，頁 91。三楊不管是否有明確的提倡，已經形成一種「流派」的現象，亦屬事實，而這個現象如何產生，其中一個原因就如廖可斌先生所言，我亦認同廖氏之論述。

個關鍵詞，若從清代的位置回顧明代的詩文趨向，確實可以進行一種歸納，也就是流派的觀念，這當然是必須從發展的脈絡來看。

故，再結合王世貞的說法且以其說法爲眞，似乎可以發現四庫館臣內心「取捨」的思維模式：原本以楊士奇「臺閣體」爲「源」，與楊士奇同時之人創作「臺閣之體」（或臺閣之文）爲「流」（羽翼），正因爲「同時」放在整個時間長軸上來說，相當緊密地貼近，於是以上兩者就結合且成爲「新源」（若二楊加上楊溥，實因政治地位相當而結合？），後來的晚進者，成爲「新流」。藉此，觀察與楊士奇同時的幾位臺閣詩人之論述，將會發現四庫館臣將「三楊」在文學地位上開始並提。如：

（一）黃淮（1366～1449）《省愆集》：遭際之隆，幾與三楊相埒。其文章舂容安雅，亦與三**楊體格**略同。此集乃其繫獄時所作，故以《省愆》爲名。當患難幽憂之日，而和平溫厚，無所怨尤，可謂不失風人之旨。〔註 55〕

（二）夏原吉（1366～1430）《夏忠靖集》：考原吉以政事著，不以文章著。洪永之際，作者如林，以原吉位置其閒，尙未能纘騖中原，齊驅方駕。然致用之言，疏通暢達，猶有淳實之遺風，以肩隨**楊**士奇、黃淮諸人，固亦無愧也。〔註 56〕

（三）金幼孜（1368～1431）《金文靖集》：至永樂以迄宣德，皆掌文翰機密，與**楊**士奇諸人相亞。其文章邊幅稍狹，不及士奇諸人之博大，而雍容雅步，頗亦肩隨。〔註 57〕

（四）王直（1379～1462）《抑菴集》：直當宣德、正統閒，去開國之初未遠，淳樸之習猶未全漓，文章不務勝人，惟求當理。故所作

〔註 55〕【清】永瑢等撰：《四庫全書總目》卷一七〇，集部二三，別集類二三，頁 1484。

〔註 56〕【清】永瑢等撰：《四庫全書總目》卷一七〇，集部二三，別集類二三，頁 1484。

〔註 57〕【清】永瑢等撰：《四庫全書總目》卷一七〇，集部二三，別集類二三，頁 1484。

貌似平易，而溫厚和平，實非後來所及。雖不能追古作者，亦可謂尚有典型者矣。〔註 58〕

黃淮「與三楊體格略同」；王直「尚有典型」；金幼孜與夏原吉「頗亦肩隨」，文章的風格大致都爲春容安雅、和平溫厚、雍容雅步等類似的批評，並未見到太多嚴厲的批評。可見，其中雖有不及楊士奇諸人文章之博大者，但大致上與「三楊」相近，況且四人之政治地位，僅略遜於「三楊」。有趣的是楊士奇以降，未曾提過歐陽修之文，它似成楊士奇的「專學」，亦可爲王世貞所言再次佐證。接下來，屬於正統之後的情況，如下：

（一）蕭鎡（1393～1464）《尚約居士集》：鵬舉學詩於劉崧，鎡不墜其家法。史稱其學問該博，文章爾雅。其門人丘濬序稱其文「正大光明，不爲浮誕奇崛」，蓋洪、宣間**臺閣之體**大率如是也。〔註 59〕

（二）周敘（？～1453）《石溪文集》：今觀所作，雖有春容宏敞之氣，而不免失之膚廓，**蓋臺閣一派至是漸成矣**。〔註 60〕

（三）徐溥（1428～1499）《謙齋文錄》：其他作則頗多應俗之文，結體亦嫌平衍。蓋當時**臺閣一派**皆以春容和雅相高，流波漸染，有莫知其然而然者。〔註 61〕

蕭鎡承江西一派之詩學，其門人丘濬稱其文「正大光明」，四庫館臣稱他的詩文風格可以比擬「洪、宣間臺閣之體」。這麼說來，似乎每個時期的「臺閣之體」因其人物的創作，都將各自呈現稍微不同的詩文風格。相當有趣的是，「周敘」一條，言「臺閣一派至是漸成」；

〔註 58〕【清】永瑢等撰：《四庫全書總目》卷一七〇，集部二三，別集類二三，頁 1484。

〔註 59〕【清】永瑢等撰：《四庫全書總目》卷一七五，集部二八，別集類存目二，頁 1556。

〔註 60〕【清】永瑢等撰：《四庫全書總目》卷一七五，集部二八，別集類存目二，頁 1554。

〔註 61〕【清】永瑢等撰：《四庫全書總目》卷一七〇，集部二三，別集類二三，頁 1489。

「徐溥」一條，言「當時臺閣一派」；「楊榮」一條，言「微獨東里一派，即前、後七子，亦孰不皆然。」如果我們僅僅計較「臺閣一派」與「東里一派」之間名稱上的差別，實際上並沒有意義，而是必須注重四庫館臣在語意中透露出什麼樣的訊息。例如「臺閣一派」的出現，評價是「雖有舂容宏敞之氣，而不免失之膚廓」，「膚廓」確實常見於後人對臺閣體（尤其是末流）的評價。例如周倫《貞翁淨集》提要云：「其詩沿**臺閣舊派**，不免膚廓。」〔註62〕那麼「東里一派」有別於「臺閣一派」嗎？也許在四庫館臣言《倪文僖集》的提要中，可以進一步獲得解答，其云：

（一）倪謙（1415～1479）《倪文僖集》：「三楊」**臺閣之體**，至弘、正之閒而極弊，隤闒膚廓，幾於萬喙一音。謙當有明盛時，去前輩典型未遠，故其文步驟謹嚴，朴而不俚，簡而不陋，體近「三楊」，而無其末流之失。雖不及李東陽之籠罩一時，然有質有文，亦彬彬然自成一家矣，固未可以聲價之重輕爲文章之優劣也。〔註63〕

（二）吳儼《吳文肅公摘》：儼當何、李未出以前，猶守明初舊格，無鉤棘塗飾之習。其才其學，雖皆不及李東陽之宏富，而文章局度舂容，詩格亦復嫻雅，往往因題寓意，不似當時**臺閣流派**，沿爲膚廓。雖名不甚著，要與東陽肩隨，亦足相羽翼也。〔註64〕

在《倪文僖集》中，看到一個相當弔詭的說法，四庫館臣爲何言「三楊」**臺閣之體**至弘、正之閒而極弊，卻又說倪謙之文體近「三楊」，而無其末流之失？「吳儼」一條，又再次出現「當時**臺閣流派**，沿爲膚廓。」於是，我們可以推論在當時之文壇，有兩條詩文風格參差不齊的臺閣文風，一條以「三楊」爲尚或相近，無末流之失，即可能是

〔註62〕【清】永瑢等撰：《四庫全書總目》卷一七六，集部二九，別集類存目三，頁1567。

〔註63〕【清】永瑢等撰：《四庫全書總目》卷一七〇，集部二三，別集類二三，頁1487。

〔註64〕【清】永瑢等撰：《四庫全書總目》卷一七一，集部二四，別集類二四，頁1494。

所謂的「明初舊格」或「東里一派」；一條則是「三楊」所影響的「臺閣之體」，屬於末流，文多膚廓，萬喙一音。至於李、何未出之前，關於李東陽的部份，張愼言云：「長沙李文正出，倡明其學，權復歸於臺閣。」四庫館臣亦云：「李何未出以前，東陽實以臺閣耆宿主持文柄。」〔註 65〕李東陽振興臺閣文學，著實做了不少努力，對於「臺閣體」更提出了許多修正的看法，故才有文權復歸臺閣之說。所以說，正統之後的臺閣文風，實際上是呈現兩條全然不同的道路。

四庫館臣對於「臺閣體」盛衰時期之評論，分布於各家個集中，其缺點常在於論述無法集中，過於零碎。如下：

（一）岳正（1420～1474）《類博稿》：正統、成化以後，**臺閣之體**漸成嘽緩之音。〔註 66〕

（二）韓雍（1422～1478）《襄毅文集》：明自正統以後，正德以前，金華、青田流風漸遠，而茶陵、震澤猶未奮興，數十年間，惟相沿**臺閣之體**，漸就庸膚。〔註 67〕

（三）李夢陽（1472～1529）《空同集》：考明自洪武以來，運當開國，多昌明博大之音。成化以後，安享太平，多**臺閣**雍容之作。愈久愈弊，陳陳相因，遂至嘽緩晅沓，千篇一律。夢陽振起痿痺，使天下復知有古書，不可謂之無功。而盛氣矜心，矯枉過直。〔註 68〕

（四）【清】朱彝尊《明詩綜》：永樂以迄弘治，沿三楊**臺閣之體**，務以舂容和雅，歌詠太平，其弊也晅沓膚廓，萬喙一音，形模徒具，興象不存。是以正德、嘉靖、隆慶之間，李夢陽、何景明等崛起於前，

〔註 65〕【清】永瑢等撰：《四庫全書總目》卷一九六，集部四九，詩文評類二，頁 1792。

〔註 66〕【清】永瑢等撰：《四庫全書總目》卷一七〇，集部二三，別集類二三，頁 1487。

〔註 67〕【清】永瑢等撰：《四庫全書總目》卷一七〇，集部二三，別集類二三，頁 1487。

〔註 68〕【清】永瑢等撰：《四庫全書總目》卷一七一，集部二四，別集類二四，頁 1497。

李攀龍、王世貞等奮發於後，以復古之說遞相唱和，導天下無讀唐以後書。天下響應，文體一新。七子之名，遂竟奪長沙之壇坫。漸久而摹擬剽竊，百弊俱生，厭故趨新，別開蹊徑。〔註 69〕

正如上文所言，等到時間軸一拉長之後，整個詩文發展的輪廓，也會跟著集中在某些特殊的主要的焦點之上。從四庫館臣的批評中，我們可以看到，正因爲三楊爲臺閣之體的「源」，以及他們所具備的「典型」意義，如楊士奇被稱之爲「前輩典型」，於是他們就成爲了一個重要的焦點。以正統爲分界，可視爲一個詩文風氣的轉捩點，幾乎所有的批評都是蹟闒膚廓、嘽緩蹟沓、漸就庸膚、萬喙一音，也就是所謂的三楊「臺閣之體」——「末流」之弊，故「臺閣體」可謂眞正盛行的時間，即是「永樂至正統」這段時期，至於「正統」之後，實又分爲兩種情況，如同《倪文僖集》中所言，後文會再進一步討論。

正因「末流」之弊，當「三楊」成爲了明代「臺閣體」的代表之後，尤其是單看上述幾點，在還未理解整個發展的脈絡，三楊很自然地就成爲了眾矢之的。前人的批評，逐漸形成了「習慣的用法」，如現今可見許多傳統文學史等，大多沿用這樣的看法。但是四庫館臣又說「不可以前人之盛，併回護後來之衰，亦不可以後來之衰，併掩沒前人之盛也。亦何容以末流放失，遽病士奇與榮哉。」這實在是一種相當客觀且理想的狀態，只是實際批評「操作」卻很難眞的如此。再者，我們可以發現，從專指楊士奇詩文之「臺閣體」，影響當時或後來許多人一起創作的「臺閣之體」，最後是這所有的人形成了「臺閣一派」，似乎這是「文學」得以成爲流派的既定進程。

到了清代時，這幾個名詞全部綜合，如同我們可以看到在四庫館臣的批評中，乃是依據行文的情況，進而選擇哪一個最爲合適。縱使如此，只要梳理得當，還是可以看出四庫館臣基本把握住「臺閣體」從盛行到流弊眞實的狀況。然而，我們通常只注重「流弊」，否則將

〔註 69〕【清】永瑢等撰：《四庫全書總目》卷一九〇，集部四三，總集類五，頁 1730。

難以襯托出另一個新興文學誕生之重要、扭轉流弊之盛大，這不就是「厭故趨新，別開蹊徑」一句最好的註解嗎？

此小節的最後，宜用幾點歸納補充說明，加以凸顯四庫館臣批評明代「臺閣體」之思維，如下所示：

（一）「臺閣體」之溯源：分爲兩個層面，一者對於楊士奇本人之溯源，如明初江西派劉崧與陳謨等人。二者對於「臺閣體」文風之溯源，以明初吳伯宗爲主。

（二）「臺閣體」之時間觀：綜合來說「永樂以迄宏治，沿三楊臺閣之體」，期間的情況又可分爲幾種說法，大致上又以「正統」作爲主要分界，正統以前多給正面評價，但正統之後，弊端漸起，如「正統、成化以後，臺閣之體漸成嘽緩之音。」〔註 70〕又如「正統以後，正德以前……相沿臺閣之體，漸就庸膚。」又以弘治至正德年間最爲嚴重，如「臺閣之體，至宏、正之間而極弊」，實際上又有體近「三楊」，沒有末流之失的這一條支線產生。

（三）「臺閣體」之詩文風格：以楊士奇等人爲代表，風格包含博大、富貴福澤之氣、逶迤有度、醇實無疵、春容安雅、雍容平易、雍容雅步、和平溫厚……等，至於末流之弊端，包含失之膚廓、賾闒膚廓、萬喙一音、庸膚、嘽緩賾沓、形模徒具，興象不存……等。

（四）「臺閣體」之詩文體裁：從四庫館臣的批評來看，皆以「詩文」通評，或以「館閣著作」爲主，並無特別定義「應制」一類，等同於「臺閣體」唯一代表之體裁。

從上述四點，基本上可以看出四庫館臣對於明代「臺閣體」之批評思維。對待「臺閣體」，在名稱上並未採取嚴格的定義；在風格與盛衰時間的變化上，亦以略述居多，不過大致可以把握「正統」此一變化時間點。除此之外，我們可以再回顧一個歷史文獻，爲臺閣重臣「三楊」之中的楊溥，進行一些補充說明，並且再就「臺閣體」詩文

〔註 70〕【清】永瑢等撰：《四庫全書總目》卷一七〇，集部二三，別集類二三，頁 1487。

體裁的部分展開釐清。天順年間的首輔李賢（1408～1466）曾爲楊溥文集作序，其云：

> 入內閣而論思之職脩日，備顧問於弘文，而經濟之略大展。屢任總裁於國史，而勸誡之義彌彰，平生之志於是乎伸矣，則其事業豈易哉。及觀其所爲文章，辭爲達意而不以富麗爲工，意惟主理不以新奇爲尚，言必有輔於世而不爲無用之贅言，論必有合於道而不爲無定之荒論，有溫柔敦厚之旨趣，有嚴重老成之規模，眞所謂臺閣之氣象也。〔註71〕

結合四庫館臣言楊士奇、楊榮的部份，將可發現政治地位對於「三楊」文學之影響，實與明初宋濂所言「臺閣之文」之內涵，遙相呼應，只是「三楊」實踐在創作中，僅側重於「淳龐而雍容」而已。至於「三楊」詩文之形式內容，表現主要在於雍容平易、簡樸，不尙富麗、新奇，內容則偏向「尙用」、所言需要合於儒家之道。從上述包含政治地位及詩文表現內容的觀點，我們可以看到「三楊」詩文之偏尙，但卻還是無法理解「臺閣體」的文學風格，到底體現在哪些文類之中，進而受到當時或後來文壇的關注？

今人黃卓越先生透過「文歸臺閣」之研究過程，進一步釐清臺閣作家在其詩文集裡，所涉及的文類中，哪些體現出「臺閣體」之詩文風格，此舉恰可補充明、清文學批評史家，乃至於今之學者不足之處，其云：

> 臺閣體固然包含詔誥疏奏等政府行文，但其固定化格式使其具有形式上的長期不變性，及不受文壇風氣變化影響之特徵，並不存在文風改造與創新等問題。……。一般論及的所謂臺閣體即確指意義上講的如碑記序傳詩賦之類，其中又更大幅度地偏向於文。也只有這種私人化，進而也是社會化的文體才可以「通乎隱顯」，在廣泛的公共空間中形成交流，並成爲文壇關注的對象。……。不能將應制之作

〔註71〕【明】徐紘：《皇明名臣琬琰錄（二）》（收入周駿富輯《明代傳記叢刊・名人類14》），後集卷一，〈少保文定楊公言行錄溥〉，頁044～034。

> 與一般詩賦同等看待，前者不僅數量小得多，其存在也不會影響到詩歌自身的發展方面，它仍爲職業化屬性較爲突出、而功能性則較爲偏窄的文種。〔註72〕

黃卓越先生研究所分三類，實爲兩大類：(一) 政府職權類：如詔、誥、疏、奏等政府行文。又如應制之作 (按：如遇隨駕、陪宴、賜遊、奏捷、禱雨、瑞應、節令、貢物等)，此屬於翰林院職權的部份。(二) 非政府職權類：如碑、記、序、傳、詩、賦。一般而言，爲人所注意的「臺閣體」理應偏重此類，因爲此類不同於公文，而是可在文壇、文化圈彼此交流。恰可呼應本書第二章「消費型態與文士治生之連結」中所論述之情況。

如果我們結合四庫館臣與李賢的看法，即可進一步合理的懷疑並推測，「臺閣體」作家群本身就有第二類非政府職權之詩文體，如碑、記、序、傳、詩、賦，向第一類政府職權之文體，如詔、誥、疏、奏、應制之作等靠近之傾向，而且遠比明初宋濂等人還要嚴重，故第二類本來應注重或具有所謂的文風改造或創新等功能，因向第一類靠近，某種程度地有了融混之現象，故造成有形式上的不變性，內容千篇一律之情況產生，相對地，此舉後來也造成了臺閣體末流產生嚴重的弊病。

第三節　「臺閣體」作家及其分期觀

上一節我們論述到「臺閣體」相關的定義與範疇時，已對「臺閣體」之盛行時間與臺閣作家群，有了一些基本的接觸與了解，但論述還不夠集中與深入，故，我們另列一節專門處理這個重要的部份。由於作家與「臺閣體」之分期實有一定的關係，故兩者宜一同納入此節討論。

所謂的「分期」，旨在對於「臺閣體」之形成至衰落之過程，有一概括性的分析和歸納，而「分期」的基礎又在於各期作家的詩文風格之異同。就時間的順序而言，我們可以看到越接近明代「臺閣體」

〔註72〕黃卓越：《明永樂至嘉靖初詩文觀研究》，頁8～10。

的文學批評史家，僅就個別作家之文學風格進行討論，到了清代如四庫館臣，即能試圖針對一個時代之文學進行通盤的整理與宏觀的探討，逐漸形成文學史的概念。

本節欲從兩個層次來逐步切入：首先，從明代詩歌的整體分期觀來看，從明清乃至於今人之文學批評史家，對於明代整體的詩歌分期具備著什麼樣的理解以及觀點，是否對於明代「臺閣體」有所關注，若有，其關注的具體分期為何？此舉，將幫助我們更加具體地把握明代「臺閣體」的時代脈動。第二步，則針對第一步的部份進行統合，並且嘗試為「臺閣體」做出具體分期，包含各時期之作家有哪些？如此一來，亦可對本書接下來的重點論題「臺閣體之詩學研究」，提供明確的研究對象。

一、明代詩歌之分期觀

明代詩歌的分期，主要可分為：二期說、三期說、四期說、五期說、七期說等等共五種分期法。〔註 73〕本小節不採用時間順序的討論方式，而是並置古、今文學批評史家的看法，以同樣分期者為準則，擇其要者而論之。

（一）二期說：以萬曆年間的胡應麟（1551～1602）為代表，其《詩藪・續編》〔註 74〕將明代萬曆以前的詩歌，分為「國朝上」——「洪（武）永（樂）、成（化）弘（治）」共十個朝代，歷時一百三十七年；「國朝下」——「正德、嘉靖」共兩朝，歷時六十年。生於明代中後期的胡應麟，如此分法並無法以宏觀的角度來為整個明代詩歌進行分期，本無可厚非，不過胡應麟的貢獻則在於他應是最早為明代詩歌進行分期之人。雖然胡應麟於《詩藪》中並未說明為何如此分期，但其分二期實包含「四變」之說，其云：

〔註 73〕明代詩歌分期，有二分法、三分法、四分法、五分法、六分法、七分法、八分法等等。詳可參見郭英德主編：《中國古代文學通論：明代卷》（瀋陽：遼寧人民出版社，2005 年 5 月第 1 版第 1 刷），頁 22～24。

〔註 74〕【明】胡應麟：《詩藪》續編卷一至卷二，頁 341～364。

> 洪、永以至嘉、隆，國朝制作，又四變矣。吳郡、青田，纖穠綺縟，一變也。長沙、京口，典暢和平，一變也。北地、信陽，雄深鉅麗，一變也。婁江、歷下，博大高華，一變也。〔註75〕

此點看來，胡應麟並沒有標舉出明代「臺閣體」之定位，從明初洪武時期的作家，直接跳至李東陽而論，僅僅提及「永樂以後諸子，變高、楊者也。見謂汰尖纖而就平實，其流也庸冗厭觀。」〔註76〕未涉及臺閣具體作家的部份。今人游國恩等先生主編的《中國文學史》〔註77〕亦是以二期分法，分爲「明前期詩文」和「明中葉後的詩文」，前者主要討論明初宋濂、劉基、高啓，以及臺閣體和茶陵詩派，其中討論臺閣體的篇幅相當少，可見其不受重視之情況，其盛衰時間爲永樂至弘治前後。

（二）三期說：清代邵長蘅（1637～1704）即將明代詩歌分爲「濫觴、極盛、衰亡」三個階段。〔註78〕今人吳文治先生所主編的《明詩話全編・前言》亦是三期之說，分爲「明代前期的詩話——洪武至成化（1368～1487）」、「明代中期的詩話——弘治至隆慶（1488～1572）」、「明代後期的詩話——萬曆至崇禎（1573～1644）」，亦如馬積高、黃均先生主編《中國古代文學史》〔註79〕中之分期情況。《明詩話全編・前言》對於明代前期的「臺閣體」之評價，實不盡公允，其言：

> 永樂、宣德年間出現的「臺閣派」，是一個適應朱明皇朝宣揚王化、歌功頌德、粉飾太平的需要而產生的詩派。……。如《四庫全書總目提要》所指出的，「蹟沓膚廓，萬喙一音，形模徒具，興象不存」。這種流弊，從永樂以後，流行了將

〔註75〕【明】胡應麟：《詩藪》續編卷二，〈國朝下〉，頁351。

〔註76〕【明】胡應麟：《詩藪》續編卷二，〈國朝下〉，頁351。

〔註77〕游國恩等主編：《中國文學史》，頁1041～1052、1137～1157。

〔註78〕【清】邵長蘅：《青門簏稿》（《四庫全書影印文淵閣本》）卷七，〈明四家詩抄序〉。

〔註79〕馬積高、黃均主編：《中國古代文學史4明清》，頁16～32。

近百年。〔註 80〕

文中之「近百年」約是從永樂至弘治末年左右。事實上，這樣的批評略嫌簡略且過於武斷，倘若「臺閣體」之流弊可以流行近百年之久，爲何明代文人無一人看出，而任此流弊橫行百年呢？此爲值得商榷之處。

今人廖可斌先生之《復古派與明代文學思潮》，將明代文學思潮亦劃分爲三個階段，不過與上述之觀點有極大的差異，如「前期：明朝建國至正統十四年（1368～1449）」、「中期：景泰元年至萬曆二十年（1450～1592）」、「後期：萬曆二十年至明亡（1593～1644）」，廖可斌先生如此分法，一方面著重於文學思潮的轉變時間點，另一方面也根基於明代政經、社會文化等變化，進而影響士大夫的思想與心態，實有其深刻的見解。前期之正統十四年，發生「土木堡之變」，即象徵著「臺閣體」逐漸走向衰敗的起點；中期之萬曆二十年，社會的矛盾逐漸產生，包含了黨爭、統治者與人民之間的矛盾、各民族之間的戰爭等等。而此年，廖可斌先生也認爲是復古主義文學思潮轉向浪漫文學思潮的分界點。〔註 81〕至於在「臺閣體」的論述方面，廖氏認爲：「成祖永樂至孝宗弘治，是所謂臺閣體佔統治地位的時代。」，又言「從藝術評判的角度來看，臺閣體的理論和創作都不值得我們花過多的精力去梳理。但作爲一種特殊的文學現象，卻應引起研究者的深思。」〔註 82〕可見廖可斌先生對於「臺閣體」詩文內容及理論，皆是負面評價多過於正面評價。

（三）四期說：以四庫館臣之說法爲主，其《四庫全書總目》中《明詩綜》記載：

> 明之詩派，始終三變。洪武開國之初，人心渾朴，一洗元季之綺靡，作者各抒所長，無門户異同之見。永樂以迄弘治，沿三楊臺閣之體，務以舂容和雅，歌詠太平，其弊也

〔註 80〕吳文治主編：《明詩話全編》第一册，〈前言〉，頁 7～8。

〔註 81〕廖可斌：《復古派與明代文學思潮（下）》，頁 481～484。

〔註 82〕廖可斌：《復古派與明代文學思潮（上）》，頁 77。

> 蹟沓膚廓，萬喙一音，形模徒具，興象不存。是以正德、嘉靖、隆慶之間，李夢陽、何景明等崛起於前，李攀龍、王世貞等奮發於後，以復古之說遞相唱和，導天下無讀唐以後書。天下響應，文體一新。七子之名，遂竟奪長沙之壇坫。漸久而摹擬剽竊，百弊俱生，厭故趨新，別開蹊徑。萬曆以後，公安倡纖詭之音，竟陵標幽冷之趣，𠦑弦側調，嘈囋爭鳴。〔註 83〕

四庫館臣對於明詩的分期，標誌的是「三變四期」之說，這四期分別是「洪武、建文」二朝、「永樂以迄弘治」八朝、「正德、嘉靖、隆慶」三朝及「萬曆至明亡」共四朝。而「臺閣體」的部份，我們在上文已進行討論，此不再贅述。清代沈德潛《明詩別裁集》〔註 84〕亦是四期之說。以下簡略汲出其〈序〉之重點，沈德潛將明詩共分爲「洪武之初」、「永樂以還」（臺閣體）、「弘、正之間」（前、後七子）、「自是而後」（公安、竟陵）四期。

雖爲三期實爲四期者，如日本學者吉川幸次郎先生的《元明詩概說》〔註 85〕，吉川幸次郎先生將之分爲「十四世紀後半：明代初期」、「十五世紀：明代中期之一中衰與復活」、「十六世紀：明代中期之二復古時代」、「十七世紀前半：明代末期」。我們可以細看「十五世紀：明代中期之一中衰與復活」此期目錄，再細分爲「第一節：明詩的中衰」、「第二節：沈周」、「第三節：祝允明、唐寅、文徵明」、「第四節：李東陽」，即可發現在其「第一節：明詩的中衰」，即是「永樂至成化時期」，吉川幸次郎先生對此段文學發展，乃採取否定的態度。

（四）五期說：以今人李曰剛先生之《中國詩歌流變史》爲代表。李曰剛先生引用清人沈德潛《明詩別裁集・序》的分期觀念後，接著他說：

〔註 83〕【清】永瑢等撰：《四庫全書總目》（北京：中華書局，1965 年 6 月第 1 版第 1 刷），頁 1730。

〔註 84〕【清】沈德潛：《明詩別裁集》，〈序〉，頁一。

〔註 85〕【日】吉川幸次郎：《元明詩概說》（台北：幼獅文化，1986 年 6 月）。

> 明詩發展之流變，大抵如斯，今博考諸家之載集，參以眾論，劃分爲初明（洪武、建文）、盛明（永樂、成化）、中明（弘治、隆慶）、晚明（萬曆、泰昌）、末明（天啓、永歷）五期，而錄其較爲特出者。〔註 86〕

此書區分明代詩歌流派相當完整，學術貢獻成績斐然，此書也給予本書相當多有關於明代詩歌流派觀念的理解與啓發。或許一般會認爲，如此的分法過於武斷且細碎，尤其是「盛明」的部份，將永樂至成化這段時期視爲「盛明」，其文學、政經環境是否全然符合「盛」呢？此點値得再商榷。至於「盛明」時期所列舉的諸家，與本書第一章稍微提到，包含永樂至正統之「臺閣體」、景泰至成化年間之「景泰十子」、「理學五賢」相同，另將李東陽「茶陵派」置於「中明」之後才討論。不過李氏論述之「臺閣體」僅集中於永樂至正統之臺閣作家，著實無法通盤地來探討「臺閣體」從興盛到衰落的過程，此點是較爲可惜之處。

（五）七期說：以清代陳田（1849～1921）《明詩紀事》〔註 87〕爲代表，共分甲至辛籤，分別收錄各朝詩人作品。大致如下：「甲籤：洪武年間諸家詩」；「乙籤：建文至景泰年間諸家詩」；「丙、丁籤：天順至正德諸家詩」；「戊籤：收錄前、後七子等諸家詩」；「己籤：嘉靖時期諸家詩」；「庚籤：萬曆年間諸家詩」；「辛籤：天啓、崇禎兩朝諸家詩」。從其分期來看，陳田並未特別突顯明代詩派與詩歌風格的分別。

從上述幾個分期之說來看，大致上古、今學者以主張三期、四期者爲多。至於「臺閣體」的部份，多屬明代詩歌之前期或中期之前，流行時間則從成祖永樂至孝宗弘治、武宗正德，約略一百多年的時間，秉持這類看法者，如四庫館臣、今人廖可斌先生等。至於

〔註 86〕李曰剛：《中國詩歌流變史（下）》（台北：文津出版社，1987 年 2 月），頁 188。

〔註 87〕【清】陳田：《明詩紀事》（收入周駿富輯《明代傳記叢刊・學林類 10～11》）共 4 冊。

詩文評價方面，大多以凸顯「流弊」爲主，而且現今的研究者多對四庫館臣之言斷章取義，一味給予負面評價，此點正是我們更應當注意的部份。

二、「臺閣體」作家及其分期觀

從單指楊士奇之詩文風格的「臺閣體」，隨著朝代文學思潮的發展，「臺閣體」的意涵已逐步的擴大，我們從四庫館臣的批評意見中，即可輕易地發現這樣的現象。正如上文，我們所論述過的，正統之後的「臺閣體」，實分爲兩條詩文成就不同的道路，一條以「三楊」相近或爲尚，無末流之失；一條則是「三楊」所影響的「臺閣之體」，屬於末流。前者「無末流之失」的部份，我們可從明人陸深（1477～1544）《儼山集・北潭稿序》之記載，得到一些具體的線索，其云：

> 惟我皇朝一代之文，自太師楊文貞公士奇實始成家。一洗前人風沙浮靡之習，而以明潤簡潔爲體，以通達政務爲尚，以紀事輔經爲賢，時若王文瑞公行儉（王直）、梁洗馬用行（梁潛）輩式相羽翼。至劉文安公主靜（劉定之）崛興，又濟之以該洽，然莫盛於成化、弘治之間。蓋自英宗復辟，勵精治功，一代之典章紀綱，粲然修舉，一二儒碩若李文達公原德（李賢）、岳文肅公季方（岳正），復以經綸輔之，故天下大治，四裔向化，年穀屢登，一時士大夫得以優遊畢力於藝文之場。若李文正公賓之（李東陽）、吳文定公原博（吳寬）、王文恪公濟之（王鏊），並在翰林把握文柄，淳龐敦厚之氣盡還，而纖麗奇怪之作無有也。〔註 88〕

我們可以看到陸深論述明代之文的觀點，實著重於文學與政治結合的層面，極度褒揚上述各個朝代中的頂尖人物，從楊士奇一路談到李東

〔註 88〕【明】陸深：《儼山集》（收入《欽定四庫全書》）卷四十，〈序四・北潭稿序〉。

陽等人，皆是在朝廷任職相當重要的職位。而這樣的觀點，其實與錢謙益、四庫館臣的看法，有某種程度的相契合，如錢謙益言楊士奇之詩「大都詞氣安閒，首尾停穩，不尚藻辭，不矜麗句，太平宰相之氣度，可以想見。」也就是文學與政治二而一來看。基本上，陸深此篇稿序也可反應出「臺閣體」發展的一個側面。相當有趣的是，不管是王世貞、陸深、錢謙益，甚至是四庫館臣，對於上述這些可謂是「臺閣體」的重要作家，所給予的評價皆不同於「末流」，然而「臺閣體」亦非是以「末流」作爲主要創作團體，爲何反而是「末流」之負面評價凌駕了這些重要作家的客觀評價，直接代表了明代「臺閣體」之詩文風格呢？而且廣爲後世研究者所接受。此點令人相當不解。

四庫館臣論述「臺閣體」的作家及流行時間，皆有其基本的架構，而當代學者對於「臺閣體」的理解與研究，亦取得了一定的成績，譬如臺灣學者簡錦松先生、李曰剛先生等；大陸學者廖可斌先生、黃卓越先生、熊禮匯先生、左東嶺先生等。但曾作出明代「臺閣體」具體分期者，當爲黃卓越與熊禮匯先生。以下簡引出黃卓越先生之分期觀，其云：

> 第一階段爲奠基期，由永樂始，經洪熙、宣德而至正統，主要代表者有所謂的三楊（楊士奇、楊榮、楊溥）、二王（王直、王英），及胡儼、金幼孜、黃淮、梁潛、曾棨、李時勉、陳敬宗、周敘、錢習禮、曾鶴齡、蕭鎡、徐有貞等。……。第二階段即演變期，由正統後期經景泰、天順，而至成化年間，……，代表人物有李賢、彭時、商輅、岳正、劉定之、劉珝、倪謙、丘浚等。……。第三階段爲轉變期，漸始於成化，而主要表現於弘治、正德年間，以程敏政、倪岳、李東陽、謝鐸、吳寬、王鏊、梁儲等爲代表。〔註 89〕

黃卓越先生爲明代「臺閣體」之分期，可說是相當完備，不過卻沒有太多關於人物爲何置入此分期的說明，此乃較爲可惜之處。在本章討

〔註 89〕黃卓越：《明永樂至嘉靖初詩文觀研究》，頁 2～3。

論的過程中，所徵引的資料，以及立基於前輩學者的研究之上，實可再爲「臺閣體」分期作進一步補充。以下爲明代「臺閣體」所作之分期及其代表者，隨後再詳加說明之。狹義的「臺閣體」，如同王世貞、錢謙益所言，其專指楊士奇之詩文風格；廣義的「臺閣體」則可以分爲四個發展階段，主要代表作家如下圖所示：

表 3.3

四個發展階段	主要代表作家			
第一階段：形成期（洪武、建文）	宋濂	王禕	梁蘭	
	陳謨	吳伯宗	方孝孺	
第二階段：成熟期（永樂至正統）	楊士奇	胡儼	曾棨	錢習禮
	楊榮	胡廣	李時勉	曾鶴齡
	楊溥	金幼孜	陳敬宗	夏原吉
	王直	黃淮	周敘	陳璉
	王英	梁潛	蕭鎡	
第三階段：轉變期（景泰至成化）	李賢	商輅	劉定之	倪謙
	彭時	岳正	劉珝	徐有貞
第四階段：演變與頹萎期（弘治、正德）	李東陽	程敏政	吳寬	梁儲
	謝鐸	倪岳	王鏊	

第一階段洪武、建文二朝（1368～1402）共三十四年，我將之視爲明代「臺閣體」之形成期。其一、「臺閣體」狹義而言，梁蘭與陳謨二人等明初江西派詩人，著實影響了楊士奇詩文風格之養成，上文已引過四庫館臣言陳謨之評論，至於梁蘭的部份，四庫館臣言：「於楊士奇爲姻家，士奇嘗從之學詩。……。士奇序稱其『志平而氣和，識精而思巧，渢渢焉，穆穆焉，簡寂者不失爲舒徐，捱宕者必歸於雅則，優柔而確，譏切而婉』。」〔註 90〕楊士奇稱梁蘭

〔註 90〕【清】永瑢等撰：《四庫全書總目》卷一六九，集部二二，別集類二二，頁 1476。

的《畦樂詩集》詩歌風格爲「雅則」，而「雅則」也是楊士奇詩文的主要特色，從這即可看見兩者承繼之關係。其二、再就「臺閣體」廣義而言，宋濂與王禕皆師承元末黃溍（1277～1357），兩人有同門之誼，亦皆是明初臺閣文學名家，四庫館臣即言：「禕師黃溍，友宋濂，學有淵源，故其文醇朴宏肆，有宋人軌範。」〔註91〕黃溍與宋濂皆提出所謂「臺閣之文」的觀點，在某些方面實與「臺閣體」之觀點遙相呼應的，故我們不妨將「臺閣之文」視爲「臺閣體」之近源、發展之前奏。而方孝孺爲宋濂弟子，四庫館臣即言：「若孝孺則深欲藉其聲名，俾草詔以欺天下。使稍稍遷就，未必不接跡三楊。」〔註92〕方孝孺於建文四年被永樂帝株十族，故「遷就」之後是否眞能接跡三楊，也無史實可以得證，不過四庫館臣之言，應是就明代詩文發展的軌跡作出預測，隱含了方孝孺與三楊的詩文風格上，確實有其相似之處。故，此形成期不管是從廣義或狹義來看，皆影響了永樂以後「臺閣體」的興盛。

第二階段永樂至正統四朝（1403～1449）共四十六年，我將之視爲明代「臺閣體」之成熟期，或可稱爲興盛期，此段時期爲後世所有文學批評者標榜「臺閣體」最主要也是最重要的時期。廣義來說，代表人物以「三楊」爲主，其他則爲其羽翼。「羽翼」的概念來自於明人王世貞，其云：「胡光大、楊勉仁、金幼孜、黃宗豫、曾子棨、王行儉諸公，皆廬陵之羽翼也。」〔註93〕亦可從永樂至正統幾次翰林官員的聚會，亦可得到臺閣體作家群的名單，我們不妨援引幾段文獻觀察。據《殿閣詞林記》卷十二記載：

> 洪武、永樂、洪熙、宣德四朝，近侍官輪班入值，若本院官則日在館閣。吳沉、劉三吾、胡廣、楊士奇、胡儼、王

〔註91〕【清】永瑢等撰：《四庫全書總目》卷一六九，集部二二，別集類二二，頁1465。

〔註92〕【清】永瑢等撰：《四庫全書總目》卷一七O，集部二三，別集類二三，頁1480。

〔註93〕【明】王世貞著、羅仲鼎校注：《藝苑卮言校注》卷五，頁234～235。

英、王直輩，嘗有內值倡和詩。〔註 94〕

《四庫全書總目》集部卷一九一《燕山八景圖詩》中云：

明永樂十二年左春坊左中允吉水鄒緝等倡和之作也。……。此本凡詩百二十首，皆緝首倡，而翰林學士胡廣、國子祭酒胡儼、右庶子楊榮、右諭德金幼孜、侍講曾棨、林環、修撰梁潛、王洪、王英、王直、中書舍人王紱、許翰等十二人和之，廣獨再和焉。〔註 95〕

永樂時期，還有楊士奇《東里文集》亦有記載，其〈西城宴集詩序〉云：

永樂壬寅十二月，……。余及曾子啓、王時彥、余學夔、桂宗儒、章尚文、陳光世、錢習禮、周恂如、陳德尊、彭顯仁、周功敘、胡永齋、劉朝宗，凡十五人。……。今之十有七人者，十四出江右，三出於浙。〔註 96〕

直到正統二年三月（1437）還是有聚會。據黃佐《翰林記》云：

館閣諸人過楊榮所居杏園燕集，賦詩成卷，楊士奇序之，且會爲圖，題曰：「杏園雅集」。預者三楊（楊士奇、楊榮、楊溥）、二王（王直、王英）、錢習禮、李時勉、周述、陳循，與錦衣千户謝庭循也。榮復題其後，人藏一本，亦洛社之餘韻云。〔註 97〕

我們可以先行製表，稍微觀察一下永樂十二年（1414）與正統二年（1437）這兩次聚會間隔二十三年之變化，如下所示：

〔註 94〕【明】廖道南撰：《殿閣詞林記》卷十二，引自王雲五主編《四庫全書珍本九集》（臺北：臺灣商務，1978 年）。

〔註 95〕【清】永瑢等撰：《四庫全書總目》卷一九一，集部四四，總集類存目一，頁 1739。

〔註 96〕〈對雨詩序〉中亦有：「永樂癸卯正月乙未，……。予與余學夔、錢習禮、陳光世、周恂如、曾鶴齡、陳德尊、彭顯仁、胡永齋、周功敘、劉朝宗，咸心悅神融，若甚適者。而焚香瀹茗，或論文譚道，或琴奕以嬉。」見【明】楊士奇：《東里文集》（北京：中華書局，1998 年 7 月第 1 版第 1 刷），頁 75～76。

〔註 97〕【明】黃佐撰：《翰林記》卷二十，〈杏園雅集〉，頁 352。

表 3.4

時間	永樂十二年（1414）	正統二年（1437）
聚會名目	燕山八景圖詩	杏園雅集圖詩
作家群	鄒緝、胡廣、胡儼、楊榮、金幼孜、曾棨、林環、梁潛、王洪、王英、王直、王紱、許翰等十三人。	楊榮、楊士奇、楊溥、王英、王直、錢習禮、周述、陳循、李時勉、謝庭楯等十人。
備註		鄒緝、胡廣、金幼孜、曾棨、林環、梁潛、王洪已死。楊榮正統五年卒、楊士奇正統九年卒、楊溥正統十一年卒。

最後再看錢謙益《列朝詩集小傳》中所載關於「臺閣體」的「羽翼」名單的部分，眾多研究者援引的資料，不外乎是乙集「楊少師榮」此條：

> 公與西楊、南楊久居館閣，朝廷高文典冊，皆出其手，而應酬題贈之作，尤爲煩富，皆有集盛行於世。國初大臣別集行世者，不過數人。永樂以後，公卿大夫，家各有集。館閣自三楊而外，則有胡廬陵、金新淦、黃永嘉。尚書則東王、西王。祭酒則南陳、北李。勳舊則東萊、湘陰。詞林卿貳，則有若周石溪、吳古崖、陳廷器、錢遺菴之屬，未可悉數。余惟諸公，勳名在鼎鐘，姓名在琬琰，固不屑與文人學士競浮名於身後。〔註 98〕

如果進一步閱讀錢謙益所列舉的這些文人，將會發現錢謙益並未提到「臺閣」、「臺閣體」，亦未提「臺閣體自三楊之外」這樣的說法，僅提「館閣」。從這個原典當中，錢謙益似乎重視的是「朝廷高文典冊，皆出其手」、「勳名在鼎鐘，姓名在琬琰」，這類行政、立功之事。至於「應酬題贈之作，尤爲煩富，皆有集盛行於世」與「固不屑與文人學士競浮名於身後。」實在有些衝突，暫且存而不論。我們可從二個

〔註 98〕【清】錢謙益：《列朝詩集小傳》乙集，〈楊少師榮〉，頁 163。

角度來理解此文，一個角度是從「制誥」這類朝廷用文的入手，另一個角度則是「應酬題贈」（或「家各有集」〔註 99〕暫且不談）這點來理解。前者，據「王尚書英」一條，稱「公爲文章典贍，久在館閣，朝廷大制作，多出其手。」〔註 100〕後者，則如上述所引。後世的研究者，多以這個名單直接納入「臺閣體」作爲探討主軸，可見是採用廣義「臺閣體」的看法，事實上錢謙益的原意可能並非如此（畢竟錢謙益已言「臺閣體」乃楊士奇之詩文），但在推導的過程中，我們不妨將之納入「臺閣體」作家群來看。上文中，我們有提到陸深對於明一代文的看法，而錢謙益在這裡也是文學與政治結合的觀點，至於另一個不同於陸深，則在於「應酬題贈」，而這也確實是「臺閣體」作爲一個詩文風格，最主要的創作出處。

第三階段景泰至成化三朝（1450～1487）共三十七年，我將之視爲「臺閣體」之轉變期。主要代表作家有「內閣首輔」李賢，而彭時、商輅等人佐之。「臺閣體」的興盛，事實上不僅在正統十四年發生「土木堡之變」後開始產生變化，更因爲三楊在正統末年前相繼辭世，進而逐步走向衰落。而李賢正是承接三楊之後，成爲景泰之後政壇的中流砥柱，此部份可以在第二章看到，便不再贅述。關於李賢的詩文風格，四庫館臣《古穰集》云：「然其時去明初未遠，流風餘韻尙有典型，故詩文亦皆質實嫻雅，無嬌揉造作之習。」〔註 101〕商輅之詩文，則是「多館閣應酬之作，不出當時嘽緩之體。」〔註 102〕徐有貞之詩文，「其文奇氣坌涌，……。其詩則多在史館酬應之作，非所擅長。」

〔註 99〕魏崇新先生認爲此爲「永樂之後有文集行世的館閣大臣名單」。見魏崇新：〈明代江西文人與臺閣文學〉，《中國典籍與文化》，2004 年 1 月，頁 32。

〔註 100〕【清】錢謙益：《列朝詩集小傳》乙集，〈王尚書英〉，頁 169。

〔註 101〕【清】永瑢等撰：《四庫全書總目》卷一七〇，集部二三，別集類二三，頁 1486。

〔註 102〕【清】永瑢等撰：《四庫全書總目》卷一七五，集部二八，別集類存目二，頁 1557。

〔註 103〕岳正「其文『高簡峻拔，追古作者』正統、成化以後，臺閣之體漸成嘽緩之音，惟正文風格峭勁，如其爲人。」〔註 104〕我們從上述四庫館臣對於諸臣的意見，實可發現正統之後，臺閣詩文風氣的轉變，大致以李賢與岳正的評價最高，相較其餘者詩文皆顯現出一些弊病。

第四階段弘治、正德二朝（1488～1521）共三十三年，但以弘治爲主，我將之視爲「臺閣體」演變與頹萎期。主要代表作家以李東陽、程敏政、倪岳、謝鐸、吳寬、王鏊等「茶陵派」成員爲主。〔註 105〕就演變期觀之，我們應當進一步釐清李東陽「茶陵派」與「臺閣體」之間的關係。李東陽（1447～1516）爲「茶陵派」的領袖人物——李東陽於明英宗天順八年（1464），「年十八，成進士，選庶吉士，授編修。……。弘治四年，《憲宗實錄》成，由左庶子兼侍講學士，進太常少卿，兼官如故。……。乃擢東陽禮部右侍郎兼侍讀學士，入內閣專典誥敕。八年，以本官直文淵閣參預機務，與謝遷同日登用。久之，進太子少保、禮部尚書兼文淵閣大學士。」〔註 106〕也就是說，弘治八年（1495）是他進入內閣，參預機務的開始，可謂從此時才是李東陽掌握文柄、成爲文壇領袖的開端。當然，將李東陽的「茶陵派」視爲「後臺閣」或新的「臺閣體」〔註 107〕，除了李東陽本身「歷官館

〔註 103〕【清】永瑢等撰：《四庫全書總目》卷一七〇，集部二三，別集類二三，頁 1486。

〔註 104〕【清】永瑢等撰：《四庫全書總目》卷一七〇，集部二三，別集類二三，頁 1487。

〔註 105〕詳可參見連文萍：《明代茶陵派詩論研究》，第一章第三節〈茶陵派之成員〉，頁 13～17。

〔註 106〕【清】張廷玉等撰：《明史》第 16 冊，卷一百八十一，〈列傳〉，頁 4820～4821。

〔註 107〕許建崑先生認爲「李東陽反臺閣，他本身也是臺閣人物，用現代語彙解說，茶陵派或可稱爲『後臺閣』。」詳情可參見許建崑：〈文學大眾化與大眾文學化——重構明代文學史論述的主軸〉，南華大學文學系編《明清文學與學術思想研討會論文集》，2004 年 5 月 1 號舉辦，頁 332～345。

閣，四十年不出國門。」〔註 108〕直到弘治十七年（1504）「重建闕里廟成，奉命往祭」〔註 109〕爲止，所創作的題材有限之外。其次，不外乎是「茶陵派」中組成之成員，其中大多是內閣與翰林官員，彼此酬贈唱和，故其詩文風格多少仍存有臺閣之氣。

但是李東陽亦「反」臺閣體，不過是「反」臺閣體末流，如「『三楊』臺閣之體，至弘、正之閒而極弊」〔註 110〕，而李東陽對於三楊之「臺閣體」則多有「修正」之處。從張慎言《何文毅（宗彥）公全集序》中，我們可以看到李東陽倡明其學，權復歸於臺閣所做的努力。今人熊禮匯先生，即對李東陽振興「臺閣體」，闡明其作爲，主要有三件事，簡引如下：

> 一是「正名」，即從論述其功用（所謂「用於朝廷臺閣部署館局之間，裨政益令以及於天下」）和審美特徵（所謂「典正明達」）入手，肯定臺閣體的存在價值。二是重申臺閣體如何宗歐的原則，從加深創作主體修養入手端正文風。三是強調植根理義以增強臺閣體的文化精神。〔註 111〕

修正的時機點，應是在李東陽任職內閣、執掌文炳之後，因爲唯有掌握了政治與文化的權力，才具備了修正與改革文風的契機。然而這樣的修正，是否可視爲永樂至正統時期「臺閣體」的全盤複製？我認爲不盡然如此，修正之動機即在於永樂至正統之「臺閣體」已存在「潛藏」之弊病，透過修正之法，則可將「臺閣體」重新導引爲正。同時，李東陽「茶陵派」在詩學理論的建構，事實上也已有別於「臺閣體」之詩學觀，自成一家之言，此點可從進入「臺閣體」詩論探討中發現。

〔註 108〕【清】錢謙益：《列朝詩集小傳》丙集，〈李少師東陽〉，頁 245。

〔註 109〕【清】張廷玉等撰：《明史》第 16 冊，卷一百八十一，〈列傳〉，頁 4821。

〔註 110〕【清】永瑢等撰：《四庫全書總目》卷一七〇，集部二三，別集類二三，頁 1487。

〔註 111〕熊禮匯：《明清散文流派論》（大陸：武漢大學出版社，2003 年 11 月），頁 106～107。

「臺閣」或「館閣」實際上掌握了政治與文化權力，這是明代「臺閣體」得以流行那麼長時間的重要因素。在李東陽之前或同時，雖有所謂的「武功四傑」（于謙、王越、郭登、韓雍）、「景泰十子」及「理學五賢」等，詩文風格不同於「臺閣體」的聲音出現，卻始終不曾取代過「臺閣體」，進而躍升文壇主流，一直到李東陽的出現，修正「臺閣體」（故曰「後臺閣」或新的「臺閣體」），在文學理論方面，下開李夢陽、何景明之前七子復古派。〔註 112〕換句話說，可將李東陽視爲明代「臺閣體」與前七子之間的過渡。

若運用「典律（cancon）」〔註 113〕之思維，即可更加明白李東陽的關鍵地位。典律的形成過程，或可稱之爲「典律化（canonization）」，即指「某些文學形式和作品，被一種文化的主流圈子接受而合法化，並且其引人矚目的作品，被此共同體保存爲歷史文化的一部分。」〔註 114〕明一代之「臺閣體」正是如此的狀況。這恰可呼應我們上文所說的，當李東陽進入了文壇主流圈子，並且掌握了政治與文化發聲權，才具備了修正「臺閣體」的能力——從另一個角度來看，四庫館臣言楊士奇有所謂的「前輩典型」，事實上李東陽也試圖塑造自己的文學「典型」。即如布爾迪厄（Pierre Bourdieu）所提出的思考模式，或許更能詮釋其內在意涵，其云：

> 文學場是一個力量場，也是一個爭鬥場。這些鬥爭是爲了改變或保持已確立的力量關係：每一個行動者都把他從以

〔註 112〕廖可斌先生云：「他們（按：李、何）的許多觀點，就是直承李東陽的主張而來的。正是靠李東陽等人開始清掃近世詩壇的迷霧，把人們的目光重新引到宋元以前，前七子才得以漸漸深入以至後出轉精。」見廖可斌：《復古派與明代文學思潮（上）》，頁 147。

〔註 113〕「canon」一詞台灣翻譯爲「典律」。（陳東榮、陳長房主編，《典律與文學教學》，台北：書林出版有限公司，1995 年），或「正典」。（如 Harold Bloom 著，高志仁譯 "The Western Canon"爲《西方正典》，台北：立緒文化事業有限公司，1998 年），大陸地區則多譯爲「經典」。

〔註 114〕Steven Totosy de Zepentnek 演講，馬瑞琦譯，《文學研究的合法化》（北京：北京大學出版社，1997 年），頁 43。

前的鬥爭中獲取的力量（資本），交托給那些策略，而這些策略的運作方向取決於行動者在權力鬥爭中所佔的地位，取決於他所擁有的特殊資本。〔註 115〕

引文中的「爭鬥場」或「鬥爭」，並不一定僅限於人與人之間權力的爭奪，然而此處我欲透過這樣的思維，來闡明「理念」或是當時詩學風氣轉變的契機。也就是說，欲理解張慎言說李東陽「權復歸於臺閣」的脈絡，等同於理解「臺閣」文化權力「平移」的概念，從三楊「臺閣體」，演變爲李東陽「臺閣體」，所呈現的意義不是再次複製，而是徹底轉移，成爲一個導回詩文正軌之「臺閣體」——即是李東陽的「臺閣體」。但這樣的理想，大概僅止於弘治末年，無法推動的原因則在於政治環境上的變化。弘治末至正德初年，以前、後七子爲主的復古派興起，逐步與茶陵派脫鉤，走向獨立與成熟。〔註 116〕即有所謂的「文權下移郎署」之言，簡錦松先生云：「臺閣文權逐旁落郎署，正德以後李夢陽之影響滿天下而臺閣默然，反隨其後，乃文權下移之結果。」〔註 117〕從李東陽之臺閣文權「平移」，到臺閣文權「下移」，即可看出「臺閣體」到了第四階段之發展軌跡。

第四節　小結

綜括全章，從第一節「臺閣釋名」、第二節「臺閣體釋義」、第三節「臺閣體作家及其分期觀」共三節來進行討論，基本上對於明代「臺閣體」的流變已有一個基本的理解，此舉可幫助我們進入臺閣體詩學的探討時，更加緊密貼合臺閣體背後的形成脈絡。並以此小結，來爲本章作一收束。

本章之研究成果，整理如下：

〔註 115〕布爾迪厄（Pierre Bourdieu）著，包亞明譯《文化資本與社會煉金術——布爾迪厄訪談錄》（上海：人民出版社，1997 年 1 月），頁 83。

〔註 116〕廖可斌：《復古派與明代文學思潮（上）》，頁 162。

〔註 117〕簡錦松：《明代文學批評研究——成化、嘉靖中期》，頁 83。

（一）以官職言：明代中葉前後，文人之間的「臺閣」與「館閣」之用法可以同時並存，視其情況而用之，未有明確分野。

（二）就文體言：狹義的「臺閣體」，如同王世貞、錢謙益所言，其專指楊士奇之詩文風格；廣義的「臺閣體」則可容置包含翰林院以上的文人之臺閣作品，但「臺閣體」所產生之影響，並不在此限。

（三）就體裁言：分爲二大類，包含政府職權類：如詔、誥、疏、奏等政府行文。以及應制之作，此屬於翰林院職權的部份。二爲非政府職權類：如碑、記、序、傳、詩、賦。「臺閣體」作家群本身就有非政府職權之詩文體，向政府職權之文體等靠近之傾向。

（四）盛衰之時間：略分爲四期，分別是第一階段洪武、建文二朝爲「形成期」；第二階段永樂至正統四朝爲「成熟期」，或「興盛期」；第三階段景泰至成化三朝爲「轉變期」；第四階段弘治、正德二朝，且以弘治爲主，爲「演變與頹萎期」。

值得注意的是在正統末年發生「土木堡之變」後，支持「臺閣體」盛世之客觀環境基礎已然消失，「臺閣體」也由這個時間點逐步走向頹萎。我曾依四庫館臣之批評，進而推論出在倪謙當時之文壇，有兩條詩文風格參差不齊的臺閣文風，一條以「三楊」相近或爲尚，無末流之失；一條則是「三楊」所影響的「臺閣體」，屬於末流，文多膚廓，萬喙一音。但在倪謙之前，正統之後，已有如此之現象產生，且末流專指「影響後之轉劣」的層面，不限定是否爲翰林官或以上。

再者，我們可進一步延伸思考，丁威仁與廖可斌先生皆認爲：臺閣體與江西派幾乎可以密切貼合。不過我也提出三楊籍貫的問題，楊榮是福建建安人、楊溥是湖北石首人，只有楊士奇爲江西人，如果臺閣體爲三楊共同主導，大致上就等於失去地域的色彩。不過，若依上述，或許可以進一步補充兩位前輩學者的說法，即是永樂至正統之「臺閣體」（一般我們認知的）——以楊士奇爲其首，與許多江西文人共同創作出來的詩文風格，即「廣義」之臺閣體。後來「三楊」於正統年間相繼去世，江西人「王直又隱然成了文壇盟主。王直之後，江西人主宰文壇的統緒似方斷絕。」〔註 118〕這樣的情形，也表示著自王直之後，「臺閣體」已無明顯的地域色彩。

分析至此，依照明人與清代四庫館臣的批評討論，或許我們可製明代「臺閣體」之發展曲線圖，藉此作爲總結，以明其流變。如下圖所示：

表 3.5

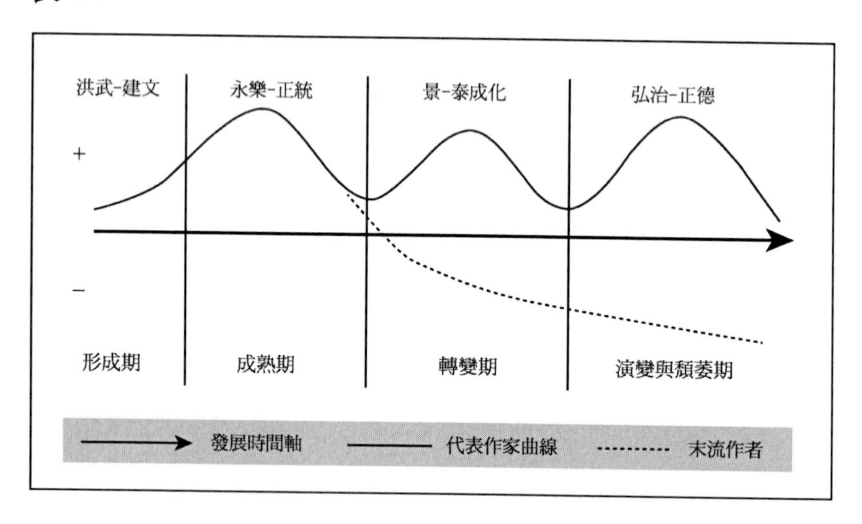

依明人與清代四庫館臣的批評，明代「臺閣體」之發展實可表示爲上表。另，在發展時間軸之上，謂之「＋」者，指的是詩文表現的正面評價，爲實曲線，反之爲「～」屬於負面評價，爲虛曲線。實曲線的三個階段之高點，可分別代表楊士奇、李賢、李東陽等人，其中景泰至成化時期，不管是詩文表現或朝代政治狀況皆比前後兩者稍差〔註 119〕，故曲線略低於兩者，上述已推論甚多，不再贅述。

〔註 118〕廖可斌：《復古派與明代文學思潮（上）》，頁 96～97。廖氏亦認爲楊榮、楊溥影響力不及楊士奇。

〔註 119〕《明史》記載：「明有天下，傳世十六，太祖、成祖而外，可稱者仁宗、宣宗、孝宗而已。仁、宣之際，國勢初張，綱紀修立，淳樸未漓。至成化以來，號爲太平無事，而宴安則易耽怠玩，富盛則漸啓驕奢。孝宗能恭儉有制，勤政愛民，兢兢於保泰持盈之道，用使

至於虛曲線在正統末年前後，並未全屬於負面評價，原因則在於四庫館臣曾言周敘《石溪文集》:「今觀所作，雖有春容宏敞之氣，而不免失之膚廓，蓋臺閣一派至是漸成矣。」〔註 120〕故以此爲之。從本章的討論之中，可明晰明代「臺閣體」的發展流變，此舉將有利於我們進入詩學理論的探討時，有其內在發展的依據，亦能使得本書之論述更趨流暢。

朝序清寧，民物康阜。」見【清】張廷玉等撰：《明史》第 2 冊，卷十五，〈孝宗本紀〉，頁 196。

〔註 120〕【清】永瑢等撰：《四庫全書總目》卷一七五，集部二八，別集類存目二，頁 1554。

第四章　詩歌基礎與本源論

何謂「詩歌基礎與本源論」？本章欲藉此來觀察，臺閣詩人對於詩歌的概念與價值根源是什麼？即是他們要求詩歌的創作，應該具備什麼樣的基礎或呈現出什麼樣的價值。臺閣詩人論及詩歌的基礎與本源時，大多上推至「詩三百」，以此作爲明經教化的價值根源，已延續儒家詩教的傳統，而這與明開國以來，不管是浙東派或是江西派，論詩回歸「詩三百」的思維都相同，不過又特別拈出了「鳴盛」的思維，來作爲他們創作的基礎，這亦是「臺閣體」最爲特殊或體現自己詩學不同於他人之處。

第一節　「詩三百」本源論

臺閣詩人以「詩三百」作爲詩歌的本源，一是明辨詩歌最原始的源頭；二則是建立內在思想上的價值基礎，而這層基礎乃立基於儒家「修身、齊家、治國、平天下」的思考邏輯之上。從以下的論述討論當中，我們將看到臺閣詩人論及「詩三百」皆不出這個脈絡，時時流露出儒家詩教的迴響。於是，這節將略分爲兩個方面來談，一爲齊家爲本；二爲忠君與王道的思想。

一、齊家為本

王直〔註1〕提出「詩三百」的價值，在於「述倫誼之重，性情之眞」，這皆是建構在「家庭倫常」的觀念之上，其云：

> 予謂《詩》三百篇，不必皆出於士大夫而當時之事賴以不朽，詩之所詠本於父子夫婦兄弟者多矣。述倫誼之重，性情之眞，百世之下，有以見夫王道之盛衰，風俗之厚薄，故曰：「詩可以觀」。思立之所行於家者，蓋天理之自然，人道之當然，非有待於詠歌，然而必詠歌之者，此諸公秉彝好德之至也。錄而傳之，豈獨以著思立之美，凡有同然之心者，豈不於此興起也乎？詩蓋不待序而傳也。然詩人之意有難以言盡者，是宜於序發之。〔註2〕

我們可以看到所謂的「家庭倫常」，即是王直所言「父子、夫婦、兄弟」之情誼。「詩三百」歌詠出這些家庭倫常的觀念，皆出於性情之眞、出於自然而然，使得「詩三百」得以在後世流傳不朽。換句話說，「詩三百」的詩歌本質就在於性情之眞，而它所給予後世者或在上位者的詩歌功能在於「詩可以觀」，這兩者呈現得相當清楚。何謂性情之眞？王直先說「詩之所詠本於父子夫婦兄弟者多矣。」論述倫誼之重，這就是「思立之所行於家者」，再進一步詮釋此乃一種天理與人道的自然，也就是「眞」，讓凡有此同理之心的讀者，都能讀之而「興起」——即是與「詩三百」產生共鳴。延伸來說，「性情之眞」於家

〔註1〕王直（1379～1462），字行儉（一作行簡），泰和人。明永樂進士，授修撰，累遷少詹事，兼侍讀學士，在翰林二十餘年，典司制詔，凡朝廷著作多出其手。當時與王英齊名，有「西王、東王」之目。英宗時，累拜吏部尚書，在銓曹十六年，天順初以老疾乞休，卒謚文端。史書稱他「器識厚重，有大臣之度」。蕭鎡稱其文「汗漫演迤，若大河長川，沿洄曲折，輸寫萬狀，蓋由蓄之深故流之也遠。」其論詩以爲「本乎性情」、「有關於風化」，方能「傳當時，垂後世」。重視詩歌的社會作用。著有《抑庵文集》、《後集》。本書所引王直：《抑庵文集》、《抑庵文後集》皆爲《四庫全書影印文淵閣本》。以下王直或其餘諸人之引文，首次著明版本，之後僅標書目與篇目。此外，以下人物生平說明的部分，均參考吳文治先生主編《明詩話全編》。

〔註2〕【明】王直：《抑庵文後集》卷十九，〈和集堂詩序〉。

庭之中表現得最為清楚，亦即以「齊家」的思維作為價值根源。王直又進一步補充，其云：

> 予謂兄弟之親，蓋天之所序，非若夫婦之以義合者也。故古人以左右手喻焉。蓋言其氣之相通而相須以為用也，則兄弟之當親可知矣。《棠棣》之詩，周公所作，以懇篤之益發切至之言，自夫禍變之酷推至日用之常，反復乎天理之正，使人究而圖之，以深得其所以，今其詩俱在。〔註3〕

王直認為「兄弟之義」乃是天理所固有的，乃「氣之相通而相須以為用」，「氣」為氣性本能，譬如為人的左、右手般如此親密又彼此配合，並不像是夫婦以「義」而結合，兩者為不同層次的倫常觀。故周公作《棠棣》一詩，更能讓人發乎深省，「禍變之酷推至日用之常」，進而理解天理之正，這詩也正因為這樣的意義，才能流傳下來，從這裡便可看出王直較為偏重詩歌「尚用」的觀點。

接著，我們再看王直認為「詩三百」可以「見夫王道之盛衰，風俗之厚薄」，此點與他所言的「家庭倫常」呈現出什麼樣的關連？王直云：

> 若夫《鴇羽》之怨，《陟岵》之嗟，蓋又出於衰世之所為者，此《行葦》諸詩之所以為盛也。是以後之君子讀其詩而知王道之隆替，人事之得失，風俗之厚薄，禮樂之廢興。故曰：「詩可以觀」。〔註4〕

《鴇羽》為「民從征而不得養其父母」〔註5〕；《陟岵》亦為「孝子行

〔註3〕【明】王直：《抑菴文後集》卷十六，〈友於軒詩序〉。

〔註4〕【明】王直：《抑菴文後集》卷十八，〈劉敏英甫壽詩序〉。

〔註5〕【宋】朱熹集註：《詩集傳》（北京：中華書局，1958年7月第1版第1刷）卷六，頁71。本書在第二章梳理過「臺閣體發展背景析論」時，就曾指出永樂至成化這個時期，乃是程朱理學極度高漲的時代，其中《詩經》主朱子集傳，不僅成為科舉的主要範本，在朝廷大臣之間亦是廣為流傳，故以此為版本，幫助我們更加理解臺閣詩人之「詩三百」概念。再者，朱子「詩經學」已經成為顯學，故在古、今學者之間皆引起許多討論，本書僅將《詩集傳》視為援引之資料，不另也無力涉及朱子「本身」詮釋觀點之討論。意者可詳參

役不忘其親，故登山以望其父所在。」〔註 6〕兩者都說明國家的徵召，必須遠離家園、遠離父母，無法盡到爲人子所要盡到的責任，王直將兩者視爲衰世之現象，這是所謂政治之「失」的影響，相當不同於《行葦》諸詩所呈現之王道極盛的現象。從「詩三百」的創作內容，我們可以看到它所表現的不僅是歷史事實的陳述，在臺閣詩人的思維裡，它所承載的乃是「王道之隆替，人事之得失，風俗之厚薄，禮樂之廢興」，這些意義蘊含在詩裡，由詩人自身的詮釋進一步展現，即是「詩可以觀」的內涵。

胡儼〔註 7〕在其《頤庵文選》中記載：

> 昔謝靈運愛其從弟惠連，每對之，輒得佳句。嘗於永嘉登池樓，吟詠未就，忽夢惠連，即得『池塘生春草』之句，欣然曰：『此語有神助！』後世大夫重兄弟之意、盡友愛之情者，以此自況永嘉謝氏。〔註 8〕

此段故事，原見於鍾嶸《詩品》引《謝家族錄》所言。〔註 9〕雖言謝靈運與謝惠連之兄弟情誼，但卻可看出胡儼與王直思想的相同點，而這也恰好遙相呼應「詩三百」所蘊含的「兄弟之義」。單就此段引文

幾位前輩之著作：（1）黃景進先生〈朱熹的詩論〉。（2）楊晉龍先生《明代詩經學研究》（台灣大學中國文學所博士論文，1997 年 6 月）。（3）黃忠愼先生《朱子《詩經》學新探》（台北：五南書局，2003 年 3 月初版二刷）。

〔註 6〕【宋】朱熹集註：《詩集傳》卷五，頁 65。

〔註 7〕胡儼（1361～1443），字若思，號頤庵。江西南昌人。洪武末，以舉人授華亭教諭。永樂初，以薦入翰林，任檢討，遷國子祭酒。洪熙朝，加太子賓客兼國子祭酒。宣宗即位，以禮部侍郎召，辭歸。家居二十年而卒。儼學識廣博，於天文、地理、律曆、醫卜、書法、繪畫無不究覽。在朝稱館閣宿儒，朝廷大著，多出其手。重修《太祖實錄》、《永樂大典》、《天下圖誌》皆充總裁官。其詩頗近宋江西一派，詞意高遠，寄託深遠，與三楊和平安雅之風格稍殊；文章則得法熊釗，淵源於虞集，氣格蒼老，可爲明初一家。著有《頤庵文選》、《胡氏雜說》。本書所引胡儼：《頤庵文選》爲《四庫全書影印文淵閣本》。

〔註 8〕【明】胡儼：《頤庵文選》卷上，〈夢吟堂詩序〉。

〔註 9〕【南朝・梁】鍾嶸著、陳廷傑注：《詩品注》（北京：人民出版社，1980 年 2 月第 1 版第 4 刷）卷中，〈宋法曹參軍謝惠連〉，頁 46。

而言，謝靈運所謂的「神助」乃是「吟詠未就，忽夢惠連」之後的精神狀態，「惠連」本身是謝靈運的族弟，此處所象徵的意涵正是一種靈感的湧現，但是湧現的契機則在於靈運與惠連的「兄弟之意、友愛之情」，沒有這層關係，「池塘生春草」無法成也。有趣的是，透過知名文人「加持」過的「兄弟之義」，更能永世流傳，正所謂「以此自況永嘉謝氏」。

梁潛〔註10〕亦云：「夫自三代之盛，教化隆矣，然風雅之作如脊令塤箎之咏，相好相猶之語，丁寧懇切，孔子皆存而著之，以垂萬世。」〔註11〕梁潛再加以總結來說，其云：

> 古詩《小雅》多道父母兄弟之情，至於美尹吉甫，則言張仲之孝友，以謂吉甫之功德材美，傑然可頌可歌者在此也，千載之下讀之猶能使人興起，況乎今之世得見其人，升堂以誦其詩，其有不發乎哉？〔註12〕

幾乎也是這樣的觀點延伸而來。重點就在於「興」字，正因爲「古詩《小雅》」其爲人處世最根本的價值，故後人見之，可以「使人究而圖之」、可以「升堂以誦其詩」，這都是朱子所言「諷誦涵泳」的審美功夫，爲讀者接受之角度。而這些價值便透過作家創作詩的語言，加以呈現，如王直說的「以懇篤之益發切至之言」。不管是「《棠棣》之詩，周公所作」或「孔子皆存而著之，以垂萬世」孔子或周公皆以儒家聖人的姿態出現，進而作爲指導的意義，故均可包含在儒家傳統「詩

〔註10〕梁潛（1366～1418），字用之，江西泰和人，梁蘭之子。潛自幼受家業薰陶，酷愛詩文。洪武舉人，授蒼溪訓導。後歷任廣西四會、陽江、陽春知縣。永樂元年召修《實錄》，陞翰林修撰。五年，兼右春坊右贊善。十六年因陳千户事，與司諫周冕同被殺。楊士奇云：「用之爲文章，馳騁司馬子長、韓退之、蘇子瞻，亦間出莊、騷爲奇，務去陳言出新意，詩高處逼晉宋，所著詩文皆可傳。」所著詩爲《泊庵集》十六卷，原悉被估價賣錢入官，後由陳循出資贖還，梓版以傳。今《泊庵集》無詩，則所著詩已亡佚。本書所引梁潛：《泊庵集》爲《四庫全書影印文淵閣本》。

〔註11〕【明】梁潛：《泊庵集》卷五，〈李氏兄弟倡和詩序〉。

〔註12〕【明】梁潛：《泊庵集》卷七，〈孝友堂詩序〉。

言志」〔註13〕的範疇之內。

楊士奇〔註14〕對於上文王直提過的「天理之正」，亦有自己的延伸思考與呼應之處，其著重點，則在於父子之間的情誼。楊士奇在〈吳彥直詩後〉云：

> 此合浦令吳彥直謫居任丘臨終所作二詩，一以寄朋友，一念其子之在遠外，皆天理民彝之正也。余嘗聞翰林王侍講時彥（按：王英）道其爲學與政，蓋一時士大夫之賢者。而屬纊之際，其所言切而婉，整而不亂如此，尤足以見平生之所養。〔註15〕

又於〈劉氏倡和詩序〉云：

> 吾友劉仲良甫，其子咸爲河南按察僉事，屬授衣之月，思父母在故鄉，不得躬視寒燠，而市綿以寄。仲良甫得之，喜，作七言近體詩一章示咸。其寫情體物，和平微婉，蓋有得於詩人「止乎禮義」之義。〔註16〕

可以看到這兩段引文中的父親，皆以詩作來傳達對子女的情感。這樣的情感呈現即是所謂的「天理之正」，亦可發現楊士奇論詩的思維，

〔註13〕「詩言志」之說，可參考：(1) 陳良運先生《中國詩學體系論》，頁31～89。(2) 吳建民先生《中國古代詩學理論》(北京：人民出版社，2004年2月第1版第2刷)，頁12～18。(3) 古建軍先生〈「詩言志」的歷史魅力與當代意義〉，《社會科學戰線（長春)》，1991年2月，頁8～279－8～287。

〔註14〕楊士奇（1365～1444），名寓，以字行。江西泰和人。塾師出身。建文初，以史才被薦入翰林院，任編纂官，修《太祖實錄》。永樂初，進左諭德。成祖北巡，常使留輔太子。仁宗即位，任禮部侍郎，兼華蓋殿大學士。宣宗朝及英宗初年，長期輔政。與楊榮、楊溥同爲臺閣重臣，並稱「三楊」，一時朝廷詔令奏議皆出其手。辦事謹慎，善於選拔人才，于謙、周忱、況鍾均由他薦引。晚年老病，遭宦官王振排擠，憂鬱而死。贈太師，諡文貞。其文章學歐陽修，論詩推崇朱熹。著有《東里文集》、《東里詩集》、《東里續集》、《東里別集》。本書所引楊士奇：《東里文集》含《東里別集》(北京：中華書局，1998年7月第1版第1刷)；至於《東里續集》乃根據《四庫全書影印文淵閣本》。

〔註15〕【明】楊士奇：《東里續集》卷十八，〈吳彥直詩後〉。

〔註16〕【明】楊士奇：《東里文集》卷七，〈劉氏倡和詩序〉，頁63。

同樣根基於儒家「發乎情，止乎禮義」的詩教。這兩種詩的創作，事實上也承繼了「詩三百」的創作內容與精神，故可以得知臺閣詩人特別崇尚這種家庭倫理的情感價值，也將之納入詩歌內在精神的建構。

二、忠君與王道思想

從上文的討論中，可以看出臺閣詩人們，相當注重「詩三百」裡呈現的家庭倫常之觀念，並認爲此乃詩歌的價值來源。黃淮〔註 17〕更將這種「齊家」之道，進一步與事君之道、忠君的思想作連結，這亦屬於政治層面的問題。此點可在〈春暉堂詩序〉一文，呈現得相當清楚，其云：

> 余惟詩三百篇，君臣之義、父子之親靡不具載，然忠君必本於孝親，故於《皇華》、《陟怙》、《蓼莪》諸篇尤致意焉。〔註 18〕

又於〈蓼莪閣詩文序〉一文中，再次詳加說明之：

> 詩三百篇，且載事物之理，其於事君事親之道，特加詳焉。其言事親，若《陟屺》，若《北山》，若《鴇羽》，或勞於王事，或困於行役，不得躬致其養，形於聲嗟氣嘆，自有所不能已者。至於《四牡》，實上之人逆探其情而代之言，求其詞切情至皆未若《蓼莪》一詩，乃孝子不得終養而作是，故晉王裒每誦及此，未嘗不三復流涕，門人受業者並廢而不講。嗚乎，詩之感人若是其至歟！〔註 19〕

〔註 17〕黃淮（1366～1449），字宗豫，浙江永嘉人。洪武進士，授中書舍人。成祖朱棣即位，命入直文淵閣，陞翰林院編修，累進右春坊大學士，輔皇太子監國，爲漢王高煦所譖，坐繫詔獄十年。洪熙初復官，授武英殿大學士，累加少保、户部尚書兼大學士。宣德二年以疾乞休；英宗朱祁鎮，再入朝。卒，諡文簡。淮受三朝寵遇數十年，與解縉及「臺閣派」代表楊士奇、楊榮、楊溥關係密切。其論詩尊「溫柔敦厚」爲教，強調本乎性情之正，不出「臺閣」規範。著有《黃文簡公介俺集》、《省愆集》。本書所引黃淮：《介俺集》爲《敬鄉樓叢書本》。

〔註 18〕【明】黃淮：《介俺集》卷三，〈蓼莪閣詩文序〉。

〔註 19〕【明】黃淮：《介俺集》卷三，〈春暉堂詩序〉。

就黃淮的想法中，不管是孝親，或是兄友弟恭的思維，重點在於如何進一步達到忠君的思想？即是所謂「家國同構」的思維模式。先從這兩段引文中所提到的詩作來看，如《北山》一詩，朱子解《詩》云：「大夫行役而作此詩。蓋此王事不可以不勤，是以貽我父母之憂耳。」〔註20〕又如《四牡》，其云：「此勞使臣之詩也。夫君之使臣，臣之事君，禮也。故爲臣者奔走於王事，特以盡其職份之所當爲而已，何敢自以爲勞哉。」〔註21〕而《蓼莪》則云：「人民勞苦，孝子不得終養，而作此詩。」〔註22〕於是我們可以發現，黃淮說到「忠君必本於孝親」，不僅是本於孝親，而是透過「君等於父」、「臣等於子」這種心靈底層的認同模式，或許才能稍微舒緩「勞於王事，或困於行役，不得躬致其養」之愧疚。

對於臺閣詩人而言，「事君之道」如何可能？又如何去考見政治得失？也就是說，他們從「詩三百」獲得了什麼樣的啓示？楊士奇論及詩歌本源時，亦表明以「詩三百」爲價值依歸。如楊士奇云：「《國風》、《雅》、《頌》，詩之源也。」〔註23〕至於他如何看待「詩三百」，其云：

> 詩以理性情而約諸正而推之，可以考見王政之得失，治道之盛衰。三百十一篇，自公卿大夫，下至匹夫匹婦，皆有作。小而《兔罝》、《羔羊》之詠，大而《行葦》、《既醉》之賦，皆足以見王道之極盛。至於《葛藟》、《碩鼠》之興，則有可爲世道慨者矣。

可見楊士奇的詩歌根源推至「詩三百」，所著重的焦點，在於「詩三百」可以導引我們的性情，達到「性情之正」的工夫境界，這即是所謂的「修身」，並且可以透過「詩三百」來「考見王政之得失，治道之盛衰」。於是，我們可以透過考察《兔罝》、《羔羊》、《行葦》、

〔註20〕【宋】朱熹集註：《詩集傳》卷十三，頁150。
〔註21〕【宋】朱熹集註：《詩集傳》卷九，頁100。
〔註22〕【宋】朱熹集註：《詩集傳》卷十二，頁146。
〔註23〕【明】楊士奇：《東里續集》卷十五，〈題東里詩集序〉。

《既醉》及《葛藟》、《碩鼠》這些詩篇的主旨，進而更加理解楊士奇的思維。楊士奇亦是朱熹的信徒之一，他曾云：「昔朱子論詩必本於性情言行，以極乎修齊治平之道，詩道其大矣哉。蓋自漢以下，言詩莫深於朱子。」〔註 24〕（引文中之「詩」亦包含「詩三百」）從引文中可得知，楊士奇對於《詩經》的觀點，最主要也是來自於朱子的詮釋。

《兔罝》與《羔羊》皆屬於國風，前者爲周南，後者爲召南。而朱子在解《兔罝》一詩時，其云：「化行俗美，賢才眾多。雖罝兔之野人，而其才之可用猶如此。故詩人因其所事以起興而美之，而文王德化之盛，因可見矣。」〔註 25〕又如《羔羊》主要在於「南國化文王之政，在位皆節儉正直，故詩人美其衣服有常，而從容自得如此也。」〔註 26〕可以看到一個爲舉才，另一個爲在官時節儉正直，此皆歸功於文王之德化。關於二〈南〉，黃忠慎先生曾指出：「二〈南〉在多數古人心中爲三百篇中最重要的單元，乃正始之道，王化之基，爲《詩》之正經。」〔註 27〕可見楊士奇也是如多數古人一樣，特別推崇二〈南〉中的這兩篇。

《行葦》和《既醉》同屬於大雅，可合在一起看。大雅在朱子看來，屬於「會朝之樂」，朱子云：「《行葦》，自是祭畢而燕父兄耆老之詩。首章言開宴設席之初，而慇懃篤厚之意，已見於言語之外；二章言侍御獻酬飲食歌樂之盛；三章言既燕而射以爲懽樂；未章祝頌其既飲此酒，皆得享夫長壽。……《既醉》，則父兄所以答《行葦》之詩

〔註 24〕【明】楊士奇：《東里文集》卷四，〈胡延平詩序〉，頁 46。

〔註 25〕【宋】朱熹集註：《詩集傳》卷一（北京：中華書局，1958 年 7 月第 1 版第 1 刷），頁 5。其實，朱子「詩經學」已經成爲顯學，故在學者之間皆引起許多討論，本書僅將《詩集傳》視爲援引之資料，不另也無力涉及朱子「本身」詮釋觀點之討論。意者亦可詳參（1）黃景進先生〈朱熹的詩論〉。（2）楊晉龍先生《明代詩經學研究》。（3）黃忠慎先生《朱子《詩經》學新探》。

〔註 26〕【宋】朱熹集註：《詩集傳》卷一，頁 11。

〔註 27〕黃忠慎：《朱子《詩經》學新探》，頁 5。

也。」〔註 28〕如此一來，我們可以看到楊士奇所謂的「足以見王道之極盛」的情況，這也成爲身爲皇帝輔臣的楊士奇，對於「詩三百」的態度上，皆取以政治上的考量居多。

值得注意的是：如果從「詩三百」這些「已成」之詩，可以考見當時王道之極盛，那麼反推回去，是不是也透露出，在楊士奇的思維中，只要我們能創作類似於「詩三百」中這些性質的詩，就可以反應（或歌頌）目前王道處於極盛之狀態呢？回顧第三章，我們提到宋濂論述「臺閣之文」時，也曾出現過同樣的思維。換句話說，詩歌「鳴盛」是「臺閣體」在創作時，所具備的價值根源之一，容後文再細部詳談。

至於《葛藟》、《碩鼠》，楊士奇認爲這「可爲世道慨者」，顯然是一種可以借鑑的態度，亦是「詩可以觀」的一環。朱子解《葛藟》一詩，其云：「世衰民散，有去其鄉里家族，而流離失所者，作此詩以自嘆」〔註 29〕又《碩鼠》亦云：「民困於貪殘之政，故託言大鼠害已而去之也。」〔註 30〕不管是世衰民散，還是貪殘之政，這都跟「王政之得失，治道之盛衰」等詩的政治與社會意義有著密切相關。有這樣的詩歌出現的時候，就是給予在上位者的提醒。由上面的諸例，我們都可發現身爲臺閣重臣的楊士奇，其詩歌根源與他的身分有著極大的關係，這兩者的思維是緊密合一。

在上文中，我們提到過王直認爲詩歌的價值在於「可以觀」，在於反應社會底層之事，即是「所謂風者，里巷之詞」，這與楊士奇乃是同樣的思維。接著，王直曾云：

> 昔周之時，詩人之形於言也，多矣。所謂風者，里巷之詞；頌者，宗廟之樂；其大小雅，則讌享朝會之詩。懽忻和樂以盡情，齊莊恭敬以發德，非偶然也。及春秋時，諸侯卿

〔註 28〕【宋】朱熹：《朱子語類》（北京：中華書局，1986 年 3 月第 1 版第 1 刷）第六冊，卷八十，〈詩一綱領〉，頁 2073。

〔註 29〕【宋】朱熹集註：《詩集傳》卷四，頁 46。

〔註 30〕【宋】朱熹集註：《詩集傳》卷五，頁 66。

> 大夫相見，率賦詩以言志，皆取是詩而歌之，非必已作也。然因是以知其政治之盛衰，人事之得失，豈虛語哉！今諸公之詩皆可以繼二雅之盛，後千百年有以知聖明德化之隆治，賢才之眾多，必於是詩見也。〔註31〕

從引文中，確實可以看到王直反推的思考，只要創作出類似二雅的詩篇，即可見當時王道之盛，也隱然透露文王等於當時的帝王，而賢才便是王直等人，這樣類比的關係。至於「諸侯鄉大夫相見，率賦詩以言志，皆取是詩而歌之，非必已作也」一句，與梁潛曾言：「士君子當四方無事，朝廷清明，交遊盛而志氣同。」〔註32〕同樣，表明了孔子所言「詩可以群」的作用，朱子云：「《詩》教溫柔敦厚，且通於樂，樂以和為主，故曰：『可以群。』」〔註33〕即是「政和—人和」的思維。當然這樣的基礎，前提就必須是當時的王道確實極盛，王直云：

> 士君子遭文明之世，處清華之地，當閑暇之日，而成會合之娛，宜也。會而形於言，以歌太平，詠聖德，明意氣之讚暢，發性情之淳和，又宜也。〔註34〕

前一個「宜」在於動機，也就是文明之世，處清華之地，又是閑暇之日，才能成會合之娛，如此一來文人聚會就有了某種「正當合宜性」；後一個「宜」在於目的，為何會產生這種得以聚會的時刻呢？就在於王道之極盛，於是聚會時刻，就可以歌太平，詠聖德，而創作之內容，又可發性情之淳和，相當適當。用「動機」與「目的」來詮釋，或者顯得王直等人的看法，過於「功利」導向，但這或可顯示出當時士大夫的心態，即是他們的「盛世觀」，此點後文會再詳細探討。所謂的「懽忻和樂以盡情，齊莊恭敬以發德」，便是楊士奇舉《行葦》和《既醉》，朱子所言的情形。此外，楊士奇亦有類似王直的心態，此點造

〔註31〕【明】王直：《抑菴文集》卷十三，〈跋文會錄序〉。

〔註32〕【明】梁潛：《泊菴集》卷七，〈中秋宴集詩序〉。

〔註33〕【宋】朱子集註、蔣伯潛廣解：《論語新解》（台北：啓明書局，1952年），〈陽貨〉，頁268。

〔註34〕【明】王直：《抑菴文集》卷十三，〈跋文會錄序〉。

成的結果，與後世批評「臺閣體」僅會粉飾太平、歌功頌德，產生毫無藝術價值等評價，也有著一定的關係。不過，如何可以避免這種偏向功利的心態呢？以上兩者都有類似的觀點，我們加以延伸。

言行根源於心態，故只要心態正確，出於自然而然，也就是性情之正、性情之眞，那麼這種聚會、酬唱及歌詩就是相當正常的行爲。略舉一例，如楊榮曾言：「惟聖天子在上，治道日隆。輔弼侍從之臣仰峻德、承宏休，得以優游暇豫、登臨玩賞而歲復歲，誠可謂幸矣。意之所適，言之不足而詠歌之，皆發乎性情之正，足以使後之人識盛世之氣象者，顧不在是歟。」〔註35〕楊榮所呈現的就是如此的觀點。由上述可知，臺閣詩人對於「王道」的思想表現，著實偏向於「詩三百」──「考見王政之得失，治道之盛衰」之「得」與「盛」，此乃反向推理之結果。

最後，約略作一個小結。從上文眾多的討論中，我們可以看見臺閣詩人之詩歌的價值根源，皆推至「詩三百」。楊士奇等人主要注重於「詩可以觀、群」的部分，同時也顯示出他們對於自己所處之世代的「盛世觀」。至於黃淮，則將「事君事親之道」視爲詩歌最根本的價值所在。這兩者並非是不同兩種的路徑，而是統一在「詩三百」的脈絡下，若以王英的說法，即是「有美惡邪正以示勸戒、敦彝、倫興、孝敬、厚風俗莫先乎詩。」〔註36〕對臺閣詩人而言，詩的價值來源一併統籌於儒家詩教之下，如孔子所言：「詩，可以興、可以觀、可以群、可以怨。邇之事父，遠之事君。」〔註37〕而這些興、觀、群、怨之功能，不僅可以從「詩三百」中的篇章呈現，亦爲臺閣詩人對「詩三百」進一步的詮釋與接受。他們都認爲「詩三百」可以導引性情，詩的本質乃是「性情之正」，此點置於詩歌本質功能論時再細部詳談。

〔註35〕【明】楊榮：《文敏集》卷十一，〈重遊東郭草堂詩序〉。
〔註36〕【明】王英：《王文安公詩文集》卷二，〈涂先生遺詩序〉。
〔註37〕【宋】朱子集註、蔣伯潛廣解：《論語新解》，〈陽貨〉，頁268。

第二節　「輓詩」本源論

我們曾在第二章「臺閣體發展背景析論」中，提到陸容《菽園雜記》記載「輓詩」創作的情形。上至內閣大臣，下至一般官員，爲彼此的父母或士大夫階級之間，撰寫神道碑、墓表及輓詩，已成爲一種常態，如果不這樣做，反而認爲「喪禮」不夠完整，而士大夫可得重幣亦能傳播自己的名聲。廖可斌先生就曾指出：「難怪『三楊』、『二王』、李東陽等臺閣體代表作家的詩文集中，還篇累牘盡是這類『大作』。」〔註 38〕實際詩文創作狀況是如此，但令人驚訝的是，在臺閣詩人的詩論（或他人的輓詩集）當中，亦存在著相當多關於「輓詩」（集中於輓詩集序）的討論，這應當算是臺閣體詩論的一大「特色」。故本節將針對這方面進行探討，藉此觀察臺閣詩人對於「輓詩」一類，所要求的詩歌基礎與價值根源爲何？

一、緣情而生

李賢〔註 39〕認爲「輓詩」可以讓仁人孝子發揚行實之美德，其云：

> 輓詩非古也，其意則出於矣。《禮》曰：「弔於葬者，必執引執紼。」言弔葬者必輓引紼，以助其力，其哀可知矣。今也於執輓之際形諸歌詠，以敘其哀。蓋君子緣情而生，以義起者也。況因之而發揚乎行實之美，亦仁人孝子所當致力者。〔註 40〕

李賢引用《禮記》的記載，來說明「弔葬者必輓引紼，以助其力」的動作型態，接著言「其哀可知矣」來表內心的哀慟。「執輓之際形諸

〔註 38〕廖可斌：《復古派與明代文學思潮（上）》，頁 89。

〔註 39〕李賢（1408～1466），字元德，鄧洲人。宣德進士。景泰初，由文選郎中超拜吏部侍郎。英宗復位，命兼翰林學士，入直文淵閣，進尚書。憲宗即位，進少保、華蓋殿大學士、知經筵事。當石亨、曹吉祥用事，賢顧忌不敢盡言，然重視人才、開賢路，有些名臣便是他所識拔。所作詩文，質實嫻雅，無矯揉造作之習。曾奉命編《明一統志》，著有《古穰集》、《古穰雜錄》。本書所引李賢：《古穰集》爲《四庫全書影印文淵閣本》。

〔註 40〕【明】李賢：《古穰集》卷六，〈户部尚書古公輓詩序〉。

歌詠」，則是在動作型態上，再加上歌詠，以強化內心哀慟的狀態。輓歌的本身，便是一種「緣情而生，以義起者」，不假雕琢地將自己內心的情感呈現出來，所以李賢認爲此乃「行實之美」，不管是仁人或孝子理當爲之，而且輓詩不分父親或母親，他就說：

> 孝子之心，雖極其哀，然不能自敘其情也，必託之聲，詩則孝情於是乎暢矣。……又曰：「公卿大夫之喪，爲之輓詩可也。而夫人之喪，亦爲之可乎？」予曰：「此孝子傷其父母之情，禮無彼此之間也。」〔註 41〕

由此可見在當時「輓詩」的創作，應有身份與性別的限制，但是李賢卻提出孝子之情，不應如此區分父母之別，而此「情」可透過「輓詩」之作來傳達，以暢其哀情。於是可以得知，李賢相當提倡輓詩的創作，並且將之得以發揚「行實之美」，當成了輓詩的基礎與價值根源。

金幼孜〔註 42〕則將「輓詩」進行源流的探討，並且將之呼應儒家「詩發乎情，止於禮義」的詩教觀，其云：

> 輓歌之始，蓋自漢初田横之門人，以横死不敢發哀，乃以《薤露》《蒿里》之歌悲之，而其後，李延年遂分爲二曲，《薤露》送王公貴人，《蒿里》送庶人之葬。然大概爲吊死侑葬而設也。魏晉隋唐以來，士大夫有吊其故舊親友之逝，遂作爲詩歌以哀輓之，於是詩往往有傳於世。迨宋暨元以至於今，日遠日盛者，蓋有由然矣。……嗟夫詩本性情，止乎禮義，故凡悲哀愁怨、懽娱離合，必於詩焉發之。蓋人之情有不能自已者如此。〔註 43〕

〔註 41〕【明】李賢：《古穰集》卷七，〈平陰王夫人王氏輓詩序〉

〔註 42〕金幼孜（1368～1431），名善，以字行。新淦人。建文進士，授户科給事中。永樂初，累遷諭德兼侍講。成祖北征，所過山川要地，輒命紀錄。有旨屬起草，據鞍立就。洪熙時官至禮部尚書。自永樂以迄宣德，皆掌文翰機密，與楊士奇諸人相亞。卒謚文靖。幼孜文章，邊幅稍狹，不及楊士奇等人之博大，而雍容雅步，頗亦肩隨。著有《金文靖集》、《北征集》、《後北征集》等。本書所引金幼孜：《金文靖集》爲《四庫全書影印文淵閣本》。

〔註 43〕【明】金幼孜：《金文靖集》卷七，〈大醫院判韓公達輓詩序〉。

前半段，皆以敘述「輓歌」的緣起，後半段金幼孜則從儒家「詩本性情，止乎禮義」的角度，來看待輓詩的創作。其認爲詩乃是有極大的包容性，舉凡「悲哀愁怨、懽娛離合」等，人與人交集所產生的內心情感狀態，都可以藉由詩歌來抒發。換句話說，金幼孜與李賢都是一樣的看法，皆認爲「輓詩」緣情（性情）而生，而可以暢其哀情。所謂的「詩往往有傳於世」，立基的根本則在於：這種輓詩的形式或承載的情感本身，皆有不可取代性，如此一來才能持續流傳。

金幼孜亦提到「魏晉隋唐以來，士大夫有吊其故舊親友之逝，逐作爲詩歌以哀輓之」，此點黃淮便舉出數例來說明，其云：

> 挽詩之作尚矣。漢有《薤露》《蒿里》，敘哀以代哭泣，至李延年，分而爲二；《薤露》送王公貴人，《蒿里》送士大夫庶人。因命執紼者歌以勸力，故又謂之紼謳者。陶潛自制挽詩，但言死生永隔，無復傷悲，以寓其曠達之意。杜甫作《八哀》弔王恩禮等輩，備述出處履歷行業，文章長篇累牘，言不厭是，後作挽詩者多倣效焉。誠以盛德在人，既沒而著其思，思之而發於言，言之不足故詠歌之，豈宜紼謳而已哉？〔註 44〕

魏晉六朝的「輓詩」，在形式上其實有別於先秦兩漢，其分爲了「自輓」以及「他輓」〔註 45〕兩類，而陶淵明正是「自輓類」的代表作家，其著有《擬挽歌辭》三首。黃淮言「言死生永隔，無復傷悲，以寓其曠達」，今人李澤厚先生亦言：「像這樣動人地吟詠人生之死的詩，差不多可以說絕無僅有，這裡有一種深刻的哀傷，但又是一種大徹大悟的哀傷。」〔註 46〕此外，「他輓類」則如唐代杜甫〈八哀詩〉，以八首詩哀悼王恩禮等八人，各備述出處及履歷行業，頗有以詩作傳的味

〔註 44〕【明】黃淮：《介俺集》卷三，〈楊處士挽詩集序〉。

〔註 45〕詳可參照何立慶：〈早期挽歌的源流〉，《文史雜志》第 2 期，1999 年，頁 32。

〔註 46〕李澤厚、劉綱紀著：《中國美學史：魏晉南北朝編（下）》（安徽：安徽文藝出版社，1995 年 5 月第 1 版第 1 刷），〈陶淵明所創造的藝術境界〉，頁 381。

道。今人謝建忠先生認爲：「老杜詩寫一人終生若干大事而哀。……，平敘中夾穿插補綴，痛惜其人亂世而未得大用，深爲國家哀也。」〔註47〕黃淮說，後作挽詩者多倣效，正代表著杜甫〈八哀詩〉作爲一種輓詩成熟與代表的意義。

接著，我們看到黃淮言輓詩帶出「盛德」之語，其運用了一個類似《詩大序》的說法，《詩大序》云：「情動於中而形於言，言之不足故嗟嘆之，嗟嘆不足故永歌之。」黃淮則言：「誠以盛德在人，既沒而著其思，思之而發於言，言之不足故詠歌之。」兩者相當類似。從這點來看，至少我們可以推導出黃淮所謂的「情」，其產生在於「盛德」，也就是輓詩之對象具備「盛德」，可視爲輓詩之所以作的動機。

李時勉〔註48〕對於輓詩之作的看法，恰可呼應上述黃淮所言，而他甚至引用《詩大序》中的一句，來作爲輓詩之所以作的依據，其云：

> 惟挽詩之作，必其人有可哀者，然後情發乎中而形於言，非無所爲而爲之者。〔註49〕

李時勉雖然沒有說明「其人有可哀者」的「可哀」之處是什麼，但他大抵規範了輓詩並非可以「無所爲而爲之」，換句話說，不正是說明了必須要「有所爲」，具備了「可哀」之處，才能被「輓」嗎？而另一個詮釋，則在於「無所爲」乃是「其人有可哀者，然後情發乎中而

〔註47〕謝建忠先生還認爲：「杜甫的《八哀詩》這種創格主要源頭一是從曹植等人《七哀詩》到李邕《六公篇》以來的詠人組詩傳統，一是以《史記》爲代表的史傳文學傳統。」見謝建忠：〈杜甫《八哀詩》探源〉，《四川三峽學院學報》第15卷，1999年，頁1～2。

〔註48〕李時勉（1374～1450），名懋，以字行，號古濂。江西安福人。永樂進士。選庶吉士，與修《太祖實錄》及《永樂大典》，書成，改翰林侍讀。後以諫營建北京及招徠遠國貢使事，忤成祖意，被下獄，逾年獲釋。又先後與修《成祖實錄》、《宣宗實錄》，進學士，官至國子監祭酒。時勉性耿直剛毅，前後瀕死者三，而勁直之節不易。其文平易通達。不露圭角，多藹然仁義之言。著有《古廉文集》。本書所引李時勉：《古廉文集》爲《四庫全書影印文淵閣本》。

〔註49〕【明】李時勉：《古廉文集》卷九，〈都督曹公夫人李氏挽冊序〉。

形於言」中「情」的作用，有「情」才能「有爲」（爲其人作輓詩）。從上述這幾位臺閣詩人論輓詩，皆重視所謂「情」的作用，而「情」的產生與對象有關，下一小節再深入論述。

二、有德者必有言

所謂的「有德者必有言」，在臺閣詩人的思維中，應是一種相當重要的思考。就輓詩的對象而言，其所作所爲，即是「有德者必有言」；就作輓詩的臺閣詩人而言，必是因爲對象有德，故有「言」即是一種輓詩的型態。

王英〔註 50〕即云：

> 嗚呼！士之死固可哀也。有可哀而求其死而無愧，則奚以哀爲然，所謂以其賢於人也。賢者或因讒毀，而嗇於其年，雖無愧於死，而人必哀之。甚則，嗟概歎發之於言辭，而挽詩之所以作焉。〔註 51〕

王英所言與金幼孜、李時勉都是同樣的。王英雖說「士之死固可哀」，但是輓詩之所以作之原因，則在於「賢者或因讒毀，而嗇於其年」，更加偏重於其人之「賢」。黃淮亦指出輓詩之作，乃「以悼人命之靡常，今之哀挽，蓋本其意而并著其死者之才行。」〔註 52〕可見黃淮所注重的是死者之才德、品行。

楊榮〔註 53〕更直言：

〔註 50〕王英（1375～1450），字時彥，號泉波，浙江金溪人。生於明太祖洪武八年，卒於明代宗景泰元年，年七十五。明成祖永樂二年進士，選庶吉士。官至禮部尚書、翰林院大學士，歷事四朝，朝廷大制作，多出其手。其著作《王文安公詩文集》。本書所引爲王英：《王文安公詩文集》爲《八千卷樓珍藏之樸學齋抄本》。

〔註 51〕【明】王英：《王文安公詩文集》卷一，〈彭御史挽詩序〉。

〔註 52〕【明】黃淮：《介俺集》卷三，〈文溪鄒先生挽詩序〉。

〔註 53〕楊榮（1371～1440），初名子榮，字勉仁。建安（今福建建甌）人。建文進士，授編修。永樂時，入文淵閣，以多謀善斷，爲成祖所重。成祖北征，常爲扈從，升文淵閣大學士。仁宗即位，進謹身殿大學士、工部尚書。宣德中加少傅。英宗即位，繼續輔政。進少師。卒謚文敏。榮歷事四朝，與楊士奇、楊溥併入閣，同輔朝政，並稱「三

> 自《薤露》《蒿里》之曲傳於世，而哀挽之作緣此而興久矣。然非其人才足以用世、德足以及人、名足以垂後世，抑豈能使人悲思哀慕、形之詩歌，以寓其情於無窮哉。〔註 54〕

從這便可以發現楊榮明確地指出，輓詩之對象如果不是所謂的「才足以用世、德足以及人、名足以垂後世」之人，如何能夠使人興起「悲思哀慕」，進而形之詩歌，以寄其情？我們似乎可以嗅出這種看法與「緣情而生」的些許差別，楊榮等人的看法，更加注重於輓詩之對象的才德、品行。金幼孜在〈贈太師夏公輓詩序〉中即言：「公（按：夏原吉）以純明淵懿之資，宏博寬裕之量，德優才具，罔施不宜而其踐履之確，寵辱不動其心，始終不渝其操。」接著又云：

> 故其歿也，天子興悼，百僚盡傷，下至武夫胥吏，識與不識，咸相與咨皆歎息，或爲之涕泣霑襟。……。其賢者感深傷切而尤有不能已乎其情，遂相率作爲詩歌以輓之。是皆出於人心之自然，非勉強而致也。嗚呼，若公者，方之詩書所稱，元老大臣如召公畢公者，又豈愧之哉？予嘗論之，國家有大混一之氣運，必有大混一之聖君賢臣以成之。故夫周家開八百年之業者，以文武成康爲之君，周公召畢爲之臣也。我朝列聖在上，創業繼統，光啓鴻圖，又有若公輩諸臣爲之輔，則所以衍聖明無窮之緒者，夫豈偶然哉？輓詩成什，諸君子俾予序之，予因述公平生之槩，且著公之所以有係於國家者，弁其端，庶觀者知所考也。〔註 55〕

就此段引文觀之，所謂「輓詩序」乃是輓詩集結成冊之後，作爲一種總說明的用途。可以看到金幼孜極度褒揚夏原吉等元老大臣，認爲他們可如周代之周公、畢公，對於國家有相當大的貢獻，而寫這篇序之用意，是爲了讓「觀者知所考」，尤其是那些「不識」夏原吉，卻又跟著「爲之涕泣霑襟」之人。可見其舉國哀悼的現象，這已不僅是夏

楊」。著有《楊文敏集》、《後北征集》。本書所引楊榮：《楊文敏集》爲《四庫全書影印文淵閣本》。

〔註 54〕【明】楊榮：《文敏集》卷十三，〈太醫院使蔣公挽詩序〉。

〔註 55〕【明】金幼孜：《金文靖集》卷四，〈贈太師夏公輓詩序〉。

原吉「德優才具」，更有其位列大官，於朝廷於國家皆有其影響力的情況。

金幼孜又說「相率作爲詩歌以輓之。是皆出於人心之自然，非勉強而致也。」所謂之「自然」，皆出自輓詩之對象的才德、品行，所引起的「悲思哀慕」之情，這與楊榮乃是同樣的觀點。由此可見，輓詩的基礎與價值根源，在於對象之才德、品行與創作者之間產生「情」的共構與呼應，換言之，正因爲才德、品行乃是創作者（或世人）所共同注重的社會價值，藉由輓詩的創作更能再次確認這種追求的意義，以及紓緩「嗇於其年」生命無常之感慨。

徐有貞〔註 56〕對於輓詩創作的狀況，相當不同於其他人，其云：

> 輓詩之作，所以相輓喪者，輓喪者歌之以齊其力而節其行也。公孫夏之所謂虞殯、莊周之所謂紼謳、李延年之所謂《蒿里》《薤露》皆是也。虞殯、紼謳今亡其辭，《蒿里》《薤露》之辭具存。其意大抵以哀人生之無常，死者之不可作而已，然非專指其人而哀之也。惟昔賢豪之士不幸詘厄而殀喪者，則或從而哀之。若秦人之哀子車，楚人之哀屈平，齊客之哀田橫，亦皆輓詩之流而變焉者也。後之詩人，沿而效之，緜魏晉六朝唐宋以迄於今而寖盛。有其人無可哀而哀之，有不以哀之而以美之者，其輓詩之變而又變者歟。〔註 57〕

據徐有貞的觀察，先秦兩漢的《虞殯》、《紼謳》、《蒿里》、《薤露》一開始均非專指其人而哀之，而李延年分而爲二：《薤露》送王公貴人，

〔註 56〕徐有貞（1407～1472），初名珵，字元玉，江蘇吳縣人。宣德進士，選庶吉士，受編修。正統中官侍講，因參與英宗復辟有功，官至兵部尚書，兼華蓋殿大學士，封武功伯。曾誣殺于謙、王文，爲眾議所不滿。後爲石亨所構下獄，戍金齒。亨敗，得放歸，自號天全居士。工書，善畫山水；亦能詩，然多應酬之作。著有《武功集》。本書所引徐有貞：《武功集》爲《四庫全書影印文淵閣本》。

〔註 57〕【明】徐有貞：《武功集》卷三，〈徐處士輓詩序〉。

《蒿里》送士大夫庶人。實際上，僅區分身分類別，亦未專指其人。直到具有指標意義的人物出現，這些「昔賢豪之士不幸詘厄而殀喪者」，使得「秦人之哀子車，楚人之哀屈平，齊客之哀田橫」的「哀」，成爲後世的一種風氣、一種專用於某人的作法——即是後世所謂的「輓詩」。徐有貞指出了後世輓詩的弊病，也就是「有其人無可哀而哀之，有不以哀之而以美之者」，前者背離了李時勉、王英與楊榮所謂的「可哀」的意義，後者則偏向於「美化」輓詩，偏離了輓詩固有的本質。如此說來，徐有貞眞正的看法與上述幾人是相同的，只有「賢豪之士」才值得興發輓詩之創作。

第三節 「二位一體」論

相較於楊士奇等人，將詩歌的基礎與本源推至「詩三百」而言，李時勉有其個人的獨特看法，李時勉將「伏羲氏」製琴，視爲音樂的本源，謂之「知音」；「伏羲氏」畫卦，視爲詩文的本源，謂之「知文」。由此可見李時勉要求的詩文基礎，在於「知音」與「知文」二位一體的兼具，此二位一體的思考，可謂是「中和之德與聖賢之域」的價值來源。其在〈琴書說〉中云：

> 予聞琴者，禁也，所以禁止其邪思以就夫中和之德者也；書者，著也，所以著聖賢之言而使之求其道也。古者聲樂末作，伏羲始製琴以修身理性反其天眞，由是聲音起焉，聲有宮商角徵羽，被於五弦。厥後黃帝之作咸池，堯之大章，虞舜之作蕭韶，禹之大夏，湯之大濩，周之大武，得有所因者，皆權輿於此。古者文字末立，伏議始畫八卦，以通神明，以類萬物之情，由是文籍生焉。易有象辭，有爻辭，以斷卦爻之吉凶，至孔子又作十翼，而文辭於是益盛，厥後典謨訓誥之言，國風、雅、頌之什，禮樂制作之文，褒貶筆削之旨，得有所紀者，皆本原於此。故論聲音而不本於伏義之琴韻者，非知音者也；論文辭而不本於伏義之畫卦者，非知文者也。然則琴，樂之器也；書，載道

之器也。君子無故，琴瑟不去於前，詩書不釋於手，非以狗徇目之欲，縱玩好之娛，益以其有益於身心者。固非尋常外誘之物之可拒也，誠能因是以求之而不怠焉，以養其性情以明其道義，則中和之德可成，聖賢之域可企，而爲君子之歸，不難矣。〔註58〕

引文中，我們可以看到李時勉是如何將詩文的本源上推至「伏羲氏」。若製成表格，則更能清楚的呈現，如下表：

表格 4.1

<table>
<tr><th colspan="2">本源</th><th>性質</th><th>原始功能</th><th>流變</th><th>方法</th><th>延伸功能</th><th>可達</th></tr>
<tr><td rowspan="11">伏羲氏</td><td rowspan="6">製琴</td><td rowspan="6">樂之器</td><td rowspan="6">修身理性反其天眞</td><td>黃帝之作咸池</td><td rowspan="6">琴瑟不去於前</td><td rowspan="11">以養其性情以明其道義</td><td rowspan="6">中和之德</td></tr>
<tr><td>堯之大章</td></tr>
<tr><td>虞舜之作蕭韶</td></tr>
<tr><td>禹之大夏</td></tr>
<tr><td>湯之大濩</td></tr>
<tr><td>周之大武</td></tr>
<tr><td rowspan="5">畫八卦</td><td rowspan="5">載道之器</td><td rowspan="5">通神明，以類萬物之情</td><td>易有象辭、爻辭</td><td rowspan="5">詩書不釋於手</td><td rowspan="5">聖賢之域</td></tr>
<tr><td>典謨訓誥之言</td></tr>
<tr><td>國風、雅、頌</td></tr>
<tr><td>禮樂制作之文</td></tr>
<tr><td>褒貶筆削之旨</td></tr>
</table>

由上表所示，李時勉將詩文本源推至「伏羲氏」，並且表明源流之變，但是在他的思考，實要提醒後世作者，根源有其價值的呈現，並非只是單純的「歷史」或「傳說」而已。略分以下二點，藉此來討論之：

（一）就「知音」言：所謂的「禁止其邪思以就夫中和之德」，

〔註58〕【明】李時勉：《古廉文集》卷七，〈琴書說〉。

或可從「聲有宮商角徵羽」來理解，《黃帝內經》中記載：肝屬木，在音爲角，在志爲怒；心屬火，在音爲徵，在志爲喜；脾屬土，在音爲宮，在志爲思；肺屬金，在音爲商，在志爲懮；腎屬水，在音爲羽，在志爲恐。〔註59〕如此一來，就將五音、五行與五臟彼此對應起來。《內經》根據五行制化原則，宮、商、角、徵、羽之間的相生相剋關係，利用這種關係來達到恢復陰陽平衡、協調五臟、暢達情志之目的。然而不同的聲音，又有不同的作用，例如「商音鏗鏘肅勁，善制躁怒，使人安寧；角音條暢平和，善消憂鬱，助人入眠；宮音悠揚諧合，助脾健胃，旺盛食欲；征音抑揚詠越，通調血脈，抖擻精神；羽音柔和透徹，引人遐想，啓迪心靈。」〔註60〕故，李時勉從音樂去談所謂的「中和之德」，以至於「修身理性反其天眞」，確實有其獨特的見解。

（二）就「知文」言：李時勉相當重視經典，例如「易有象辭，有爻辭，以斷卦爻之吉凶（《易經》），至孔子又作十翼（《易傳》），而文辭於是益盛，厥後典謨訓誥之言（《書》），國風、雅、頌之什（《詩》），禮樂制作之文（《禮》），褒貶筆削之旨（《春秋》）。」認爲這些經典的基礎與本源，在於「伏羲氏」畫卦，在於「通神明，以類萬物之情」的意義。其目的不外乎要人宗經、明道，並以聖賢之言作爲道德之依歸。其中，李時勉又認爲「詩三百」對於涵養道德與禮義，更有極大的幫助，其云：

> 其言（按：國風之詩）皆道德、禮義、孝悌、忠愛之感發，惟其如是之多也，故其化得於耳濡目染、習熟見聞，而行之於日用之間，以爲常然，而不覺其入道德之中、禮義之域也矣，詩書之化，其有益於世教豈小哉。〔註61〕

〔註59〕參見汪波：〈《黃帝內經》音樂療疾思想〉，《宜賓學院學報》第10卷第10期，2010年10月，頁99。

〔註60〕參見周月霞：〈從《內經》、《樂記》淺析古代音樂治療思想〉，《西南大學學報（社會科學版）》第35卷第5期，頁210。

〔註61〕【明】李時勉：《古廉文集》卷八，〈跋女教續編〉。

就作者的角度言，創作詩乃是道德禮義孝悌忠愛之感發；就讀者言，同樣也受到詩的道德禮義孝悌忠愛之感發，在耳濡目染、習熟見聞之下，眞正貫徹於日常生活當中，此即是詩書所帶給我們的價值。

故君子只要承繼「知音」、「知文」這兩個價值脈絡，加上實際修養的功夫如「琴瑟不去於前，詩書不釋於手，非以夠徇目之欲，縱玩好之娛」，然後「求之而不怠」，持之以恆，便可以「以養其性情以明其道義」，最後達到聖人理想的境界——聖賢之域。由此可見，李時勉認爲唯有明其學術之根源，不管是樂之器（聲音），或是載道之器（文籍）來看，皆有其深刻的價值，不可偏廢。這也可謂是李時勉所言「明體制，審音律，去固陋」的思想內涵，此點於第六章詩歌創作方法論時，會再進一步詳述。

第四節　小結

臺閣詩人針對學詩的基礎，以及詩歌價值根源的思維，經由我們上述的分析與論述之後，可歸結爲以下幾點：

（一）以「詩三百」當作學詩的價值根源，應是臺閣詩人共同的趨向。在此一主要脈絡之下，王直與楊士奇等人一方面注重詩歌能「述倫誼之重，性情之眞」，討論詩歌乃是由內在深刻之情感然後感發而生。另一方面又注重於「詩可以觀」，即「考見王政之得失，治道之盛衰」的政治實用層面，同時接續「忠君」的思想。

（二）臺閣詩人對於「輓詩」的創作，則是秉持著「詩本性情，止乎禮義」、「情發乎中而形於言」的思考，並認爲「輓詩」的價值在於可以發揚「行實之美德」，又能體現出「有德者必有言」的儒家思維。從這點就可發現其實臺閣詩人最終的理想，便是可以「才足以用世、德足以及人、名足以垂後世」，此即是儒家所謂的「立功」、「立德」、「立言」價值的延續與展現。

（三）李時勉從「二位一體」的「知音」、「知文」的思考出發，希望透過養性情、明道義之修養功夫，使人最終可以達到中和之德、聖賢之域。而他特別注意「詩三百」對於我們的影響，他認爲「詩三百」承載了許多關於道德、禮義、孝悌、忠愛的社會價值，當我們耳濡目染、習熟見聞，然後眞正貫徹於日常生活當中，同樣也能使人達到中和之德、聖賢之域。

第五章　詩歌本質功能論

從上一章我們談到詩歌基礎與本源時，可以發現臺閣詩人皆從「詩三百」的價值來延伸思考，換句話說，「經書的本質就是詩歌創作的本質，經書的功能就應是詩歌創作所具備的功用。」〔註 1〕臺閣詩人論及詩歌本質的時候，常常著重於詩歌所具備的實用功能，也就是「即體即用」的思考模式。〔註 2〕若引用劉若愚先生之批評，更能突顯本章之旨意，其云：實用論乃是「基於文學是達到政治、社會、道德，或教育目的的手段這種概念；由於得到儒家的讚許，它在中國傳統批評中，是最有影響力的。」〔註 3〕本章將詩歌本質與功能二者合論，正因著這樣的研究思維而為之。

第一節　「性情之正」本質論

以「性情之正」作為詩歌的本質說，可謂是臺閣詩人如楊士奇、黃淮等人，論詩相當重要的主張，於是在進入正式的討論之前，我們

〔註 1〕丁威仁：《明洪武、建文地域詩學研究》，頁 72。

〔註 2〕韋勒克（Wellek）認為：「文學的性質和功能在任何合於邏輯的論述中都必須互相關聯。詩的用途就是從它的性質而來的：任何事物或任何一類的事物都因為它本身是什麼，或者它主要的性質是什麼才能夠最有效且最合理地加以利用。」見韋勒克、華倫著；王夢鷗、許國衡譯：《文學論：文學研究方法論》，頁 43。

〔註 3〕劉若愚著、杜國清譯：《中國文學理論》，頁 227。

就必須對於「性情」一辭具備基本的理解。以下敘述將稍微梳理「性情」的發展脈絡，以利我們進入楊士奇等人之「性情之正」本質論的探討：

一、先秦至唐宋之「性情」淺析

（一）先秦至六朝時期〔註4〕：先秦對於所謂的「性情」與後世所理解的，其實不盡相同。先秦典籍中，乃將「情」訓爲「實」，或者與「性」字同義。譬如《孟子》一書中，提到「乃若其情，則可以爲善矣。」〔註5〕牟宗三先生對此解釋：

> 「乃若其情」之情非性情對言之情。情，實也，尤言實情。「其」字指性言，或指人之本性言。「其情」即性體之實，或人之本性之實。……。情是實情之情，是虛位字，其所指之實即是心性。……。故情字無獨立的意義，亦非一獨立的概念。〔註6〕

可見就《孟子》來說，「情」字並未有其獨立的意義，也並非後世所認知「情」多指涉「情感」。在這裡的「乃若其情」之「其情」指的是「人之本性之實」，孟子論述的意義，偏重於「性」之「善端」的發用。

直到荀子之時，乃將「情性」並提，其意義當然是爲了作爲「性惡論」的立論基礎，荀子〈性惡篇〉言：「今人之性，飢而欲飽，寒而欲暖，勞而欲休，此人之情性也。」〔註7〕又〈正名篇〉言：

〔註4〕陳昌明先生對於先秦至六朝的「情性」探討，有其深入的考察與解析，而本書對於「性情」源流之理解與援用，即參考陳昌明先生之著作。詳可參見陳昌明：《緣情文學觀》（台北：台灣書店，1999年11月初版），〈第二章：先秦至六朝「情性」的探討〉，頁41～72。

〔註5〕【宋】朱子集註、蔣伯潛廣解：《孟子新解》（台北：啓明書局，1952年），〈告子篇〉，頁265。

〔註6〕牟宗三：《心體與性論》（台北：正中書局，1991年11月），頁416～418。

〔註7〕北京大學《荀子》注釋組，荀子原著：《荀子新注》（北京：中華書局，1979年2月），〈性惡〉，頁392～393。

「性者，天之就也；情者，性之質也；欲者，情之應也。以所欲爲可得而求之，情之所必不免也；以爲可而道之，知所必出也。」〔註8〕荀子所謂的「性」，乃是人的自然本能；「情」則是「性」表現出來的本質，而慾望就是由「情」所反應而產生的。所以荀子說「從人之性，順人之情，必出於爭奪，合於犯分亂理而歸於暴。」〔註9〕故提倡「化性起僞」的工夫，講師法、禮義，藉此來節制情欲。而其言「性之好惡喜怒哀樂謂之情」，已有使「情」與「性」異層化之傾向。〔註10〕

陳昌明先生在《緣情文學觀》一書就曾指出，兩漢學者論「情」大抵繼承荀子之思想概念，但到了魏晉以降，則又開始有了轉變。其云：

> 從荀子以「情性」爲惡，到兩漢大抵以性善情惡爲說，對於「情」，都是採否定的態度，所以要「反情以和其志」。但是，到了魏晉以降，緣於現實人生哀樂之激感，所以「愁緒縈絲，因物達情」，六朝文士乃發現了以情感爲生命內容與特質的自我主體，對於「反情」的兩漢傳統說法，逐漸有了反省與轉變的態度。〔註11〕

魏晉六朝文士乃是以「情性」作爲文學的本質，然後逐步推導出所謂的「詩緣情」之思維，引出這種「緣情」的創作理念，契機則在於魏晉六朝的政治與學術風氣的改變。蔡英俊先生對此有其精闢的思考，其言：

> 造成魏晉名士特殊生命情調最重要的原因，更在於漢魏之際生死問題的愴痛所帶給人自我生命的醒悟與自覺。……。借助於這種生命意識的覺醒。……；而中國的文學傳統也才得以推衍出「緣情」的創作理念，進而完成

〔註8〕北京大學《荀子》注釋組，荀子原著：《荀子新注》，〈正名〉，頁383。

〔註9〕北京大學《荀子》注釋組，荀子原著：《荀子新注》，〈性惡〉，頁390。

〔註10〕參見岑溢成：〈孟子告子篇之情與才論釋〉，《鵝湖月刊》第5卷第10期，1980年4月，頁6。

〔註11〕陳昌明：《緣情文學觀》，頁58。

抒情傳統的典範。〔註 12〕

魏晉六朝一向被視爲中國文學的藝術自覺時代，其對於「情性」的探討，也完全不同於先秦兩漢，由上述幾位前輩學者的探討，即可知其大概。

（二）唐宋時期：韓愈（768～824）爲唐代古文運動之領袖，其「情性」論，大多承繼先秦兩漢的觀點，其〈原性〉云：

> 性也者，與生俱生也；情也者，接於物而生也。性之品有三，而其所以爲性者五；情之品有三，而其所以爲情者七。……。其所以爲性者五：曰仁、曰禮、曰信、曰義、曰智；……。其所以爲情者七：曰喜、曰怒、曰哀、曰懼、曰愛、曰惡、曰欲。〔註 13〕

韓愈將「性」，解釋爲「與生俱生」，接近於荀子的詮釋，將「性」視爲人的自然本能。而「情」則是接觸外界刺激而產生的情感，包含喜怒哀懼愛惡欲七情。然而韓愈又融混了先秦兩漢諸家對於性、情的詮釋，於是產生「性之品有三」、「情之品有三」分別與仁禮信義智、七情有不同對應關係的論點，而此論點的提出，只是爲了替〈原道〉論，提供一個人性可以被教化的思想基礎，進而有了宗經、明道的價値建構。

白居易（772～846）爲唐代新樂府運動的倡導者，對於「性情」的看法上，主張詩歌的根乃在於「情」。白居易論詩回歸「詩三百」，本於儒家詩教而發，其云：

> 感人心者莫先乎情，莫始於言，莫始乎聲，莫深乎義。詩者：根情、苗言、華聲、實義。上自賢聖，下至愚騃，微及豚魚，幽及鬼神，群分而氣同，形異而情一。未有聲入而不應，情交而不感者。聖人知其然，因其言，經之以六

〔註 12〕蔡英俊：《比興、物色與情景交融》（台北：大安出版社，1986 年 5 月初版），頁 36。

〔註 13〕【唐】韓愈撰，馬其昶校注：《韓昌黎文集校注》（上海：上海古籍出版社，1986 年 12 月第 1 版第 1 刷）第一卷，〈原性〉，頁 20。

> 義；緣其聲，緯之以五音。……。洎周衰秦興，採詩官廢，上不以詩補察時政，下不以歌洩導人情，乃至於諂成之風動，救失之道缺，于時六義始刓矣。〔註 14〕

情、言、聲、義乃是詩歌得以感人的四個要素，表裡貫通，缺一不可。其中詩歌的根本就在於「情」，可見「情」作爲詩歌最重要的主體，至於內容則是「義」，而「言」（六義）和「聲」（五音）代表了詩歌的外在形式。白居易認爲詩歌應著重實用性，甚至必須感事諷諭，換言之，白居易希望詩歌可以達到「補察時政」與「洩導人情」的政治與教化功用。

宋代爲程朱理學高漲的時代，其主張「存天理，滅人慾」，對於「情」採取較爲否定的態度，認爲情欲偏惡有害聖賢之道。南宋大儒朱熹（1130～1200）對於「性情」的看法，主要運用「已發／未發」作爲功夫入路，據此林月惠先生即認爲：

> 朱熹的「性情」論述，我們可以概括爲：未發爲性，已發爲情，心統性情。朱子對此問題的實踐與思考，成功地將其「心性論」（心性情三分）、「理氣論」（理氣二分而不雜不離）與「功夫論」（靜存動察，敬貫動靜）的內在意義結構，一一對應，緊密相互連結，充分展現其思想體系的分解性與統合性。值得注意的是，宋明理學的「性情」論述，在朱熹的實踐與思考裏，緊扣《中庸》「中和」問題的理解，以「未發已發」的功夫入路爲焦點而被開展出來。從此以後，宋明理學的「性情」論述，即與《中庸》「未發已發」的理解、實踐相連結。〔註 15〕

正由於朱子認爲「心、性、情」三分，故必須透過認知心來格物致知，

〔註 14〕【唐】白居易撰，朱金城箋校：《白居易集箋校》（上海：上海古籍出版社，1988 年 12 月第 1 版第 1 刷）卷四十五，〈與元九書〉，頁 2790。

〔註 15〕林文惠：〈從宋明理學的「性情論」考察劉蕺山對《中庸》「喜怒哀樂」的詮釋〉，《中國文哲研究集刊》第二十五期，2004 年 9 月，頁 183～184。

認知天道、天理（性），進而改變我們的行爲（情）。換言之，「性」是不可見的超越之理、形上之理，乃純然至善的，故曰「性即理」；「情」既涉「發用」，便屬於形下的「氣」，有善有惡，所以心循天理而發，則爲善情，反之爲惡情。經林月惠先生的考察，朱子的影響在於「宋明理學的『性情』論述，即與《中庸》「未發已發」的理解、實踐相連結。」就此，我們可進一步延伸思考，這樣的影響一定程度體現在程朱理學高漲的明代，尤其是在臺閣詩人身上更是如此。

那麼就朱子的思想中，何謂「性情之正」？朱子曾詮釋孔子所言「詩三百，一言以蔽之，曰『思無邪』。」一句時，其云：「凡詩之言，善者可以感發人之善心，惡者可以懲創人之逸志，其用歸於使人，得其情性之正而已。」〔註16〕而朱子在解「詩三百」之「關雎」時，亦言：

> 孔子曰：「關雎樂而不淫，哀而不傷。」愚謂此言爲此詩者，得其性情之正、聲氣之和也。蓋德如雎鳩，摯而有別，則后妃性情之正固可以見其一端矣。至於寤寐反側，琴瑟鐘鼓，極其哀樂而皆不過其則焉。則詩人性情之正，又可以見其全體也。〔註17〕

就朱子的認知來說，「詩三百」中的「善惡」之言，可以導引讀者「得其情性之正」；就作者言，正因爲得其性情之正，故才能創作出如「關雎」這樣「樂而不淫，哀而不傷」的詩歌，「極其哀樂而皆不過其則焉」則體現出儒家所謂的「中和之美」。就此點來看，實與臺閣詩人如楊士奇等人，詮釋詩歌本質的觀點遙相呼應。

二、臺閣詩人之「性情之正」論

臺閣詩人詮釋「詩三百」或批評歷代詩人，相當注重且屢屢提到所謂的「性情之正」，那麼究竟對於臺閣詩人而言，何謂「性情之正」？

〔註16〕【宋】朱子集註、蔣伯潛廣解：《論語新解》（台北：啓明書局，1952年），〈爲政〉，頁13～14。

〔註17〕【宋】朱熹集註：《詩集傳》卷一，頁2。

他們是否對此進行過解釋，而此解釋是否有繼承誰的觀點，又或者與前人之說有其吻合之處？

臺閣詩人楊士奇，就曾對「性情之正」一語有過闡釋，他曾在〈贈蕭照磨序〉中援引孟子的觀點來說「性情之正」，其云：

> 夫君子之剛，以直乎內，蓋本於道義之正，所謂浩然之氣是也，而發於外者，固雍容不迫，無所乖戾而適乎大中，所謂性情之正也。〔註 18〕

「浩然之氣」一語我們相當熟悉。先秦儒家孟子就曾經提及，孟子云：

> 難言也。其爲氣也，至大至剛，以直養而無害，則塞於天地之間。其爲氣也，配義與道，無是餒也。是集義所生者，非義襲而取之也。行有不慊於心，則餒矣。〔註 19〕

郭紹虞先生在《中國文學批評史》中指出：「養氣之說，即本於他的『知言』的觀念一轉變而來。……。進一步逐想到配義與道的養氣工夫，如能胸中養得一團浩然之氣，則自然至大至剛，自然不至於流爲詖辭淫辭邪辭遁辭矣。孔子所謂：『有德者必有言』也即此意。」〔註 20〕綜合上述所言，那麼楊士奇所謂「性情之正」，乃是根於內在的浩然之氣，而發顯於外者，如「寫情體物」之上，所突顯出來的特質，便是「雍容不迫，無所乖戾而適乎大中」的「中庸之道」。

楊士奇這樣的論點也可進一步延伸，呼應朱子詮釋「關雎」之論點，亦即儒家的「中和之美」，而另一位臺閣詩人楊榮也是同樣的看法，其云：「眞和而平、溫而厚、怨而不傷，而得夫性情之正者也。」〔註 21〕由此可見二楊之「性情之正」所著重的焦點。相當有趣的是，綜合楊士奇與楊榮的看法，竟然顯示出類似一種詩歌宇宙論的說明，

〔註 18〕【明】楊士奇：《東里文集》卷四，〈贈蕭照磨序〉，頁 54～55。
〔註 19〕【宋】朱子集註、蔣伯潛廣解：《孟子新解》，〈公孫丑〉，頁 66～67。
〔註 20〕郭紹虞：《中國文學批評史》，頁 24～25。
〔註 21〕【明】楊榮：《文敏集》卷十一，〈省愆集序〉。

如下圖所示：

從「道義爲本」的內心狀態，到「中和之美」的外顯，我們可以看出其詩歌產生的過程。接著，我們應該探討這種「性情之正」的詩歌本質，最早從什麼時候開始呈現？根據臺閣詩人的思考，他們皆從「詩三百」開始探討起，例如楊士奇云：

> 詩以理性情而約諸正而推之，可以考見王政之得失，治道之盛衰。三百十一篇，自公卿大夫，下至匹夫匹婦，皆有作。〔註22〕

> 古之善詩者，粹然一出於正，故用之鄉閭邦國，皆有裨於世道。夫詩，志之所發也。三代公卿大夫下至閨門女子皆有作以言其志，而其言皆有可傳，三百十一篇，吾夫子所錄是已。〔註23〕

由此可見，從個人內在的修養工夫（透過詩來理性情而約諸正），推之到詩歌「可以考見王政之得失，治道之盛衰」的實用功能，可以看到楊士奇藉由詩歌承載政治教化的思想內容，立足於「詩三百」的位置之上，藉此闡發詩歌不僅只有文人所能創作的文體，甚至人民百姓不分男女皆可言其志。這些看法仍是傳統「詩言志」、「文以載道」的思想一脈相承。而且說明了，在楊士奇的想法裡，公卿大夫之間所創作的詩作，也應具備考王政之得失，甚至必須關懷世道、「有裨於世道」，達到「憂國傷時憫物」的實用層面，而下至匹夫匹婦，亦可藉由創作來抒發自我的心聲，反應底層人民眞實的生活情況。如此一來，恰可呼應朱熹在〈國風．周南〉所云：

> 國者，諸侯所封之域；而風者，民俗歌謠之詩也。謂之風

〔註22〕【明】楊士奇：《東里文集》卷五，〈玉雪齋詩集序〉，頁63。
〔註23〕【明】楊士奇：《東里續集》卷十五，〈題東里詩集序〉。

> 者，以其被上之化以有言，而其言又足以感人，如物因風之動以有聲，而其聲又足以感動物也。是以諸侯采之以貢於天子，天子受之而列於采官，于以考其俗尚之美惡，而知其政治之得失焉。〔註 24〕

這些都是以詩歌當作一個上與下溝通的媒介，目的不外乎使得世道能趨於一種「和平」的狀態，那麼「天下無事，生民乂安，以其和平易直之心，發而爲治世之音。」〔註 25〕亦即身爲臺閣重臣，也是以儒家詩教爲立身旨意的楊士奇，輔佐帝王最主要的理想與責任。不過，真正的問題點也產生於此，事實上後世批評「臺閣體」最主要的理由，亦是臺閣體作家們太過於偏重歌頌太平，而少於考察「政治之得失」其中「失」的部分，故爲人所詬病。

再者，朱子所言：「諸侯采之以貢於天子，天子受之而列於采官，于以考其俗尚之美惡，而知其政治之得失」，透過「采詩」考察世道，這個情況是歷代都有的情形嗎？還是只爲「詩三百」所獨有呢？關於此點，根據吳建民先生的研究指出：

> 雖然後世仍有不少理論家高揚詩的經國治世作用，但實際上，詩的這種功能同先秦時代相比，已大大降低了。後世統治者很少有人以詩作爲了解社會狀況的工具，而去大量采詩進行「正得失」了。〔註 26〕

這個問題，唐代白居易就已經提過，而我們上文也曾引用，其言「洎周衰秦興，採詩官廢，上不以詩補察時政，下不以歌洩導人情，乃至於諂成之風動，救失之道缺，于時六義始刓矣。」故，我們可以看到，後世的批評者只針對臺閣體詩人進行批評，似乎只將「正得失」的所有責任都歸之於公卿大夫，甚至也只歸咎於「詩文創作」。我們可以延伸一個問題，是否這些公卿大夫「只要」創作關懷世道的作品，就能算是一個好詩人呢？這點，亦可與他們的盛世觀做連結。

〔註 24〕【宋】朱熹集註：《詩集傳》卷一，頁 1。
〔註 25〕【明】楊士奇：《東里文集》卷五，〈玉雪齋詩集序〉，頁 63。
〔註 26〕吳建民：《中國古代詩學理論》，頁 354。

當然，也許我們會有所疑惑，個人的修養（或本質）爲何能與詩歌的本質混爲一談呢？事實上，前人的觀點幾乎都是「文（詩）如其人」〔註27〕這樣的思考脈絡，這與儒家的看法有極大的關係。既然如此，透過詩文的「流傳」或「所存」，進而知悉、探求古今詩人之「志」，對於臺閣詩人而言，就成爲一種相當有效的方法。譬如楊士奇〈胡延平詩序〉云：

> 詩雖先生餘事，而明白正大之言，寬裕和平之氣，忠厚惻怛之心，蹈乎仁義而輔乎世教，皆其所存所由者之發也。〔註28〕

可見楊士奇從胡延平的詩「所存」中，看見其本身亦是詩歌的本質，即是「明白正大之言，寬裕和平之氣（和而平），忠厚惻怛之心（溫而厚）」，這些皆可謂其「性情之正」的內涵，並且從中實踐「仁義」達到「輔乎世教」（有裨於世道）的最終價值。如此之言，一套用我們上述所畫的詩歌宇宙論之圖，便可立即理解這層意義。

臺閣詩人批評歷代詩風與詩人時，非常喜歡引用唐代杜甫之例，來詮釋所謂的「性情之正」，不僅是因爲杜甫擁有相當傑出的詩歌造詣，更因爲杜甫本身的人格特質與臺閣詩人的詩學思想產生了許多共鳴。所謂的「共鳴」，我們先從臺閣詩人提及杜甫的文獻開始說起，例如黃淮就認爲杜甫乃是繼承「詩三百」的遺意，如〈讀杜愚得後序〉云：

> 詩以溫柔敦厚爲教，其發於言也，本乎性情，而被之絃歌，於以神祇，和上下，淑人心，與天地功用相爲流通，觀於三百篇可見矣，漢魏以降，屢變屢下，至唐稍懲末弊而振起之，而律絕之體復興焉。當時擅名無慮千余家，李杜首稱，而杜爲尤盛，蓋其體製悉備，譬若工師之創巨室，其

〔註27〕蔡鎮楚先生研究指出：「中國詩話之注重於『詩品』與『人品』，其『詩品』的標準應是儒家的『詩教』。」見蔡鎮楚：《詩話學》（湖南：湖南出版社，1992年7月），頁293。

〔註28〕【明】楊士奇：《東里文集》卷四，〈胡延平詩序〉，頁46。

> 跂立翬飛之勢，巍峨壯麗，干雲霄，焜日月。……。鋪敘時政，發人之所難言，使當時風俗世故瞭然如指掌；忠君愛國之意，常拳拳於聲砌氣嘆之中，而所以得夫性情之正者，蓋有合乎三百篇之遺意也。〔註 29〕

黃淮對於「詩三百」的態度，實與楊士奇同樣，皆認爲「詩本性情」，「以溫柔敦厚爲教」其有「和上下，淑人心，與天地功用相爲流通」的實用意義。〔註 30〕黃淮相當推崇杜甫在詩歌上的造詣，各種詩歌的體制皆兼備，干雲霄，焜日月，不過最重要的則在於杜甫「鋪敘時政」和具有「忠君愛國之意」，此點我們在本書第四章探討詩歌本源時，就已經論述過了。對黃淮而言，杜甫這兩者的表現，可謂是「得性情之正」，並且上繼「詩三百」的精神。至於其餘臺閣詩人，大抵也是這樣來看杜甫的，如同樣是〈讀杜愚得序〉此篇，楊士奇云：

> 蓋其（按：杜甫）所存者，唐虞三代大臣君子之心；而其愛君憂國、傷時憫物之意，往往出於變風、變雅者，所遭之時然也。其學博而識高，才大而思遠，雄深閎偉，渾涵精詣，天機妙用，而一由於性情之正，所謂「詩人以來，少陵一人而已。」〔註 31〕

楊士奇對杜甫十分頌揚，更直言「詩人以來，少陵一人而已」，連與之並提的李白都沒有如此的受重視。其原因爲何，後文會再詳述。同樣的話，另一位臺閣詩人王直又說了一次，其云：

> 開元天寶以來，作者日盛，其中有奧博之學，雄傑之才，忠君愛國之誠，憫時恤物之志者，莫如杜公子美。其出處

〔註 29〕【明】黃淮：《介庵集》卷十一，〈讀杜愚得後序〉。

〔註 30〕蔡英俊先生對儒家「溫柔敦厚」之說，有其精闢的解釋，其云：「以現代的語彙來了解『溫柔敦厚』一詞的涵義，它指的是『詩經（以及所有的文學作品）』所能達成的教育理想，而透過美感教育所完成的『溫柔敦厚』的人格特質，正是傳統儒家崇信的『至善』的理想人格的一部分；其次，由於『溫柔敦厚』特別著重文學作品對於讀者所具的感染力與效應，它又可以對應西方文論中的『實用理論』。」見蔡英俊：《比興、物色與情景交融》，頁 106。

〔註 31〕【明】楊士奇：《東里續集》卷十四，〈讀杜愚得序〉。

勞佚憂悲愉樂感憤激烈，皆於詩見之。粹然出於性情之正，而足以繼《風》、《雅》之什。至其觸事興懷，率然有作，亦皆興寄深遠，曲盡物情，非他之所能及。〔註32〕

由此可見三者相當推崇杜甫，而且皆認為杜甫承繼「詩三百」（以溫柔敦厚為教）的傳統。如黃淮言「鋪敘時政，發人之所難言，使當時風俗世故瞭然如指掌；忠君愛國之意，常拳拳於聲砌氣嘆之中」；楊士奇言「愛君憂國、傷時憫物之意」王直言「忠君愛國之誠，憫時恤物之志」。而這些特徵就是所謂的「性情之正」，而此「性情之正」又同時是杜甫的內在涵養，以致於表現在詩作（所存）當中，產生出「和上下，淑人心，與天地功用相為流通」的實用功能。不過值得注意的是，王直捻出了杜甫詩歌具備「興寄」的特點，代表王直也重視所謂的「興寄」之說，但是在他其餘的詩論當中，卻又忽略「興寄」一說，對詩歌創作又採取另一種態度，相當特殊，更值得我們在本書探討詩史觀時進一步詳述。

回到杜甫的論述上。姑且不論杜甫本身是否為有意識地承繼，且欲發揮「詩三百」的精神特質，但或許有此一層關係：

詩三百（詩作）→（讀者）杜甫＝（作者）杜甫 → 杜甫之作（詩作）

從杜甫的詩作中，楊士奇讀到杜甫所具有的是「唐虞三代大臣君子之心」，並且三者皆認為杜甫承繼「詩三百」，換句話說，這是「詩三百」對於杜甫（讀者）產生的影響，亦表明著他們認為「性情之正」就是「詩三百」的本質，而杜甫表現在詩作中的內涵，即是「愛君憂國、傷時憫物」的精神，兩者彼此呼應。再者，「詩歌宗杜」從宋代江西詩派以來就一直是被提倡的詩歌重點，一路延續到明初江西詩派，再到永樂之後以「江西人」為主軸之臺閣詩人，換言之，「宗杜」原本便是江西人詩學的傳統，「臺閣體」亦不例外。

〔註32〕【明】王直：《抑庵文後集》卷十一，〈虞邵庵注杜工部律詩序〉。

第二節　「自然醇正」、「尚趣」本質論

倪謙〔註33〕言詩，以「自然」為本，其云：

> 詩者，言之有音節，一皆本於自然而不容已焉。若《康衢》之謠，《擊壤》之歌，《二南》之詠，是皆髫童野老、委巷女婦達其情之所欲言者，初豈有意而為之哉？以今觀之，雖學士大夫反有所不能道，何耶？由其被先王教化之深而發乎天性之眞者，自然而成音也。後世之為詩者，養之未置，而欲模擬古作，極力馳騁排偶、聲律，風雲月露以為工、牛鬼蛇神以為奇，而古意索矣。為陶、韋之沖逸，李、杜之典則，膾炙人口，世爭傳誦之，以至於今。豈不以其音節自然，有得於風雅之遺音乎？〔註34〕

倪謙列舉《康衢》、《擊壤》及《二南》之例，來闡述詩歌創作的內在型態，即是作者並非刻意地創作，而是「被先王教化之深而發乎天性之眞」，故能「達其情之所欲言」，也就是說「情感」才是創作的源頭，此源頭形成詩歌的開端，如此才能「自然而然」流出胸臆。值得注意的是，倪謙提出所謂的「自然」之說，必定有其「不自然」的詩歌創作與之對應，如此一來，才能突顯詩重「自然」的意義。所以他同樣從前人的詩歌「所存」中，去探求「自然」的意義，例如陶淵明和韋應物、李白和杜甫，其詩作之音節自然，得於風雅之遺音，為倪謙讚賞。相對地，後世之為詩者，一顧模擬古作，亦僅得詩歌的外在形貌而已，「極力馳騁排偶、聲律，風雲月露以為工、牛鬼蛇神以為奇」，縱使詩歌的外在型態看起來相當華麗，卻失之「古意」、失之「自然」，

〔註33〕倪謙（？～1479），字克讓，號靜存，上元人。正統四年進士。景泰初曾出使朝鮮，作《朝鮮紀事》，並輯紀行詩為《遼海編》。後與錢溥等分任《宋元通鑑綱目》纂修。天順初累遷學士。主考順天時，因黜權貴之子，被污構以罪，謫戍開平。憲宗詔復舊職，累遷南禮部尚書致仕，卒，諡文僖。謙文較謹嚴，樸而不俚，簡而不陋，近三楊臺閣之體而未染末流之失，文質彬彬，自成一家。一生著述甚富但多散軼。今存《倪文僖集》。本書所引倪謙：《倪文僖集》為《四庫全書影印文淵閣本》。

〔註34〕【明】倪謙：《倪文僖集》卷十九，〈盤泉詩集序〉。

倪謙認爲原因出自於「養之未置」，譬如說「髫童野老、委巷女婦」受「先王教化之深而發乎天性之眞」，又譬如說陶、韋，李、杜「得於風雅之遺音」，這些皆是「養」的內在工夫，如此一來，才能轉化情感爲詩自然。

楊榮對於詩歌的觀點，提倡詩歌要以「自然醇正」爲佳，甚至有「尚趣」的傾向，其云：

> 《逸世遺音集》若干卷，豐城黃先生子貞之所著也。……予發而讀之，見其平淡而不華，明潔而歸諸理，追趨乎《風》、《雅》，浸淫乎《騷》、《選》，一皆出於自然。古之所謂有德有言者，蓋如是夫。嗟夫！詩自三百篇之後，作者不少，要皆以自然醇正爲佳。世之爲詩者，務爲新巧而風韻愈凡，務爲高古而氣格愈下，曾不若昔時閭巷小夫女子之爲。豈非天趣之眞與夫模擬掇拾以爲能者，固自有高下哉！先生負有爲之才，而不見用，發其所蘊爲詩，故所作超然，有異於人，而非稚學小生所能窺測。天分之高，涵養之正，宜其過人遠矣。〔註 35〕

所謂的「平淡而不華，明潔而歸諸理」不僅是《逸世遺音集》的特點，亦是楊榮認爲的《風》、《雅》、《騷》、《選》之詩文特色，而其本質就在於「自然」。楊榮所謂的「自然」，重於儒家的「中和之美」，並不特別偏重或追求什麼樣的特色，而是具有「和而平、溫而厚、怨而不傷」的詩歌特質，否則就會陷入「務爲新巧而風韻愈凡，務爲高古而氣格愈下」的弊病，「新巧」或「高古」乃是經由人爲而規範（歸納）出來的一種詩歌風格，而後世爲詩者，欲以「模擬掇拾」而得之，反而本末倒置，誠如倪謙所言的「養之未置」。故我們應當回歸本心的涵養，如楊榮言黃子貞「涵養之正」，譬如孔子所謂「有德必有言」的前提，正在於「德行」的具備，其「言」才是有用處之言。不先涵養本心，如何能爲詩？最快速簡便的方法，即是「模擬掇拾」，這當

〔註 35〕【明】楊榮：《文敏集》卷十一，〈逸世遺音集〉。

然已經失之自然，偏離了詩歌貴在「自然醇正」的本質。

另一位臺閣詩人金幼孜的看法，相類於上述二者，然而他更將所謂本心的涵養與「性情之正」作一連結。金幼孜云：

> 大抵詩發乎情，止乎禮義，古之人於吟詠，必皆本於性情之正，沛然出乎肺腑，故其哀樂悲憤之形於辭者，不求其工，而自然天眞呈露，意趣深到，雖千載而下，猶能使人感發而興起，何其至哉？後世之爲詩者，皆率雕鎪藻繪以求其華，洗磨澰滌以求其清，粉飾塗抹以求其艷，激昂奮發以求其雄。由是失於詩人之意而有愧於古作者多矣。〔註 36〕

金幼孜將「性情之正」視爲個人本心的涵養，「詩（辭）發乎情（哀樂悲憤），止乎禮義」，亦言：「嗟夫詩本性情，止乎禮義，故凡悲哀愁怨、懽娛離合，必於詩焉發之。」〔註 37〕至於後世之爲詩者，創作的態度都偏離儒家詩教，金幼孜舉出了當代詩壇的幾個創作現象，與追求的詩歌風貌：

第一、「雕鎪藻繪—求華」。

第二、「洗磨澰滌—求清」。

第三、「粉飾塗抹—求艷」。

第四、「激昂奮發—求雄」。

詩歌創作太過於刻意爲之，刻意追求某一種類型的風格，就詩歌的產生過程而言，早已本末倒置。那麼正確的順序是什麼？首先必本於「性情」，沛然出乎肺腑，讓內心的情感如哀樂悲憤，自然而然地流出胸臆，行於言辭且不刻意求其工，便可以達到「自然天眞呈露，意趣深到」，這樣的作品自然可以流傳後世，讓人讀來「感發而興起」，此乃「古作者之意」。梁潛亦對「古作者之意」有其同樣的詮釋，其云：「其溫厚和平之音，褒美諷刺之際，抑揚感慨，反復曲折而皆不

〔註 36〕【明】金幼孜：《金文靖集》卷七，〈吟室記〉。
〔註 37〕【明】金幼孜：《金文靖集》卷七，〈大醫院判韓公達輓詩序〉。

過乎節，讀之有可愛者。仲進之所以能此者，誠有得於古作者之意哉！」〔註 38〕這段引文的重點，我們應該取「反復曲折而皆不過乎節」一句，足以代表儒家「中和之美」的價值延伸。

我們暫且進一步延伸這點來看，例如王英便綜合來談這個問題，引用古今詩人之對照，藉此突顯其論「中和之美」的意義，其云：

> 詩本於性情，發爲聲音，而形於咨嗟嘆咏焉。有美惡邪正以示勸戒、敦彝、倫興、孝敬，厚風俗莫先乎詩。是故孝子之於覲也，南陔白華，其辭雖亡，而蓼莪、屺岵之章猶可諷詠。言約而明肆，而深悲而不怨，可以觀感興起，詩之謂乎？後世不然，亡風、雅之音，失性情之正，肆靡麗之辭。憂思之至則噍殺，憤怨喜樂之至則放逸。淫辟於風，何助焉！〔註 39〕

又於〈李紹白決別詩序〉云：

> 詩之作，至於憂思哀怨者，讀之豈無所感嘆焉？若黃鳥之哀，蓼莪之悲，屺岵之思，非止一篇也。下迨屈子之忠君，賈生之傷時；張衡之愁思，蘇子卿之敘離別。死生患難，忠厚惻怛，殷勤親愛之意，莫不寓於其間。讀之有所感，發而興起者，豈非此乎？後世作者，雖多樂則放，哀則傷慘，貧賤則怨怒，至死則呼號，怨憤其言非出於正辭，雖工麗其何足之感動於人哉！〔註 40〕

王英指出後世作者「肆靡麗之辭，憂思之至則噍殺，憤怨喜樂之至則放逸」、「多樂則放，哀則傷慘，貧賤則怨怒，至死則呼號」，所謂的「至」與「多」皆是情感太過頭之意，故這些並非「正辭」，失性情之正。同樣的，王英也反對「工麗」、「靡麗之辭」。關於這點，黃淮相當反對中、晚唐的「靡麗之辭」，其云：「初唐盛唐，猶存古意，馴至中唐晚唐，日趨於靡麗，甚至排比聲音、摩切對偶以相誇尚，詩道

〔註 38〕【明】梁潛：《泊庵集》卷五，〈雅南集序〉。
〔註 39〕【明】王英：《王文安公詩文集》卷二，〈涂先生遺詩序〉。
〔註 40〕【明】王英：《王文安公詩文集》卷二，〈李紹白決別詩序〉。

幾乎熄矣。」〔註 41〕爲詩者只要書寫出「正辭」即可，而「正辭」的定義，正如「詩三百」那樣「言約而明肆，而深悲而不怨，可以觀感興起」，亦是儒家「中和之美」與「詩可以興、觀、群、怨」的詩歌本質。

從上述的討論之中，我們可以看到臺閣詩人重視「自然」，反對「刻意」爲詩的創作態度。然而發現他們所列舉的典範，大多爲先秦兩漢的詩人墨客，或「詩三百」，或屈原等人，黃淮反對中晚唐詩風，那麼處於這中間的詩人，有誰可以成爲這類的典範呢？例如倪謙所說的「陶、韋」與「李、杜」，而臺閣詩人其實更加偏重陶淵明和杜甫二人，而這二人的詩歌卻又各有各的特色，人格特質與遭遇也相當不同。倪謙言陶爲沖逸、杜爲典則，那麼其他人又是怎樣看？

杜甫的部分，雖然我們在上文已經論述許多，但在這裡我們還是要再次援引，以茲解釋何謂「自然」？楊士奇批評杜甫，除了言其「得性情之正」外，同樣著重「自然」的詩歌本質，其云：

> 若雄深渾厚，有行雲流水之勢、冠冕佩玉之風，流出胸次，從容自然，而皆由夫性情之正，不局於法律，亦不越乎法律之外，所謂「從心所欲不踰矩」，爲詩之聖者，其杜少陵乎！厥後作者代出，雕鎪鍛鍊，力愈勤而格愈卑，志愈篤而氣愈弱，蓋局於法律之累也。不然則叫呼叱吒以爲豪，皆無復性情之正矣。〔註 42〕

我們用幾點分析整理，如下：

（一）在這段引文之中，我們可以發現楊士奇眼中的杜甫，不僅是「學博而識高，才大而思遠，雄深閎偉，天機妙用」，體現在詩歌中，更具備「雄深渾厚，有行云流水之勢、冠冕佩玉之風，流出胸次，從容自然」，而這樣的詩歌表現，是「自然醇正」亦爲「性情之正」。他將杜甫與後代作者對比，彰顯出性情之正的重要性。

〔註 41〕【明】黃淮：《介庵集》卷十一，〈杜律虞註後序〉。
〔註 42〕【明】楊士奇：《東里續集》卷十四，〈杜律虞註序〉。

（二）楊士奇點出了杜甫的詩歌創作，乃是「不局於法律，亦不越乎法律之外」，進而達到一種自然而發的境界，換言之，爲詩必須不去刻意地強求、雕琢詞彙，不拘泥於所謂的「詩法」（人爲的），讓詩自然而然地流出胸臆，在此當下又不偏離禮義法度，這需要「涵養之正」才能做到，因爲「涵養之正」的同時，早已具有儒家的「中和之道」。

（三）楊士奇認爲許多創作者，無法明白杜甫「自然醇正」這樣的詩歌本質。一昧地追求新巧、模擬掇拾，被舊有的「詩法」所累，使得詩看得來「格卑」、「氣弱」，甚至陷入「叫呼叱吒」的地步，失去最爲重要的「性情之正」，偏離了儒家的「中和之美」。

綜合上述三點，我們可以推測「自然」的內涵，也包含著「從心所欲不踰矩」的儒家詩教。但實際上，除了上述我們分析的三點之外，還可以進一步補充且說明的是，何謂「不局於法律，亦不越乎法律之外」？這種概念實在相當抽象，若照辭意的理解，前一個「法律」較偏向於「詩三百」之後眾人對於詩歌形式上的要求，就如同楊士奇所言：「古詩三百篇皆出於情，而和平微婉，可歌可詠，以感發人心，何有所謂法律哉。」〔註 43〕詩以「情性」爲基準，這點也可延伸爲「性情之正」的本質，繼續連結到後一個「不越乎法律」，即是所謂的「止乎禮義」。這之間的關係，可以重新補充爲「從心所欲（情性）不踰矩（禮義）」，這樣就相當清楚了。

不過就算是杜甫可以「不局於法律，亦不越乎法律之外」，但終究還是有一個「法」可以讓杜甫如此吧？否則，既反對人詩歌創作不可「模擬掇拾」，從詩法又說是「局於法律之累」，難不成臺閣詩人都要人人是「天才」、「聖人」嗎？不然永遠成不了另一個「杜甫」或自成一家。若從王直所言，或許我們可以得到一些細微的線索，其云：

> 魏仲厚與弟仲英最好讀杜詩，得公（按：虞邵庵）所注，刻之梓以傳，使天下作者皆有所悟入，而得以臻其妙。厚矣哉，用心也。詩者，志之所發也。方其動於中而形於言，

〔註 43〕【明】楊士奇：《東里續集》卷十四，〈杜律虞註序〉。

雖各自有自然之機，然非取法於前人而欲從容中度不失其正，亦難矣。杜詩，天下後世之所取法也。〔註 44〕

誰都知道「詩者，志之所發也。方其動於中而形於言」，這幾乎是當時詩人看待詩歌創作的一個共識，但是知道很簡單，眞正要付諸實踐時卻相當困難，縱使「各自有自然之機」，不過要達到「從容中度不失其正」，唯有「取法乎上」一途，即是突顯「杜甫」作爲一種詩歌典範的意義（這亦是同爲江西人的王直延續宋代江西詩派以來的詩歌傳統）。至於如何取法？王直在此僅言「悟」，是否意即「只能意會不能言傳」呢？若依據王直延續宋代江西詩派的詩歌傳統而言，其所謂的「悟」可能偏向郭紹虞先生言及宋代江西詩派的看法，其云：「大抵江西一派是由人巧之極以臻天然，由奪胎換骨之說可以一變而爲悟入之論，由偏參之法可以歸到自得之境。」〔註 45〕說明了王直內在的詩學概念，正是延續宋代江西詩派以來的「詩法」概念。

至於楊士奇又是怎麼看陶淵明？楊士奇曾爲他的老師梁蘭《畦樂詩集》作序，其中就帶出了有關陶淵明的論述，這是因爲梁蘭詩歌有陶淵明之趣。楊士奇就說梁蘭：「詩馳騁魏晉，而沖淡自然，有陶靖節之趣。」〔註 46〕另外，梁蘭的兒子梁潛云：「爲詩尚格調，冲容而雅淡，晚喜陶靖節……嘗賦《畦樂詩》，油然田園之趣。」〔註 47〕而四庫館臣亦言：「繁音曼調之中，獨翛然存陶、韋之致，抑亦不愧於作者矣。」〔註 48〕楊士奇云：

詩以道性情，詩之所以傳也。古今以詩名者多矣，然三百篇後得風人之旨者，獨推陶靖節，由其冲和雅澹，得性情之正，若無意於詩，而千古能詩者卒莫過焉。……。（按：梁蘭）然緣趣而作，既罷即棄去，間存其稿，遇有愛重之

〔註 44〕【明】王直：《抑菴文後集》卷十一，〈虞邵菴注杜工部律詩序〉。
〔註 45〕郭紹虞：《中國文學批評史》，頁 419。
〔註 46〕【明】楊士奇：《東里續集》卷三九，〈梁先生墓誌銘〉。
〔註 47〕【明】梁潛：《泊庵集》卷八，〈先君畦樂先生行實〉。
〔註 48〕【清】永瑢等撰：《四庫全書總目》卷一六九，集部二二，別集類二二，頁 1476。

者聽持去不斬。〔註 49〕

陶淵明承繼「詩三百」風人之旨，在詩歌的風格方面，即是「沖淡自然」、「冲和雅澹」的特質，值得注意的是陶淵明（365？～427）亦是「江西人」（今江西九江人），這也成爲他得以被標舉的原因之一。此外，楊士奇同樣認爲陶淵明「得性情之正」，而唐代杜甫也是，然而杜甫的詩歌風格則偏向「雄深渾厚」，這很可能表明或再次佐證，臺閣詩人言「性情之正」較爲側重「人格」的涵養，至於「自然醇正」則較偏向詩歌形式方面的探討，不過兩者有其交集之處，這兩點都可以從詩歌所存中發現到。

最後，我們再進一步補充類似於陶淵明詩歌風格的部分，然後作一小結呈現臺閣詩人「性情之正」與「自然醇正」的思維。首先，楊士奇在〈玉雪齋詩集序〉中云：

> 近得觀其《玉雪齋集》，古近體總若干首，皆思致清遠而典麗婉約。一塵不滓，如玉井芙蓉，天然奇質，神采高潔。又如行吳越間，名山秀水而天光雲影，使人應接不暇者，皆得夫性情之正。〔註 50〕

又，金幼孜在〈吟室記〉亦云：

> 予友饒俊民，自少喜工於詩，其家居時嘗搆屋爲遊息之所，而題之曰：「吟室」。蓋俊民所居，據眉湘之勝，得山水之秀，有煙霞泉石之蕭爽，有園池魚鳥之閒適，觸目興懷，即物起興，皆可發而爲詩。其必有得於性情之正，而非世之流連光景、徒事於風花雪月、爲藻繪塗抹者之比矣。〔註 51〕

從楊士奇以陶淵明作爲得「詩三百」風人之旨者，並且說陶淵明是得「性情之正」這點來看，可得知他並不反對「自然田園」的書寫特色，

〔註 49〕【明】梁蘭：《畦樂詩集》，引自王雲五主編《四庫全書珍本八集》（臺北：臺灣商務，1978 年）《畦樂詩集》卷首原序。

〔註 50〕【明】楊士奇：《東里文集》卷五，〈玉雪齋詩集序〉，頁 63。

〔註 51〕【明】金幼孜：《金文靖集》卷七，〈吟室記〉。

或者換個說法，他並不摒棄所謂的「山林之詩」（與臺閣之詩對舉），甚至喜愛這樣的作品，金幼孜亦是同樣的看法。在此兩段引文中，楊士奇以一些自然的山水風景來譬喻自己閱讀《玉雪齋集》若干首作品過後的感想；金幼孜則從自然山水景色的角度，論及作者的影響，即「觸目興懷，即物起興，皆可發而為詩」——可助於性情的陶養，得性情之正。故不管是從讀者的角度或是作者的角度，只要作品呈現出「性情之正」，便是他們心中優良的作品。

最後，姑且再次援引楊榮之言來收束此節，並且釐清「性情之正」與「自然醇正」的關係，其云：

> 君子之於詩，貴適性情之正而已。蓋人生穹壤間，喜愉憂鬱，安佚困窮，其事非一也。凡有感於其中，往往於詩焉發之。苟非出於性情之正，其得謂之善於詩者哉。……。眞和而平、溫而厚、怨而不傷，而得夫性情之正者也。〔註52〕

對於臺閣作家們來說，詩歌的本質，或人的本質，一言以蔽之即是「性情之正」一語。其眞正的意涵，即是儒家「眞和而平、溫而厚、怨而不傷」的「中和之美」觀點，而在即體即用的思維之下，將詩歌推至「可以考見王政之得失，治道之盛衰」的實用功能。如下所示：

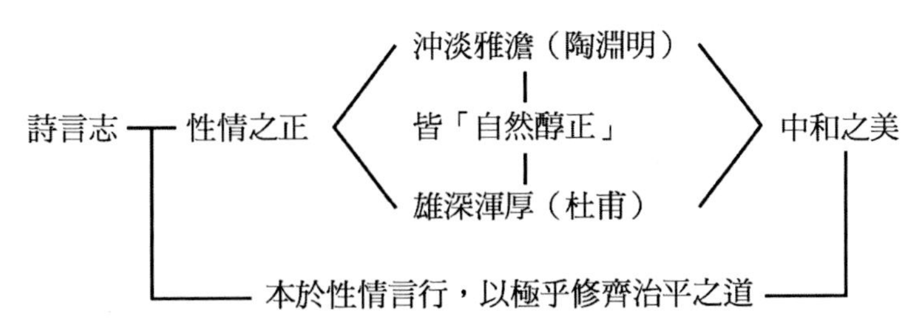

臺閣詩人所謂的「性情之正」，基本上就包含著陶淵明「冲和雅澹」與杜甫「雄深渾厚」這兩種詩歌特質，而且表現都可謂是「自然醇正」，因為「性情之正」是一種人格的涵養，擁有更大的包容性，故以之發揮為詩，可以有不同的風格出現。另，圖表中的實線並非單向的箭頭，

〔註52〕【明】楊榮：《文敏集》卷十一，〈省愆集序〉。

而是融合爲一體的關係，爲了清楚呈現其思維，故以此爲之。

第三節　藝術「神本論」

梁潛論及畫作（寫眞）時，重視神韻，以「神」爲畫作之本質，也常與詩歌作連結，有「以畫論詩」的傾向。首先，我們先論「神」的部分，梁潛曾以蘇東坡以燈照壁，自寫以問人的故事，作爲發想與實驗的起點，其云：

> 予喬善寫眞，其來京師，所遇無貴賤老少，凡道人劍客書生小子之形狀，所寫輒似。試爲予寫小影，予不能知其似與否，以問人，或平生之密，顧眥視而莫究，或偶然過者，一見而即知其爲予，予不知其爲何說也。因仰而思之，豈玩而究者即其形之似，彼倏而是者固亦得其神之妙耶？形不可不似，神在似與不似之間尤難能者，而予喬能之矣，其爲技豈不良也哉。〔註53〕

梁潛請蕭予喬幫他寫一小影，其用意在於「實驗」這小影，眾人是否眞能認出是自己，後來發現，不管是「平生之密」或「偶然過者」皆可以一眼認出，但爲何能認出，是藉由形似還是神似，梁潛並未說明。不過，梁潛認爲「形不可不似，神在似與不似之間尤難能者」，形狀與神韻取其難度而言，形狀較爲簡單，故不可不似；神韻則非常難以辦到，至少梁潛認爲蕭予喬辦到了這點。神韻通常難以「目視」可得，而在於某種意念的傳達與接收。梁潛在另一篇又云：

> 近時有邊文進者善畫翎毛，爲翰林周編修孟簡寫鶺鴒圖，極佳。凡畫羽蟲，要在飛鳴有意，而於鶺鴒又必有急難關心之態，蓋又在飛鳴形式之外也。邊公作此，筆法似亦疏略，而細觀其意度，殆非草草畫者可及，豈歐陽公所謂忘形得意者耶？於乎，頌華萼之詩而又觀之於此，眞能使人動念可喜也哉。〔註54〕

〔註53〕【明】梁潛：《泊菴集》卷一六，〈題蕭予喬行卷〉。

〔註54〕【明】梁潛：《泊菴集》卷一六，〈題脊令圖〉。

《詩經》中云：「脊令在原，兄弟急難。」朱子云：「脊令飛則鳴，行則搖，有急難之意。」〔註 55〕羽蟲飛鳴被視爲一種形式，畫起來較好表現，但是鶺鴒「急難關心之態」這種內在的情緒狀態，卻難以呈現。如果同時要表現飛鳴，又要表現鶺鴒最重要的特徵——「急難關心之態」，應該如何下筆呢？梁潛發現，邊文進筆法疏略，可見不執著於形式，而是隱含意念，取其神韻的本質。邊文進如此神妙的筆法，使梁潛聯想到歐陽修書法上的「忘形得意」。歐陽修（1007～1072）曾在〈李邕書〉中提到：

> 余始得李邕書，不甚好之，然疑邕以書自名，必有深趣。及看之久，遂謂他書少及者。得之最晚，好之尤篤，譬猶結交，其始也難，則其合也必久。余雖因邕書得筆法，然爲字絕不相類，豈得其意而忘其形者邪？因見邕書，追求鍾、王以來字法，皆可以通。然邕書未必獨然，凡學書者得其一可以通其餘，余偶從邕書而得之耳。〔註 56〕

歐陽修一開始接觸李邕的字時，並不是十分喜歡這種風格，但後來卻越看越喜歡。歐陽修將之譬喻爲結交知己，「其始也難，則其合也必久」，相當貼切。他從李邕書中，看見了鍾繇、王羲之等大書法家的風格，發現到字法乃是可以相通，得其一可以通其餘，於是取李邕書的精隨（神韻），但字絕不相類（形式），即是所謂的「得意忘形」。

梁潛引用歐陽修的「得意忘形」來詮釋邊文進的筆法，確實相當契合，畢竟藝術之理，殊途而同歸，詩歌也是如此，所以梁潛才會說「頌華萼之詩而又觀之於此，眞能使人動念可喜也哉」，兩者相輔相成。又譬如他說：

> 得之於畫，與得之於詩者，其意豈有異哉！廷循今居京師，予嘗過之索其所畫草蟲花卉羽毛之屬，聚置一榻之上，觀其紛披鼓舞之勢，昂飲俯啄，怒鬥鳴呼之狀，眞如讀古詩

〔註 55〕【宋】朱熹集註：《詩集傳》卷九，頁 102。

〔註 56〕【宋】歐陽修：《歐陽修全集（五）》（北京：中華書局，2001 年 3 月第 1 版第 1 刷），〈試筆・李邕書〉，頁 1980。

《邠風》而箋《爾雅》，則亦何往而非詩意。〔註 57〕

「得之於畫，與得之於詩者，其意豈有異」，又說「何往而非詩意」，說明了詩與畫的同構，重於所謂的「意念」，也就是神韻的本質。而梁潛此段引文所言，觀廷循之畫，如讀古詩，即是「畫中有詩」；上一段邊文進之引文，雖不能說是「詩中有畫」，但「頌華萼之詩而又觀之於此」透露出，邊文進之畫具體重現了華萼之詩的精神。

倪謙在〈無聲詩序〉亦云：

> 詩中之妙有畫，畫中之妙有詩。詩乃有聲之畫，畫乃無聲之詩也。惟正時取是畫而閱之，開卷之間，莫非詩意，則其所可歌者，不以口而以心，所可聞者不以耳而以目，意之所會，將不手舞而足蹈乎！〔註 58〕

詩中有畫意，畫中有詩意，故倪謙曰「有聲之畫，無聲之詩」。〔註 59〕雖然鑑賞時運用的感官有所差異，不過詩畫交集的部份，畫作的鑑賞不以耳而以目、不以口而以心，注重於「心領神會」的那種審美的樂趣，詩何嘗不是如此。梁潛重視「神」、得意忘形爲繪畫、書法，甚至是詩歌等藝術創作的本質，與一般臺閣詩人以「詩三百」的性情之正、溫柔敦厚之儒家詩教可謂相當不同，值得我們特別標舉出來探討之。

第四節　小結

我們根據上述對於臺閣詩人「詩歌本質功能」的討論，最後我們將本節之研究成果，具體整理如下：

〔註 57〕【明】梁潛：《泊庵集》卷三，〈詩意樓記〉。

〔註 58〕【明】倪謙：《倪文僖集》卷三二，〈無聲詩序〉。

〔註 59〕鄧喬彬先生云：「正由於山水詩與山水畫經唐至宋而入於鼎盛時期，詩畫雖是不同門類，但互較之中又可互擬，此時二者的可比性的基礎已牢牢建立，故宋代特多詩畫相擬之論。……不難看出：宋代的『有聲畫』、『無聲詩』之說，及後人之沿奉其論，是有著特定涵義的，這就是指以山水爲主而兼及花鳥靜物的詩和畫。」見鄧喬彬：《有聲畫與無聲詩》（上海：上海社會科學院出版社，1993 年 5 月第 1 版第 1 刷），〈有聲畫與無聲詩的特定含義〉，頁 143。

（一）臺閣詩人以「性情之正」作爲詩歌的本質功能論，其著重的焦點在於人格的涵養，正所謂的「涵養之正」，先有了本心的涵養之後，創作詩歌自然可以「和而平、溫而厚、怨而不傷」，體現出「詩三百」的古作者之意，以及儒家的中和之美。進而從中實踐「仁義」達到「輔乎世教」（有裨於世道）的最終價值。

（二）臺閣詩人所謂的「性情之正」，基本上就包含著陶淵明「冲和雅澹」與杜甫「雄深渾厚」這兩種詩歌特質，綜攝在儒家「中和之美」的價值之下，其表現皆可謂是「自然醇正」。正因爲「性情之正」是一種人格的涵養，故擁有更大的包容性，以之發揮爲詩，容許有不同的風格出現。同時，「詩歌宗杜」從宋代江西詩派以來就一直是被提倡的詩歌重點，一路延續到明初江西詩派，再到永樂之後以「江西人」爲主軸之臺閣詩人，換言之，「宗杜」原本便是江西人詩學的傳統，「臺閣體」亦不例外。

（三）臺閣詩人如楊士奇，其實並不反對「自然田園」的書寫特色，或者換個說法，他並不摒棄所謂的「山林之詩」（與臺閣之詩對舉而言），甚至相當喜愛這樣的作品，譬如列舉陶淵明（或與之類似詩人）詩歌中的自然之趣。故，不管是從讀者的角度或是作者的角度，只要作品呈現出「性情之正」，便是他們心中優良的作品。

（四）梁潛重視神韻，以「神」爲繪畫、書法及詩歌藝術之本質，有「以畫論詩」的傾向，其意義在於帶給人審美的樂趣。與一般臺閣詩人以「詩三百」的性情之正、溫柔敦厚之儒家詩教大相異趣。

第六章　詩歌創作方法論

經由前二章探討詩歌基礎與本源、本質與功能之後，本章將專門處理臺閣詩人對於他們所提出的這些詩歌觀點，如何具體實踐在創作上，他們提出了什麼樣的創作方法，以呼應自己的論點。譬如說，如何達到「性情之正」？如何「師古人之心」？如何「求杜少陵之作」？以上諸多問題，透過本章的整理與探討之後，均可補充其他章節撰寫的意義，使本書更趨於一體。

第一節　「師古人之心」說

第五章常提到儒家的「中和之美」，可見其在臺閣詩人心目中的崇高地位。首先我們必須理解的是，任何詩歌理論的提出，必然有其背景，也就是說，理論的「提出」可能是為了解決當時詩文創作上的某一種困境，否則，這個理論被提出的意義，可能會因此降低。我們看到臺閣詩人不斷地提到「中和之美」、「性情之正」，所對應的正是「沒有中和之美」、「不復性情之正」，帶出來的即是種種關於詩歌的弊病，例如「模擬掇拾」、「肆靡麗之辭，憂思之至則噍殺，憤怨喜樂之至則放逸」、「務為新巧而風韻愈凡，務為高古而氣格愈下」……諸如此類。那麼，如何改進？其中一個方法，便是「師古人之心」。

梁潛在〈雅南集序〉中所言：

> 其溫厚和平之音，褒美諷刺之際，抑揚感慨，反復曲折而皆不過乎節，讀之有可愛者。仲進之所以能此者，誠有得於古作者之意哉。〔註1〕

此段引文只說明「事實」，這「事實」即是仲進這位詩人得「古作者之意」。而何謂「古作者之意」呢？就梁潛的認知，即是「溫厚和平之音，褒美諷刺之際，抑揚感慨，反復曲折而皆不過乎節，讀之有可愛者」的詩歌表現型態。但是此段引文卻未提及創作方法，怎麼樣才能得「古作者之意」？正因爲它的詩歌表現型態相當主觀，而且相當抽象，所以在創作方法上的說明，也只能逐步漸進式的引導、靠近。梁潛〈詩意樓記〉又云：

> 夫古人之詩，不徒模狀物態，在寓意深遠，非深於學者未易工，非博物多識，不能賦也。然亦嘗藉山川之清淑以暢達其性靈。以予之拙於詩也，安得登斯樓，假山川之助，庶幾一爲某賦之。〔註2〕

古作者創作詩歌的時候，並不徒模擬外在事物的形狀、型態，而是在於有所寄託即是所謂的「寓意深遠」。這種創作的工夫，必須透過「學」與「識」的兩層涵養才能達到，所以他說「非深於學者未易工，非博物多識不能賦」。同樣相反的道理，今作者只顧模擬外在形式，卻不顧「寓意」與否，這當然已偏離了古作者之意，於是可以看到梁潛分解「寓意」來源的二個關鍵爲「學」與「識」，另外再提出了「假山川之助」、「藉山川之清淑以暢達其性靈」。此點無法併入所謂的「博物而多識」，因爲自己在書房同樣也能「博物多識」，例如學習《詩經》即可，孔子不是說過：「多識於草木鳥獸之名。」〔註3〕但是「親身實地的體驗」卻是在書房無法替代的，因此他才會說出「予之拙於詩也，安得登斯樓，假山川之助，庶幾一爲某賦之」這樣的話來。前者偏「知識」，後者偏「見識」。

〔註1〕【明】梁潛：《泊菴集》卷五，〈雅南集序〉。

〔註2〕【明】梁潛：《泊菴集》卷三，〈詩意樓記〉。

〔註3〕【宋】朱子集註、蔣伯潛廣解：《論語新解》，〈陽貨〉，頁267～268。

梁潛亦以「求杜少陵之作」爲例，強調「讀書萬卷，行地萬里」的重要，正因「杜甫」乃是他們心目中詩歌的最佳典範，故以此說法，更有其說服力。

> 昔之人以謂不讀書萬卷，不行地萬里，不可求之杜少陵之作。豈以其學問之富，周覽涉歷窮極夫人情物理變化之由，有以奮發其志意，其言之工，自足以垂不朽。故適於澗溪之小者，不足與論洞庭之廣，安於培嶁之卑者，不足與言泰華之高，其所見之小者，不足與言其大者也。今鳴時外有以擴其見聞，內有以充其智慮，其所得將浩乎其自富耶，亦歉乎其猶未足也。其行諸言者，將沛然其有餘也，抑悱然其猶有未達耶？夫君子之學，不可以自怠，苟進而不止，則其所造也必深。吾觀鳴時慊然懷不足之心，其歸閉户讀書，以求至於古之學者，則其將來何可測耶！〔註4〕

梁潛運用了一個相當有趣的譬喻，他認爲只適於「澗溪」、安於「培嶁」，不足以論「洞庭之廣」、「泰華之高」，這不僅是闡明「外在環境閱歷」的重要，更注重於本身的學問涵養。先以圖表整理如下：

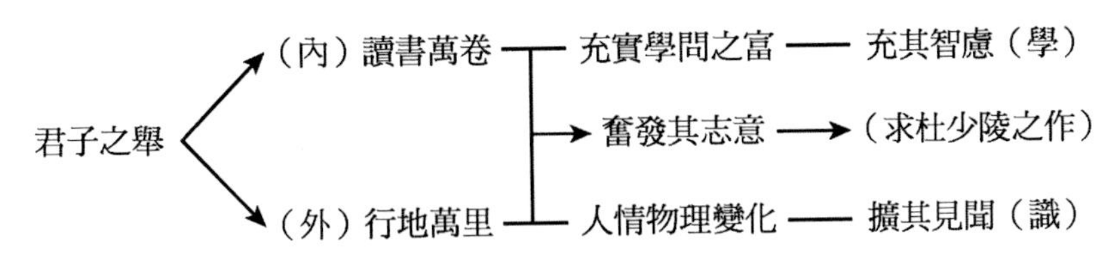

欲求「杜少陵之作」，其前提必定要「學」（充其智慮）與「識」（擴其見聞）達到與杜甫可等量齊觀的地步，因爲杜甫本身就曾說過「讀書破萬卷，下筆有如神。」〔註5〕否則，如何能求？這裡所謂的「求」，雖然偏向於「鑑賞」杜甫之作，但何嘗不可延伸爲創作之方法呢？譬

〔註4〕【明】梁潛：《泊庵集》卷五，〈送許鳴時詩序〉。

〔註5〕【唐】杜甫著、【清】仇兆鰲注：《杜詩詳注（一）》（北京：中華書局，1999年9月第1版第5刷）卷之一，〈奉贈韋左丞丈二十二韻〉，頁74。仇兆鰲注曰：「胸羅萬卷，故左右逢源而下筆有神。書破，猶韋編三絕之意，蓋熟讀則卷亦磨也。張遠謂識破萬卷之理，另是一解。」

如〈詩意樓記〉所言「求古人之詩」。不過，我們應當知悉所謂「學」、「識」這種知識涵養的抽象概念，並無法眞正知道何時已可稱爲「洞庭之廣」或者「泰華之高」。學無止盡，唯有慊然懷不足之心，苟進而不止，以古之學者爲標的，「將來」可能就可以達到這種境界。梁潛未曾回答何時可測，僅言未來將不可測耶，基本上肯定求「學」與「識」的重要，而有了「學」與「識」之後，就可能創作出「寓意深遠」之作。。

楊士奇亦認同「學」與「識」爲同等的重要。第五章我們曾談到楊士奇與金幼孜等臺閣詩人，並不反對「自然田園」的書寫特色，也不摒棄所謂的「山林之詩」，甚至喜愛這樣的作品。因爲，他們認爲自然環境對於詩歌創作者而言，可以「充其見聞」，藉此發舒心志。楊士奇云：

> 公（按：金幼孜）以清材博學，介冑韃從屬車司命令，而閑暇形諸詠歌。長篇短章，渢渢乎鋪寫鴻猷、宣揚偉績。凡山川氣候之殊，道途涉歷之遠，所以充拓見聞、發舒志意者，靡不備之。〔註6〕

金幼孜隨明成祖朱棣多次北征，其著作爲《北征集》，楊士奇說其集「長篇短章，渢渢乎鋪寫鴻猷、宣揚偉績」，這確實是隨征文人的某種職責之一。不過，楊士奇也認爲透過漫長北征的過程，可以閱歷各地的山川氣候，甚至風土民情，對於拓展見聞（見識），進而可以發抒志意，皆有其助益。楊士奇稱金幼孜「清材博學」，已經先前預設了金幼孜「學」之涵養，故透過四處閱歷，更能使詩歌的題材與內涵「靡不備之」。

楊士奇還提出了「明作者之心」的觀點，從「創作」與「鑑賞」二個角度出發。就創作言，楊士奇指出爲何詩不易作？乃是因爲「漢以下歷代皆有作者，然代不數人，人不數篇」。唐代以後，又誠如胡應麟所言：「盛唐而後，樂選律絕，種種具備。無復堂奧可開，門戶

〔註6〕【明】楊士奇：《東里文集》卷七，〈北征集序〉，頁97。

可立。」〔註7〕這是明代詩歌創作所遭遇的困境，於是楊士奇提出了「深達六義之旨」，以此追「作者之心」，其云：

> 詩本性情，關世道，三百篇無以尚矣。自漢以下歷代皆有作者，然代不數人，人不數篇，故詩不易作也。而尤不易識，非深達六義之旨而明於作者之心，不足以知而言之。〔註8〕

若從楊士奇言「詩六義」的角度來看，朱子曾云：

> 蓋所謂「六義」者，風雅頌乃是樂章之腔調，如言仲呂調、大石調、越調之類；至比、興、賦，又別：直指其名、直敘其事者，賦也；本要言其事，而虛用兩句釣起，因而接續去者，興也；引物爲況者，比也。立此六義，非特使人知其聲音之所當，又欲使歌者知作詩之法度也。〔註9〕

風、雅、頌不僅以音律作爲分別，三者又各自代表著不同的性質、詩體，如「古人作詩，體自不同，雅自是雅之體，風自是風之體。如今人作詩曲，亦自有體製不同者，自不可亂。」〔註10〕至於賦、比、興三者乃是作詩的法度。今人葉嘉瑩先生即云：

> 從「賦」、「比」、「興」三個字的最簡單最基本的意義來加以解釋的話，則所謂「賦」者，有鋪陳之意，是把所欲敘寫的事物加以直接敘述的一種表達方法；所謂「比」者，有擬喻之意，是把所欲敘寫的事物借比爲另一事物來加以敘述的一種表達方法；而所謂「興」者，有感發興起之意，是因某一事物之觸發而引出所欲敘寫之事物的一種表達方法。〔註11〕

葉嘉瑩先生對於「賦比興」三義，解釋得相當精闢且文句淺白清晰。

〔註7〕【明】胡應麟：《詩藪》續編卷一，〈國朝上〉，頁349。
〔註8〕【明】楊士奇：《東里續集》卷十四，〈滄海遺珠序〉。
〔註9〕【宋】朱熹：《朱子語類》第六冊，卷八十，〈詩一綱領〉，頁2067。
〔註10〕【宋】朱熹：《朱子語類》第六冊，卷八十，〈詩一綱領〉，頁2067。
〔註11〕葉嘉瑩：《迦陵談詩二集》（台北：東大圖書公司，1985年2月初版），〈中國古典詩歌中形象與情意之關係例說：從形象與情意之關係看賦、比、興之說〉，頁119。

回到楊士奇所謂「非深達六義之旨而明於作者之心，不足以知而言之」的說法，其對象可針對古今作者之詩作進行鑑賞，但是「六義」最主要的源頭則來自於「詩三百」，如此說來，不正好表明其根源在於探求「古作者之心」，也就是說，以「今作者之心」與「古作者之心」做出對應，對應的基礎即爲「詩六義」，楊士奇的思考脈絡呈現得相當清楚。

倪謙之言可謂具體實踐了這種鑑賞方法，在〈神京詠別詩序〉中即是透過「六義」來說明，其云：

> 詩之爲教，經之以賦、比、興，緯之以風、雅、頌。今是詩託比興而因以賦其事，得三經之旨。然其音節和平，出於輦轂之下，非風非頌，大抵皆雅音也。夫比焉、興焉、賦焉者，率有意義。〔註12〕

如果不知悉「詩六義」，如何能藉此鑑賞詩作？換句話說，唯有以「今作者之心」類比「古作者之心」，並且運用其創作方法，才能使得「詩易作」且「易識」。

第二節　「境與心會」、「主靜」說

上文提到自然環境對於詩歌創作者而言，可以「充其見聞」，藉此發舒心志，而「境與心會」又是更深入一層的工夫。我們曾經提過楊士奇言杜甫「其學博而識高，才大而思遠」；黃淮云「其體製悉備，譬若工師之創巨室，其跂立翬飛之勢，巍峨壯麗，干雲霄，焜日月」；王直云「奧博之學，雄傑之才」等等。除了杜甫本身的博學之外，自然環境給予杜甫的感觸，亦有相當的影響力。

胡儼〈萬山草堂記〉就認爲：

> 天下之山，原於西北……故天下言山之崌嵬巖崢嶸崄巇者必曰蜀焉……古之騷人墨客、放臣羈旅，其詠歌慷慨之情淒苦其間者，豈其心哉？蓋觸於景者異，則感於心者深；

〔註12〕【明】倪謙：《倪文僖集》卷十六，〈神京詠別詩序〉。

> 感於心者深，則其所發無非幽憂抑鬱之思而已，若杜甫、元稹、劉晏、黃庭堅之徒，豈能留一日之驩哉？此數子非無一日之驩於蜀也，奈何去國懷鄉之思自不能如在中州者耳。〔註 13〕

胡儼提出一個相當特殊的概念，他認爲騷人墨客與放臣羈旅（身分），詩歌中所隱含的慷慨、淒苦之情，去國懷鄉之思，乃是由「自然景色」所觸發。例如蜀地的地質條件，屬於「巉嵬巖崢嶸嶮巇」，那麼「其所發無非幽憂抑鬱之思」，中間需透過「心」之所感，才能引發深層的觸發。或許，我們可藉助一段文獻，藉此闡述這種思維：

> 波特認爲旅行書除了記錄旅途的經驗表象，更重要的是建構作者的自我主體（subjectivity）以及和他者（Other）之間的對話交鋒（a diologic encounter）。旅行者離家在外，跨入「他者」的地理與文化版圖，產生一種追尋烏托邦的欲求。這種欲求兼含對本土現況的不滿，以及對理想國（制度）的想像建構。雖然旅行書以記錄實證經驗自詡，但是潛藏在旅行者心中的欲求卻促使自我主體持續藉由外在世界的刺激而生內省，思考「我」與「他者」的定義，以及兩者之間的關係。〔註 14〕

「旅行書寫」當然與「放臣羈旅」有程度與動機上的不同，不過我們卻可借助所謂「自我／他者」的差異性，進一步來詮釋胡儼之言。詩歌中的「幽憂抑鬱之思」在於對於現實情況之不滿與缺憾，而透過「觸於景者異」（「他者」的地理與文化版圖），加上「心」之作用，才表現出來，故胡儼就說「此數子非無一日之驩於蜀也，奈何去國懷鄉之思自不能如在中州者耳。」創作者心中的欲求，即是「不用離鄉背井」，卻促使自我主體持續藉由外在世界（景）的刺激而生內省（去國懷鄉之思）。

〔註 13〕【明】胡儼：《頤庵文選》卷上，〈萬山草堂記〉。

〔註 14〕宋美瑋：〈自我主體、階級認同與國族建構──論狄福、菲爾定和包士威爾的旅行書〉，《中外文學》第四期第十六卷，總 304 期，頁 5。

黃淮則提出了「境與心會」的思維，其云：

> 山川鍾奇孕秀，何處無之。……。士君子氣質清夷，志尚閑雅，身之所處，聞見之所及，境與心會而天趣悠然，皆足以爲毓德之資。語曰：「仁者樂山，智者樂水」，此之謂也。〔註15〕

「境」一字的概念，在中國文學批評上涵義豐富且相當複雜，故我選擇採用前輩學者已經研究出的成果，藉此來加以說明黃淮之「境」。根據黃景進先生之研究，其將古人「境」字的使用語境（語言的特殊範圍）分爲數種用法，其中一種用法即是：

> 境的本義是指土地的邊界，後來，境字的用法雖已不限於土地，其邊界的涵義其實並未完全消失。邊界的作用是爲了確定範圍，故境字常具有範圍的意義，爲了強調某個範圍中的事物，常使用「境」字。〔註16〕

那麼，由此可知黃淮之「境」具有「範圍」之意，例如他說「身之所處，聞見之所及」即爲士君子的生活範圍，而這個範圍之內的山川自然，均可與心產生交集、產生天趣悠然的作用，甚至能養育我們的德性。

金幼孜雖無提「境」，不過實有一種「境」之意味，其云：

> 予友饒俊民，自少喜工於詩，其家居時嘗搆屋爲遊息之所，而題之曰：「吟室」。蓋俊民所居，據眉湘之勝，得山水之秀，有煙霞泉石之蕭爽，有園池魚鳥之閒適，觸目興懷，即物起興，皆可發而爲詩。其必有得於性情之正，而非世之流連光景、徒事於風花雪月、爲藻繪塗抹者之比矣。〔註17〕

黃淮所提之「境」，僅言可以養育德性，缺少對於詩歌創作方法的描述，或許金幼孜之言，恰好可以補充這個部份。這層創作的工夫，即是「觸目興懷，即物起興」，其中「觸目」、「即物」皆不是憑空幻

〔註15〕【明】黃淮：《介菴集》卷五，〈題柏山八詠後〉。

〔註16〕黃景進：《意境論的形成——唐代意境論研究》（台北：台灣學生書局，2004年9月初版），〈境的使用語境〉，頁229。

〔註17〕【明】金幼孜：《金文靖集》卷七，〈吟室記〉。

想而感物興懷爲詩，而是饒俊民本身的生活範圍所帶給他的創作動機——「據眉湘之勝，得山水之秀，有煙霞泉石之蕭爽，有園池魚鳥之閒適」。「其必有得於性情之正」則頗有黃淮之「境」可以養育德性之味。

王直〈三臺八景詩序〉則進一步詮釋「智者樂水，仁者樂山」的創作思維，其云：

> 孔子曰：「智者樂水，仁者樂山。」以其質之，似也。果似矣，則推而求之，凡景物之美之接乎目而觸乎心者，皆可樂也。由是而歌詠之，俾顯聞於世，豈非一時之幸遇哉？〔註18〕

孔子云：「智者樂水，仁者樂山」此句，朱子註云：「智者達於事理，而週流無滯，有似於水，故樂水；仁者安於義理，而厚重不遷，有似於山，故樂山。」〔註19〕或許正因爲創作者與自然景物的內在質性相當（以其質之，似也），故可以「境與心會」，而外在環境所給予創作者的觸發（接乎目而觸乎心），皆可樂也。所謂的「樂」，即是樂於獲得一個創作的感動或動機，進而書寫出來。譬如他說：

> 所居多良田　而山水皆秀好。公日徜徉其間，興之所至，發於吟詠，大篇短章，皆有法度，亦未嘗輕以示人。曰：「吾取適意而已，豈誇衒以求售邪？」〔註20〕

這種「樂」無法用金錢衡量，純粹是自己「適意」、「徜徉」於大自然環境中，興之所至，發於吟詠而已。至於創作者與自然景物之間質性相當之說法，王直又進一步補充，其云：「草木之類皆稟天地之氣以生，而其質不同，君子好之，豈曰耳目細娛而已哉？蓋以適夫性情之眞云耳。晉陶淵明獨好菊，而濂溪周子則愛蓮花，此其中蓋有契焉也。」〔註21〕王直提出了「性情之眞」與「天地之氣」（草木之類）作一連結，也就是說，不管是菊或蓮花，各有其不同的生長特性，而這種自

〔註18〕【明】王直：《抑庵文後集》卷二一，〈三臺八景詩序〉。
〔註19〕【宋】朱子集註、蔣伯潛廣解：《論語新解》，〈庸也〉，頁81。
〔註20〕【明】王直：《抑庵文後集》卷二五，〈處士蕭公墓表〉。
〔註21〕【明】王直：《抑庵文後集》卷十七，〈菊窗十景詩序〉。

然的特性與詩人的性情之間，產生了感應（契），於是書寫菊或蓮花，一定程度也在呈現詩人的性情。

岳正〔註22〕亦言：

> 雲山到處供詩料，花鳥隨時換樂歌。若說不貪誰肯信，世間此色我偏多。〔註23〕

岳正此詩，頗爲逗趣。所謂「雲山到處供詩料」，亦有李白「大塊假我以文章」之感，同樣是以大自然環境所爲詩歌創作的取材來源，而且四處隨時可得，他還說自己對於自然可謂是「貪得無厭」，「世間此色我偏多」說明了岳正詩歌的偏尚，可見他對於自然山川景色的重視。

夏原吉〔註24〕言：

> 詩因景好偏多賦，琴爲心閑不厭彈。〔註25〕

因爲景色美好、宜人，故賦詩之感覺可以源源不絕，若結合岳正之詩，即可說因爲景好，所以雲山到處供詩料，兩者有異曲同工之妙。以上這幾位臺閣詩人所認爲的自然山川景色，相較於胡儼所言之「蜀地」，前者在看法上皆偏向美好秀麗之意，推究其原因，或許正因爲臺閣諸人並未如杜甫般的坎坷之遭遇，於是在說法上也呈現出一種自然環境對性情之良善導引；後者卻是對於較爲「惡劣」自然環境的一種回應或「對映」，故我認爲有此差別。

梁潛上文曾言「藉山川之清淑以暢達其性靈」，又提出了「主靜」

〔註22〕岳正（1418～1472），字季方，號蒙泉。漷縣人。正統進士，授編修。天順初改修撰，以原官入閣。因得罪石亨、曹吉祥，謫爲欽洲同知、戍肅洲。成化初復任修撰，出知興化府。正博學能文、工書畫，以善畫葡萄知名。著有《深衣注疏》、《類博雜言》、《類博稿》。本書所引岳正：《類博稿》爲《四庫全書影印文淵閣本》。

〔註23〕【明】岳正：《類博稿》卷二，〈致仕後戲作二首之二〉。

〔註24〕夏原吉（1366～1430），字維喆，湖南湘陰人。洪武間，以鄉薦遊太學，選授户部主事。朱棣即位後，升至户部尚書。歷仕五朝，主持財政二十七年。原吉詩文平實雅淡，不事華靡，致用之言，疏通暢達，猶有淳實之遺風。著有《夏忠靖集》。本書所引夏原吉：《夏忠靖集》爲《四庫全書影印文淵閣本》。

〔註25〕【明】夏原吉：《夏忠靖集》卷五，〈題太僕吳寺丞皆山軒〉。

的工夫，其在〈水天清意軒詩序〉言：

嘗構一軒於瀨江之上，終日獨坐其中，天光湖影既足以澡雪其志慮，盪滌其志意，而鳶魚飛躍之趣，又若油然會於忘言之表者，因題其軒曰水天清意軒。詩者爲詠歌之，求予文爲序。……。人之有心，所以神明萬化，惟學問可以致知，惟無欲可以主靜，而非幽隱閑逸以少絕夫外物之累，則亦未易以察識夫聖賢天地之量也。李愿中先生謂常存此心，勿爲事物所勝，終日危坐而神彩精明。康節先生（按：邵雍）謂養得至靜之極，自能包括宇宙終始。而古之人，所以存其本體而致其功用之妙者如此。〔註 26〕

同樣的，梁潛對於大自然採取的態度是良善的，譬如他說「天光湖影既足以澡雪其志慮，盪滌其志意，而鳶魚飛躍之趣，又若油然會於忘言之表者」，以自然景色作爲暢達性靈的媒介。學問的部份，我們上文已經大抵談過，在這裡應該注意之處在於「無欲可以主靜」一說，梁潛此說應從北宋邵雍（1012～1077）之學得來的。譬如說「終日獨坐其中」、「李愿中終日危坐」，而邵雍「主靜」的重要內容就是靜坐，朱子即云：

看這人須極會處置事，被他神閑氣定，不動聲氣，須處置得精明。他氣質本來清明，又養得來純厚，又不曾枉用了心。他用那心時，都在緊要上用。被他靜極了，看得天下之事理精明。嘗於百原深山中闢書齋，獨處其中。王勝之常乘月訪之，必見其燈下正襟危坐，雖夜深亦如之。若不是養得至靜之極，如何見得道理如此精明！〔註 27〕

邵雍曾說：「著身靜處觀人事，放意閒中練物情，去盡風波存止水，世間何事不能平？」〔註 28〕接著連結回梁潛「無欲主靜」之說，將可發現許多共通點，例如邵雍在「百原深山中闢書齋，獨處其中」，梁

〔註 26〕【明】梁潛：《泊庵集》卷六，〈水天清意軒詩序〉。

〔註 27〕【宋】朱熹：《朱子語類》卷第一百，〈邵子之書〉，頁 2543。

〔註 28〕【宋】邵雍：《擊壤集》（台北：廣文書局，1987 年）卷十九，〈天津感事二十六首〉，頁 12b。

潛則認爲「非幽隱閑逸以少絕夫外物之累，則亦未易以察識夫聖賢天地之量」，藉由養得至靜，自能包括宇宙終始。如果我們能明白梁潛在修養工夫上，注重邵雍哲學的養靜工夫，並且以這種理學的思維，進一步融入「學」與「識」（如我們第一節所討論的部份），也就不難明白梁潛的詩歌創作方法，著實根源於邵雍之哲學，並從這條脈絡發展而成，最終理想乃是合於古聖賢之道。

第三節　「明體制、審音律」、「氣、學、才、體」工夫論

李時勉的詩歌創作理論，與我們在第四章「詩歌基礎與本源論」所談到的「二位一體」論，仍有一定程度的關係。而「二位一體」論，較爲著重明辨詩文整體的源流，至於本節他強調的「明體制、審音律」，則在於實際運用「言詩」的方面。若就明體制這點，楊士奇「明古作者之心」說已經稍爲觸及，至於黃淮的創作方法「氣、學、才、體」，仍是在「發夫本心之正」上面作討論，不過黃淮提出的創作工夫，與李時勉的方法也有交集之處。

李時勉〈戴古愚詩集序〉記載：

> 鄉里有復古謝先生者，篤學老成，工爲詩。君攜所業造而問焉，先生曰：「不知古，不知今。自漢魏以來，至於今日，作者非一人，不能窮探歷考，知其要妙之所在。則視今之作，與古無以異，欲有所造詣難矣。蓋詩有體格，有製作，有音律，有興象。必辨其體格，詳其製作，審其音律。體格明，製作精，音律諧，而後可以言詩。至於興象，則在乎其人學問之至，用力之久，自當得之，非可以言喻。歸而求之，有餘師，不必我也。」〔註29〕

又〈李方伯詩集序〉中提出類似的看法：

> 夫詩本情性，學問以實之，仁義以達之，篤敬以足之。學

〔註29〕【明】李時勉：《古廉文集》卷四，〈戴古愚詩集序〉。

問其力也，仁義其氣也，篤敬其誠也。學問不足則其力不固，仁義不至則其氣不充，篤敬或間則其神不清。三者不備，不可以言詩。三者備矣，又必先明體制、審音律；體制明矣，音律審矣，又必辨清濁、去固陋；清濁辨矣，固陋去矣，又必得乎興象，則其發也，沛然矣。夫如是，雖處富貴榮華煩擾之中，貧賤羈孤無聊之際，發於其心而見於言辭，無不得焉。何也？其本立也。〔註30〕

兩段引文相當類似，以下先以圖表整理之：

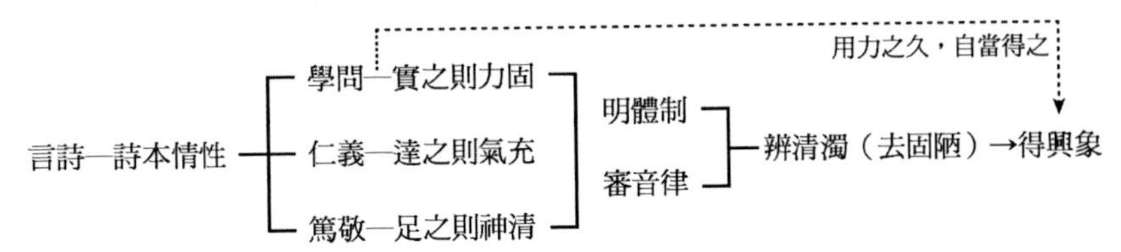

以幾點分項說明之：

（一）李時勉注重「言詩」，雖屬於詩歌鑑賞（識詩）的層次，不過卻也隱含了創作詩的方法，因爲鑑賞詩歌的同時，基本上也等同學習詩歌創作的注意事項。「言詩」的最終目的在於「得興象」，即可「雖處富貴榮華煩擾之中，貧賤羈孤無聊之際，發於其心而見於言辭，無不得焉」，也就是達到何往而非詩的境界。

（二）從引文中可以「視今之作，與古無以異，欲有所造詣難矣」，這點與楊士奇的看法相同，都認爲當時創作詩歌已有難度，於是李時勉從根本「明體制、審音律、辨清濁」入手，並且提出學問、仁義、篤敬三方面的修養工夫。其中又以「學問」爲「得興象」與否的關鍵，「用力之久，自當得之」，這點與梁潛「古人之詩……寓意深遠，非深於學者未易工，非博物多識，不能賦」之說法相當類似。

（三）李時勉所謂的「明體制」（包含體格、製作〔註31〕）也就

〔註30〕【明】李時勉：《古廉文集》卷四，〈李方伯詩集序〉。

〔註31〕「製作」方面，李時勉云：「必知乎體格變態之高下，於是從而由之，則庶不眩瞀而流於卑弱，不知乎古而能有及乎古，蓋未之見焉。堯舜三代，辭簡而理備，渾然深以厚，不可尚矣。先秦兩漢，去古未

是掌握作品形式，如古詩、樂府、唐律等體裁風格；「審音律」之目的在於使音律和諧；「辨清濁」則在於辨別詩的聲音方面，清亮或重濁的聲音，藉此去掉固陋的部分。

（四）「學問」方面，李時勉和其他臺閣詩人看法相同，充實學問乃是當然之事，屬於認知層面；至於仁義之說〔註32〕，實可包含在孟子「浩然之氣」的理論中，這點與楊士奇「性情之正」的看法相當類似，皆屬於道德涵養；「篤敬」方面，李時勉認爲言行態度必須篤厚敬慎不可間斷。

另外，相當特別的是，李時勉不像其他臺閣詩人一樣，將「道德」提升到一個可以統籌詩歌創作的層面，例如他們相當重視的「性情之正」——儒家的「中和之美」，而且也不從「詩三百」的脈絡中，去提倡所謂的「盛世觀」。我們可以看到在李時勉的言論中，「仁義」僅是其中一個修養的要素，而修養的最後目的在於求得「興象」，換句話說，李時勉較爲偏重詩歌的審美觀，而非實用論。至於「詩三百」所給予李時勉的提示，則是詩歌風格與人格特質的呈現，個別關乎其人的「才性」以及「世運」，其言：

> 詩，本乎人情，關乎世運，未易言也。雄渾清麗、雅澹俊逸、放曠綺靡、刻苦怪險之作，隨其人才性之所得，高下厚薄，有以爲之也。若夫其溫淳敦厚、乖戾蹙迫、安樂怨怒、長短緩急之音，則因其時世之所遭盛衰治忽之不同，有以致然也。〔註33〕

遠，雄壯博雅，未易及也。自是而降，至於唐宋，作者益眾，然能追蹤乎古人者，不過數人耳。是皆道明德立之士，其言足以垂世而立教，豈偶然哉！下至魏晉六朝五代之間，流於礫裂而純駁相雜者，要在慎取之耳。」見【明】李時勉：《古廉文集》卷七，〈文說〉。

〔註32〕李時勉云：「夫六經之所載者，皆聖人之言。未嘗有心於爲文而文從之者，其道在焉耳。讀其書則思所以窮其理，誦其言則思所以行其道，由乎仁義之塗而不汨於利誘之私，使其氣充而理得。」見【明】李時勉：《古廉文集》卷七，〈文說〉。

〔註33〕【明】李時勉：《古廉文集》卷四，〈戴古愚詩集序〉。

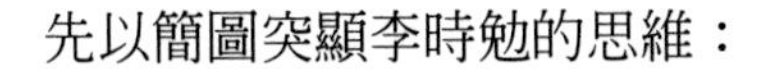
先以簡圖突顯李時勉的思維：

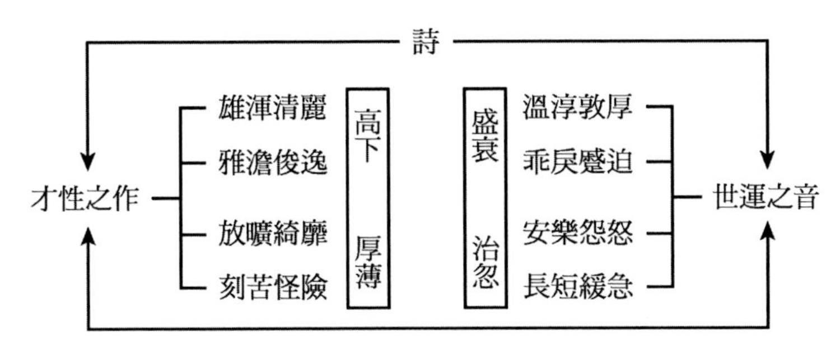

綜合李時勉上下兩圖，我們可以得知李時勉所謂「詩本情性」、「詩，本乎人情」，其「情性」與「人情」較偏向氣性本能，屬形下層面，換句話說也就是才性，而才性是可以透過後天修養工夫而進一步提升的。這點亦可呼應他的「二位一體」論，他是這麼說的「君子無故，琴瑟不去於前，詩書不釋於手，……，以求之而不怠焉，以養其性情以明其道義，則中和之德可成，聖賢之域可企，而爲君子之歸，不難矣。」只要能「知音」、「知文」加上修養的工夫，創作即可達到何往而非詩的境界，而人格境界亦可達中和之德、聖賢之域。

不過「世運」之盛衰卻不是個人所能主導。李時勉所提出的方面較爲積極，直接關注個人的修養工夫——透過詩書之教，以及上述的修養工夫，使人不自覺便進入道德之中、禮義之域。此外，值得注意的是，其「世運」的觀點，亦是由「詩三百」可以「考見王政之得失，治道之盛衰」進一步延伸而來，他認爲透過這些「世運」之音，包含「溫淳敦厚、乖戾蹙迫、安樂怨怒、長短緩急之音」等四者，即可考察時政。

徐有貞對於詩書的觀點，與李時勉所言也有相似之處。在〈肄武餘閒詩卷序〉言：

> 夫詩書之爲益固大矣，然必求之之力而後有得。譬之鑿山而求金也，用力之多者多得之，用力之少者少得之，其不用力者亦無所得焉。儒者之於詩書，固其事也，而其得之

亦有深淺。〔註34〕

徐有貞未談詩書所帶來的「益」是什麼？僅談詩書對於儒者有所益處，必得多用力才能多得之，得之深淺也與用力多少，有直接的關係。至於求詩書之「力」又是什麼？與個人的聰明才智是否會有關係？這點，我們可藉由推敲前後文之關係得知大概，徐有貞之「力」，應如李時勉所言的「學問其力也」、「學問不足則其力不固」之「力」，兩者相當類似。

李賢則具體透露「詩」帶來的益處，而且也談到個人的才性，不過其才性的觀點與李時勉還是有所不同，李賢透過自己創作的實踐，進一步分解出「才性」在詩歌創作上的作用。其〈行稿序〉云：

> 詩爲儒者末事，先儒嘗言有是言矣。然非詩無以吟詠性情，發揮興趣。詩於儒者似又不可無也。而學之者用功甚難，必專心致志於數十年之後，庶幾有成。其成也，亦不過對偶親切、聲律穩熟而已。若夫辭意俱到，句法渾成，造夫平易自然之地，則又係乎人之才焉。嗚呼，詩豈易言哉！予往時亦頗好詩，但無專心致志之功，加以才思疏拙，欲覓佳句，卒不可得。〔註35〕

李賢對於詩歌的看法與徐有貞相當不同，前者認爲詩爲儒者末事，但又不可廢，因爲詩在「吟詠性情，發揮興趣」方面有其作用；後者認爲詩書之益固大矣，儒者之於詩書，固其事也。而李賢這種觀點，應當承繼楊士奇而來的，楊士奇論他人之詩，同樣將之視爲「餘事」。〔註36〕

再者，李賢分解詩歌創作的第一步，關於詩歌的外在形式，如對偶親切、聲律穩熟等，只要專心致志達數十年的工夫即可做到，但是若要達到「辭意俱到，句法渾成，造夫平易自然之地」，就關乎到個

〔註34〕【明】徐有貞：《武功集》卷四，〈肄武餘閒詩卷序〉。

〔註35〕【明】李賢：《古穰集》卷七，〈行稿序〉。

〔註36〕譬如楊士奇〈胡延平詩序〉言：「詩雖先生餘事」；〈劉職方詩跋〉言：「詩特其餘事」。分別見【明】楊士奇：《東里文集》，頁46、150。

人的才性，這屬於第二步；也就是說，詩歌的形式可以透過學習達到，但是詩歌的「自然」造詣卻取決於先天之才性。如何判別李賢所言偏向於先天之才呢？其言：「無專心致志之功，加以才思疏拙」，可見他認爲「才思」與「專心致志」爲二事。

黃淮的詩歌創作方法，則是「體、氣、學、才」的工夫，這點亦可以和李時勉的觀點做對照。黃淮即是典型追求「性情之正」的臺閣詩人，於是他所提出的創作方法，無不導向發夫「性情之正」（體）。如〈清華集序〉言：

> 詩原夫本心之正而充之以氣，資之以學，濟之以才，斯可謂之能賦者矣。蓋氣昌則辭達而不蘮，學贍則事覈而不虛浮，才敏措辭命意無所留礙，奮迅激昂，開闔變化，舉不出乎規矩之外，庶足以發吾心之所蘊，播之當時，垂諸後世而爲輿論之同歸也。……名之曰《清華集》。謂之清，則潔而不汙；謂之華，則文而不俚。清而潔，則瑩若冰玉，可以澄思而靜慮；華而文，則葩藻遞發，可以適意而怡情。若然，殆亦可謂氣昌學贍才敏而足以發夫本心之正者歟！〔註 37〕

同樣先行製表如下：

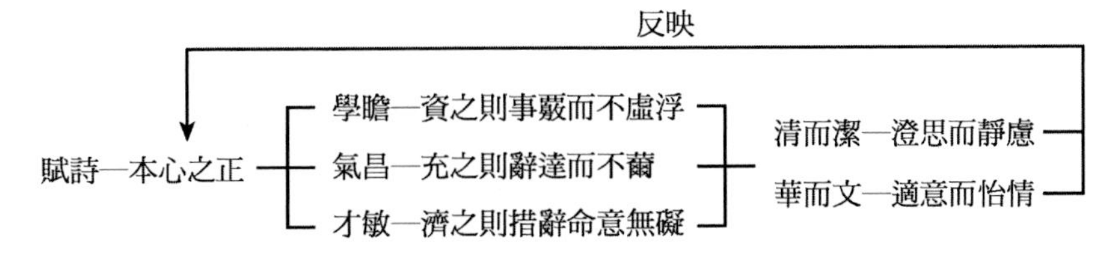

以下幾點說明黃淮的思考面相：

（一）黃淮確實提出了「賦詩」的創作方法，而這些方法成爲黃淮鑑賞《清華集》的條件。

（二）「學贍」的好處，在於創作詩歌時引經據典可以詳實、嚴謹不虛浮；「氣昌」方面，則可使得行文之間，辭意暢達且不顯得累

〔註 37〕【明】黃淮：《介庵集》卷十一，〈清華集序〉。

贅；「才敏」便是創作之當下，措辭、命意皆無所阻礙，「奮迅激昂，開闔變化，舉不出乎規矩之外」。

（三）「氣昌、學瞻、才敏」三者具備之後，成爲「發本心之正」（體）的主要條件，使得創作之詩文「足以發吾心之所蘊」，進而流傳後世。

可以發現黃淮提出「氣昌、學瞻、才敏」，頗與他鑑賞杜甫之作的看法極爲相似，恰巧「杜甫」在臺閣詩人心中，即是得「性情之正」的代表人物。〈杜律虞註後序〉云：

> 律詩始於唐而盛於杜少陵，蓋其志之所發也，振迅激昂，不狃於流俗，開闔變化不滯於一隅，如孫吳用兵，因敵制勝，奇正迭出，行列整然而不亂，其即景詠物，寫情敘事，言人之所不能言，誦之者心醉神怡，擊節蹈抃之不暇，誠一代之傑作也。……。文靖深爲此慮，故因變例之中特取少陵之渾厚雅純者表章之，以爲世範，是亦狂瀾砥柱之意也。學者由此而求之，則思過半矣。〔註 38〕

學詩者，求杜少陵之作，黃淮說「則思過半矣」，頗有「取法乎上」的感覺。而在這段引文當中，我們也確實可以看出杜甫表現出「氣昌、學瞻、才敏」的三個要素。或許可以說黃淮提出的創作方法，很大一部份來自於「杜甫」，換言之，透過鑑賞杜詩的角度，進而分解出「氣昌、學瞻、才敏」等創作工夫，也是不無可能之事，畢竟黃淮認爲杜甫之作，誠一代之傑作，以爲世範。

此節的最後，談談另一位臺閣詩人陳璉〔註 39〕的「氣」與「理」，這頗能與李時勉的「世運」之音，彼此相互呼應。陳璉言「氣」時，明確的指出「氣」屬於外在（尤是政治）環境所形塑的氛圍，如〈三

〔註 38〕【明】黃淮：《介庵集》卷十一，〈杜律虞註後序〉。

〔註 39〕陳璉（1370～1454），字廷器，號琴軒，廣東東莞人。洪武舉人，入大學，選爲桂林教諭。歷官國子監助教，滁州知州、揚州知府、四川按察使、終南京禮部左侍郎，致仕卒。璉博通經史，以文學知名於時。曾棨序《琴軒集》，稱其志專學充，詩文「辨博閎大」。著有《琴軒集》。本書所引陳璉：《琴軒集》爲《聚德堂叢書本》。

先生詩集序〉云：

> 三先生抱雄才奧學，遭際聖明醲酣，太和之氣貫徹於身。表裏冲融，涵詠變化，其氣益昌，故發而爲詩，雅麗曲則。藹然和平之音，誠足以鳴國家之盛。〔註 40〕

陳璉與多數臺閣詩人一樣，有其盛世觀。其中他認爲政治環境的清明，而形成謂之「太和之氣」，當這氣益昌則發爲詩，必然是和平之音。在引文中，隱含著除了「氣」之外，想要造就這樣的詩歌風格，前提就必須是雄才、奧學，這與上文幾位臺閣詩人之看法差不多。陳璉亦有詩文同源，本於「理」也就是「聖人之道」的傾向，如〈謙齋存稿序〉又云

> 其爲文專主乎理而充以氣，義正辭達，不倍於道，誠有關世教。詩則和平典實，不事綺麗。〔註 41〕

又於〈翠屏張先生文集序〉提到：

> 每操觚立言，引物連喻，貫穿經史百氏而一本於理，其氣深厚而雄渾，其辭嚴密而益雅，不務險怪艱深以求古，不爲綺靡繢麗以徇時。〔註 42〕

綜合兩段引文，可以得知陳璉於〈謙齋存稿序〉中所言的「氣」，實與黃淮之「氣昌則辭達而不薾」乃是同樣的意思，「氣」爲輔助「理」能不倍於道，使詩文義正辭達、關世教。至於〈翠屏張先生文集序〉之「氣」則指文章之氣象；「理」又爲創作時「引物連喻，貫穿經史百氏」的憑據，如此一來，才不會使得詩文偏離正軌。朱熹曾云：

> 天地之間，有理有氣。理也者，形而上之道也，生物之本也。氣也者，形而下之器也，生物之具也。是以人物之生，必秉此理，然後有性；必秉此氣，然後有形。其性其形，雖不外乎一身，然其道器之間，分際甚明，不可亂也。〔註 43〕

〔註 40〕【明】陳璉：《琴軒集》卷六，〈三先生詩集序〉。

〔註 41〕【明】陳璉：《琴軒集》卷六，〈謙齋存稿序〉。

〔註 42〕【明】陳璉：《琴軒集》卷六，〈翠屏張先生文集序〉。

〔註 43〕【宋】朱熹：《朱子文集》（北京：中華書局，1985 年新一版）卷五，〈答黃道夫〉，頁 216。

萬事萬物均秉受「形上之理」與「形下之氣」所構成的，陳璉對於詩文的思考也是如此。換句話說，陳璉認爲詩文創作必本於「形上之天道」即「理」，而「形下之氣」乃屬於政治等環境因素，故詩文之盛衰代表著氣之盛衰，氣之盛衰又代表著國家之盛衰。

第四節　小結

我們根據上述對於臺閣詩人「詩歌創作方法」的討論，最後我們將本節之研究成果，擇其要者整理如下：

（一）梁潛肯定求「學」與「識」的重要，有了「學」與「識」之後，就可能創作出「寓意深遠」之作，其用意在於得「古作者之意」；楊士奇則提出了「深達六義之旨」，以此追「古作者之心」。兩者均是「師古人之心」的創作工夫論，目的是爲了修正後世學詩者，只會模擬詩歌外在形式的弊病。

（二）黃淮「境與心會」的思維，即是士君子的生活範圍之內的山川自然，均可與心產生交集、產生天趣悠然的作用，甚至養育我們的德性；金幼孜則在黃淮的基礎之上，提出「觸目興懷，即物起興」的概念，故其認爲的自然環境，乃是將我們的性情導向「正」的媒介；王直詮釋「智者樂水，仁者樂山」的創作思維，其「樂」在於樂於獲得一個創作的感動或動機，進而書寫出來。以上這些臺閣詩人，對於自然環境的看法，皆偏向美好秀麗之意，認爲自然環境對於性情良善的導引有極大的助益。

（三）梁潛提倡所謂「主靜」的工夫，養得至靜，自能包括宇宙終始。運用這種理學的思考進路，進一步融入「學」與「識」，其最終理想乃是合於古聖賢之道，這點可與第一點結合，同樣是爲了追求「古學者之心」。

（四）李時勉以「學問、仁義、篤敬」爲基礎，再提出「明體制、審音律、辨清濁」的方法，其最後理想在於求得「興象」，換句話說，李時勉較爲偏重詩歌的審美觀，而非實用論。

（五）黃淮的詩歌創作方法，則是「體、氣、學、才」的工夫，而黃淮亦是典型追求「性情之正」的臺閣詩人，所以從他所提出的創作方法，無不導向要詩人可以發「性情之正」。

（六）陳璉認爲詩文創作必本於「形上之天道」即「理」，而「氣」則可以輔助「理」能不倍於道，使詩文義正辭達、關世教。

從上述幾點的探討，我們可以發現大多數的臺閣詩人，其詩歌創作方法的提出，仍與儒家的道德修養有很大的關係，於是我們同樣可以將此節歸結成，個人修身與人格的正確培養，導向性情之正，那麼創作出來的詩歌亦若如此。不過相當值得注意與肯定的是，臺閣詩人亦反對創作採取「模擬」、過分「雕琢」的方式，這些皆不符合儒家的「中和之美」，失「性情之正」。

第七章　詩歌批評與詩史觀

從本書開始探討臺閣詩人之詩學理論時，可以發現臺閣詩人的詩歌基礎與本源，多上推至「詩三百」，但這僅屬於「源」的部分，還必須探討其「流」的看法，才能梳理出臺閣詩人整體的詩史觀。因爲，一方面知悉他們整體的詩史觀，另一方面亦可理解他們的詩歌批評標準，而多數詩歌批評都是以他們的詩史觀作爲依歸，所以將兩者並置而論。

第一節　「古體宗漢魏，近體宗盛唐」論

首先，從以下一段引文中，先行觀察楊士奇對於整個中國傳統詩史所接受的情形。楊士奇是臺閣詩人中，明確提出整個詩歌源流觀者。他在〈題東里詩集序〉自言：

> 《國風》、《雅》、《頌》，詩之源也，下此爲《楚辭》，爲漢、魏、晉，爲盛唐，如李、杜及高、岑、孟、韋諸家，皆詩正派，可以泝流而探源焉。〔註 1〕

以及在〈玉雪齋詩集序〉相關的提及：

> 若天下無事，生民乂安，以其和平易直之心，發而爲治世之音，則未有加於唐貞觀、開元之際也。杜少陵渾涵博厚，

〔註 1〕【明】楊士奇：《東里續集》卷十五，〈題東里詩集序〉。

> 追蹤《風》、《雅》，卓乎不可尚矣。一時高材逸韻，如李太白之天縱，與杜齊驅；王、孟、高、岑、韋應物諸君子，清粹典則，天趣自然。讀其詩者，有以見唐之治盛於此，而後之言詩道者，亦曰莫盛於此也。〔註 2〕

楊士奇以「詩三百」作爲詩歌的源流，在本書的論述中也時常可見，他同時以「詩三百」作爲他論詩的一個基礎點，而後藉此闡發許多相關的論點。但是我在梳理楊士奇的詩史觀時，其實發現到楊士奇對於《楚辭》、漢魏、李白及高、岑、孟、韋等諸家，並沒有太多相關的描述。「詩三百」之外，即是陶淵明、杜甫二人，相當獲得楊士奇的青睞與讚賞。若整理兩段引文，再加上楊士奇曾言：「古今以詩名者多矣，然三百篇後得風人之旨者，獨推陶靖節」〔註 3〕的說法，初步先以圖表呈現，即可清晰他整個詩史觀：

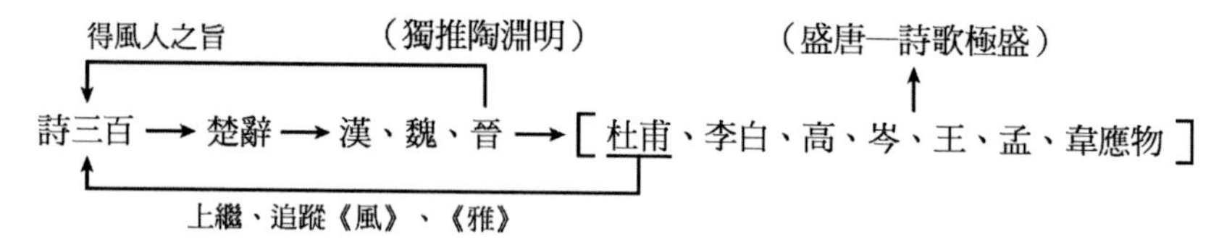

由上表可以得知楊士奇的詩史觀，並歸納爲二點：

一、在楊士奇的詩史觀中，並沒有與之時代靠近的宋、元詩人，只有提到「盛唐」爲止。魏晉時期，僅推舉陶淵明一人可稱代表詩人，不僅是因爲陶淵明是江西人，更是延續南宋江西詩派的詩學崇尚；整個唐代又僅鎖定「盛唐」，「盛唐」又僅有李、杜及王、高、岑、孟、韋等人，但是杜甫又是這些人當中的代表詩人。非常巧合的是，陶淵明與杜甫兩人皆是繼承「詩三百」的精神，前者謂之「得風人之旨」，後者謂之「追蹤《風》、《雅》」，換言之，以「詩三百」作爲詩歌批評之判準，才是楊士奇最爲重要的思維。

二、楊士奇批評當時文人時，常以這個詩史觀作爲批評的標準，

〔註 2〕【明】楊士奇：《東里文集》卷五，〈玉雪齋詩集序〉，頁 63。
〔註 3〕【明】梁蘭：《畦樂詩集》卷首原序。

這隱然透露出上文我們曾經說過的「詩不易作」、「視今之作，與古無以異，欲有所造詣難矣」的影響，正因爲詩歌至盛唐已然達到極致，明代詩人之風格皆無法突破前人而自成一格，這確實是一種明代詩歌創作所面臨無法創新的困境。

那麼，有了以上這些對楊士奇詩史觀的基本理解之後，進而去討論他所謂的「古體宗漢魏，近體宗盛唐」之意義時，將可更加明白且補充上述不甚完備之處。楊士奇在〈跋與友蘭生往復詩後〉提到陸伯陽的詩文云：

> 伯陽名誾，揚州興化人。……。其文章長於詩，古體宗魏晉宋，近體主盛唐，兼工書法。〔註4〕

接著，討論羅性的詩文時，又云：

> 羅先生名性，字子理，以字行。……。先生學甚博，爲文章切深。詩古體宗漢魏，近體宗盛唐。〔註5〕

從這兩段引文中，我們不僅可以理解到當時的「詩主盛唐」的詩歌流行風氣，更能理解到楊士奇的詩歌批評，其所著重可能也正是「古體宗漢魏，近體宗盛唐」，而近體宗盛唐的原因，他認爲：「詩自三百篇後，歷漢、晉而下有近體，蓋以盛唐爲至。」〔註6〕近體詩到了盛唐可謂達到極致。值得注意的另一個焦點，即是楊士奇認爲盛唐「諸君子」之作品，可以表現出唐代之治盛，換句話說，即「詩文與時相盛衰」的價值思考，於是「近體宗盛唐」便成爲提倡「盛世之音」、「治世之音」的一個目標。

楊士奇也將這種批評準則，運用在當時爲士大夫所寫的「墓碑銘」之上（或者透露出當時詩主盛唐的詩歌大環境），例如言胡文穆「賦詩取適其性情，近體得盛唐之趣」〔註7〕；言曾棨「賦詠之體必律唐

〔註4〕【明】楊士奇：《東里文集》卷九，〈跋與友蘭生往復詩後〉，頁121。

〔註5〕【明】楊士奇：《東里文集》卷二十二，〈羅先生傳〉，頁329。

〔註6〕【明】楊士奇：《東里續集》卷五十九，〈書張御史和唐詩後序〉。

〔註7〕【明】楊士奇：《東里文集》卷十二，〈故文淵閣大學士兼左春坊大學士贈榮祿大夫少師禮部尚書謚文穆胡公神道碑銘〉，頁177。

人，興之所至，筆不停揮，狀寫之工極其天趣，他人不足已」〔註 8〕；言解縉「詩豪宕豐贍，似李、杜」〔註 9〕；還有一段「其後曹御史冀成手一編視余，曰：『此黎充輝之詩，潛輝兄也。清新雅則，有唐人韻致，類好古絕俗之士者。』因共慨歎。」〔註 10〕由此可知「近體宗盛唐」不只是他的詩史觀更是他的批評觀，而「唐人」看似成爲了一個可以代表時代特色的辭彙，但或許在楊士奇與當時人的眼中，乃是專指「盛唐」諸君子而言。以下表呈現其他臺閣詩人的批評傾向：

表 7.1

姓名	詩歌批評語彙	批評對象
陳璉	淳音追漢魏，高致軼陶韋。	姚廣孝（1335～1418）
	其五七言古詩及近體諸詩，沈鬱雄健可追漢魏，清婉俊逸者足配盛唐。	張以寧（1301～1370）
	詩則渾厚典雅，有漢魏之風。	胡廣（1370～1418）
	清新婉麗，有唐人風。	楊載（1271～1323）〔註 11〕
楊榮	高古雅健，有漢魏之風。	李伯葵〔註 12〕
王直	詩詞尤雄放清麗，出入盛唐諸大家。	曾棨（1372～1432）
	詩取法唐人，皆清遠有思致	張則明
	爲詩雄渾頓挫，深得杜子美家法。	趙孟頫（1254～1322）
	二詩之雄奇清俊，可繼古人。	不詳〔註 13〕

〔註 8〕【明】楊士奇：《東里文集》卷十四，〈詹事府少詹事兼翰林侍讀學士贈嘉議大夫禮部左侍郎曾公墓碑銘〉，頁 200。

〔註 9〕【明】楊士奇：《東里文集》卷十七，〈前朝列大夫交阯布政司右參議解公墓碣銘〉，頁 257。

〔註 10〕【明】楊士奇：《東里文集》卷八，〈黎氏倡和詩序〉，頁 115。

〔註 11〕由上到下，出處依序爲【明】陳璉：《琴軒集》卷三，〈呈獨庵少師姚公端〉；《琴軒集》卷四，〈翠屏張先生文集序〉；《琴軒集》卷七，〈書胡文穆〈北京八景詩文〉〉；《琴軒集》卷八，〈蔗境翁小傳〉。

〔註 12〕【明】楊榮：《文敏集》卷二四，〈故盤洲李處士墓誌銘〉。

〔註 13〕【明】王直：《抑庵文後集》卷八，〈曾子棨挽詩序〉；《抑庵文後集》卷十五，〈永嘉集序〉；《抑庵文後集》卷二七，〈題趙松雪墨蹟〉；《抑庵文後集》卷二七，〈題諸公詞翰卷首〉。

就以上三位臺閣詩人而言，他們並沒有對於漢魏時期或唐代時期之詩歌風格呈現出一致性的看法，譬如說「漢魏」——淳音、沈鬱雄健、渾厚典雅、高古雅健；「盛唐」——清婉俊逸、雄放清麗、清遠有思致、雄渾頓挫。不過，他們以漢魏及唐代爲詩歌的典範，以及當做批評元、明詩人的準則，卻是相當一致的。繼續回到楊士奇的論述，具體而言，在楊士奇心目中的唐詩圖像爲何？如何將近體詩與盛唐諸君子作更進一步的連結。他說：

> 律詩非古也，而盛於後世。古詩三百篇皆出乎情，而和平微婉，可歌可詠，以感發人心，何有所謂法律哉！自屈、宋下至漢、魏及郭景純、陶淵明，尚有古詩人之意。顏、謝以後稍尚新奇，古意雖衰，而詩未變也。至沈、宋而律詩出，號「近體」，於是詩法變矣。律詩始盛於開元、天寶之際，當時如王、孟、岑、韋諸作者，猶皆雍容蕭散，有餘味可諷詠也。若雄深渾厚，有行雲流水之勢，冠冕佩玉之風，流出胸次，從容自然，而皆由夫性情之正，不局於法律，亦不越乎法律之外，所謂「從心所欲不踰矩」，爲詩之聖者，其杜少陵乎！……。觀水者必於海，登高者必於嶽。少陵其詩家之海嶽歟！百年之前，趙子昂、虞伯生、范德機諸公皆擅近體，亦皆宗於杜。〔註 14〕

按照楊士奇的說法，他將中國傳統詩歌的發展脈絡，藉由「詩法」的角度來劃分出兩個主要區塊，由此可見「詩法」對於楊士奇的重要性，這也是南宋江西詩派以來注重「詩法」相當重要且特殊的繼承脈絡。以下說明之：

一、唐代以前：從「詩三百」尚未有詩法，出於自然，而所謂的「古詩人」正是指「詩三百」的作者。以降爲屈原、宋玉，再到魏晉時期陶淵明等人，尚有古詩人之意。接著顏延之、謝靈運之後，古意雖衰，詩未變也；「古體宗漢魏」的價值，由此顯現。可見楊士奇論唐代以前的詩歌，採取的是「三層次」的論述方法，而層次的轉換契

〔註 14〕【明】楊士奇：《東里續集》卷十四，〈杜律虞註序〉。

機則在於「古詩人之意」的流變。這裡亦可與第六章，談到楊士奇的「師古人之心」的部份再做連結。

二、唐代以後：唐代由沈佺期與宋之問二人完成了律詩的格律化，即是楊士奇言「詩法變矣」的關鍵。楊士奇認爲近體（律詩）應以詩之聖者杜甫爲典範，這又比上文專指「盛唐諸君子」又進一步鎖定爲單人，乃是因爲一方面杜甫是上繼於「詩三百」、追蹤《風》、《雅》，暗喻著杜詩保留了眞正的「古詩人之意」，成爲集大成者；另一方面，似乎說明著寫詩必須「取法乎上」，如「觀水者必於海，登高者必於岳。少陵其詩家之海嶽」一語，可謂極高之評價。至於李白、王、孟、岑、韋等諸作者，雖有評價，但仍不敵杜甫在楊士奇心目中的地位。

三、由上述我們可以得知，楊士奇對於「盛唐」詩歌風格的標準：

（一）杜甫：渾涵博厚、雄深渾厚、從容自然。

（二）李白：高材逸韻、天縱。

（三）王、孟、岑、韋：清粹典則、天趣自然、雍容蕭散。

既然楊士奇極度崇尚杜甫，那麼他所追求的詩學典範，應該就是渾涵博厚、雄深渾厚、從容自然的詩歌風格。其次，才是其他盛唐諸君子。至於李白則較爲特殊，不一定眞的可以當作師法的對象，後文會再說明。雖然楊士奇的詩史觀，並未特別將宋、元標舉出來，但他仍在近體詩宗杜的脈絡上，特別列舉出元代詩人，如趙子昂、虞伯生、范德機等人，說他們「擅近體，亦皆宗於杜」，此語透露出元代亦有近體詩宗杜的崇尚現象。

黃淮與楊士奇的看法相當雷同，不過更加聚焦於整個唐代，其目的仍是爲了帶出「杜甫」於整個時代的詩學意義。黃淮云：

> 律詩始於唐而盛於杜少陵，蓋其志之所發也，振迅激昂，不狃於流俗，開闔變化不滯於一隅，如孫吳用兵，因敵制勝，奇正迭出，行列整然而不亂，其即景詠物，寫情敘事，言人之所不能言，誦之者心醉神怡，擊節蹈抃之不暇，誠

一代之傑作也。……。詩至於律，其變已極，初唐盛唐，猶存古意，馴至中唐晚唐，日趨於靡麗，甚至排比聲音、摩切對偶以相誇尚，詩道幾乎熄矣！〔註15〕

初唐與盛唐的猶存古意，對比中唐與晚唐太過注重形式、格律，害詩道幾熄，黃淮同樣以留存「古意」與否，來爲唐代詩歌劃分。黃淮對於杜甫的諸多討論，以及給予極高的評價，事實上李、杜縱使並稱，在臺閣詩人的眼裡，也絲毫沒有並稱的確切意義。黃淮在〈讀杜愚得後序〉又云：

漢魏以降，屢變屢下，至唐稍懲末弊而振起之，而律絕之體復興焉。當時擅名無慮千余家，李杜首稱，而杜爲尤盛，蓋其體製悉備，……。得夫性情之正者，蓋有合乎三百篇之遺意也。〔註16〕

黃淮亦將杜甫放到承繼「詩三百」的脈絡之上，關於這點，對於李白卻不是這樣來評論的，也未提出李白得其「性情之正」的言論，故「李杜首稱，而杜爲尤盛」一句，明顯將杜甫置於李白之上。接著，黃淮〈讀杜愚得後序〉言：

詩自風、雅、頌變而爲騷些，變而爲古選、歌行，又變而後及唐律。〔註17〕

王直〈虞邵庵注杜工部律詩序〉云：

詩之變屢矣。《三百篇》之後而五七言繼作。至於有唐沈宋之流，又作爲律詩，詩變至是極矣。開元天寶以來，作者日盛……莫如杜公子美。〔註18〕

金幼孜〈吟室記〉云：

夫詩自《三百篇》以降，變而爲漢魏，爲六朝，各自成家而其體亦隨以變。其後極盛於唐，渢渢乎追古作者。故至於今，言詩者以爲古作不可及，而唐人之音調尚有可以模

〔註15〕【明】黃淮：《介庵集》卷十一，〈杜律虞註後序〉。
〔註16〕【明】黃淮：《介庵集》卷十一，〈讀杜愚得後序〉。
〔註17〕【明】黃淮：《介庵集》卷十一，〈讀杜愚得後序〉。
〔註18〕【明】王直：《抑庵文後集》卷十一，〈虞邵庵注杜工部律詩序〉。

倣，下此固未足論矣。〔註 19〕

根據上述三人之言，先行製表：〔註 20〕

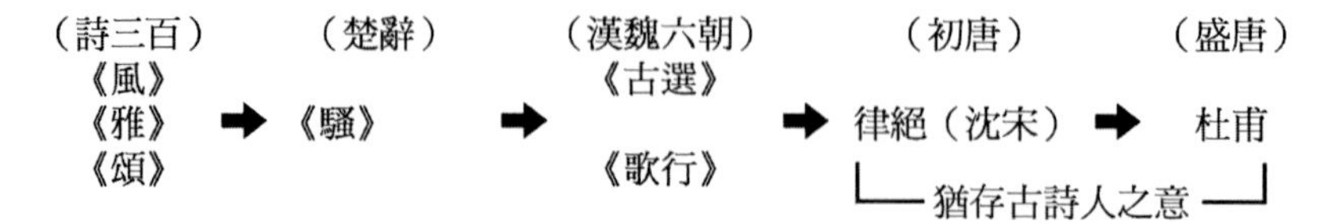

「變」的意義是爲了帶出「不變」者，我們可以看到從「詩三百」一路變至唐代，唐代有誰不變？根據他們的說法，一致認爲初、盛唐詩可追古作者，又以杜甫之作爲標的，於是最可推崇且師法的對象便只有杜甫一人，至於唐代以降，宋代、元代的詩並沒有特別地提及，甚至認爲未足論矣。最後，我們要試圖解決兩個疑問，第一、臺閣詩人宗盛唐詩的契機是什麼？第二、李杜並稱的話，爲何只能師法杜甫，反而李白是存而不論的情況？

關於第一點，或許與長久以來的「詩學盛唐」的論述有關，我們亦可借助陳英傑先生研究嚴羽詩論之觀點來再加以說明：

> 漢魏與盛唐皆是第一義的詩，嚴羽主張學盛唐而非漢魏的另一項緣由，係因漢魏是「不假悟」的，難示學者以具體的仿效途徑，而盛唐詩則因奠基於人工的經營，故較能提供學詩者的具體把握。不妨說，漢魏和盛唐是在觀念上的第一義，如就學詩範本的現實考量言，則不得不推盛唐詩。〔註 21〕

陳英傑先生的論述，亦可從上述金幼孜所言中找到線索，其云：「言詩者以爲古作不可及，而唐人之音調尚有可以模倣，下此固未足論。」如

〔註 19〕【明】金幼孜：《金文靖集》卷七，〈吟室記〉。

〔註 20〕基本上，臺閣詩人看待「楚辭」幾乎都是「存而少論」。陳煒舜先生雖有做過類似探討，如與本書相關者有胡儼、楊士奇，但僅舉二人少數「詩作」來作爲討論主軸，尤可見大多數臺閣詩人論詩是不太談「楚辭」，至於原因爲何，陳煒舜先生有其詮釋。見陳煒舜：〈永樂至弘治間臺閣諸臣的《楚辭》論〉，頁 31～58。

〔註 21〕陳英傑：《宋代「詩學盛唐」觀念的形成與內涵》（政治大學中國文學所碩士論文，2005 年 6 月），頁 314。

此說來，本節雖然談到「古體宗漢魏」，但是可以發現臺閣詩人最主要論述的內容，仍是以「詩宗盛唐」的部份居多。因爲詩歌發展進入唐代之後，經由沈佺期與宋之問完成詩歌的格律化，某種程度也將詩歌帶往了一個可以獲得學詩的具體方法之境界，而盛唐正是詩歌極盛的時期，屬於「第一義」的詩歌典範，故臺閣詩人也不得不推崇盛唐詩。

關於第二點，臺閣詩人常常將李白、杜甫並稱，不過實際上卻沒有「並稱」的意義。上文中楊士奇雖然認爲「李太白之天縱，與杜齊驅」，但是光從這句並無法判別在楊士奇眼中，李杜乃是同等地位的。楊士奇還曾說：

> 李、杜，正宗大家也。太白天才絕出，而少陵卓然上繼三百十一篇之後。蓋其所存者，唐虞三代大臣君子之心；而其愛君憂國傷時憫物之意，往往出於變風、變雅，所遭之時然也。……所謂「詩人已來，少陵一人而已。」〔註22〕

楊士奇提到李白，便是天縱、天才絕出等類似之語，但是然後呢？實際上，一連串的討論都是針對杜甫而發的，明顯地發現臺閣詩人討論杜甫的相關資料，著實是比李白還要多，但其主要的意義何在？況且在當時，出現了數量不少的杜詩的註本，從本書所引的註即可發現，這並非偶然的現象。不過，楊士奇所著重的焦點，可能並非是在「李杜優劣」的評論之上，因爲當時的時代風氣，根本不必透過貶抑李白，才能突顯杜甫的價值。臺閣詩人對於李、杜「詩歌」並稱這點，並沒有任何意見，只不過更加推崇杜甫而已。

臺閣詩人多立基於「詩三百」的詩史與批評觀，杜詩的書寫特色即可作爲心目中之典範，再加上他們皆以儒家詩教作爲一立世準則，並接續朱熹性理之學的思想，強調「性情之正」的本質，那麼自然而然杜詩也形成非談不可的情況。楊士奇從杜詩「所存」之中，找到了「唐虞三代大臣君子之心」，並且發現到詩中「愛君憂國傷時憫物之意」，正與楊士奇論詩「以極乎修齊治平之道」、「有裨於世道」的說

〔註22〕【明】楊士奇：《東里續集》卷十三，〈讀杜愚得序〉。

法不謀而合，以及變風、變雅之特質，對身為臺閣重臣與輔佐帝王的角色而言，實在無法不被折服。實際上，我們可以分為三個層次來整理：第一、突顯杜甫的人格特質。第二、盛唐（貞觀、開元）與杜甫追蹤《風》、《雅》的密切結合。第三、杜甫的作品不全然是鳴國家之盛，還有書寫亂離之作，仍保有變風、變雅的憂國傷時憫物之意。可以說杜甫已然涵括了「詩三百」的所有特點，顯然成為「詩三百」的唐代版本。

如果就「師法」這個層面而言，雖然，「宗杜」自宋代江西派已然如此，那麼臺閣詩人又是怎樣想？王直曾云：「讀杜詩，得公所注，刻之梓以傳，使天下作者皆有所悟入，而得以臻其妙。……。杜詩，天下後世之所取法也。」〔註 23〕可見宗杜到了永樂之後更加盛行。不過究竟李白與杜甫之作，何者比較容易學習呢？這點在臺閣詩人的論述中，比較難找到李白的相關說明，不過若從明初宋濂的詩論中，即可找到一點端倪，他說：

> 開元、天寶中，杜子美復繼出，……。並時而作，有李太白，宗風騷及建安七子，其格極高，其變化若神龍之不可羈。〔註 24〕

可見明初之來，知識份子都認同此點。或許正因為李太白的詩風多變，其格極高，故楊士奇稱李太白「天縱」、「天才絕出」來隱含這些特質，於是乎將李白納入風騷與建安風骨的價值當中，並沒有因此而偏廢李白的價值，李白仍是在繼承「漢魏風骨」上有著極其特殊的意義。更深入一點的推論，或許因為李太白的「天才」無法「學」，如神龍無法「羈」，況且也無法全然納入臺閣詩人的詩歌根源「詩三百」的脈絡來討論，甚至也無法如杜甫般，讓楊士奇等人藉此去宣揚、承載儒家政教功能。故，在實際的操作與崇尚層面，杜甫實勝李白。〔註 25〕

〔註 23〕【明】王直：《抑庵文後集》卷十一，〈虞邵庵注杜工部律詩序〉。
〔註 24〕【明】宋濂：《宋學士全集》卷二十八，〈答章秀才論詩書〉，頁 1051。
〔註 25〕令我好奇的是：為何臺閣詩人就「詩歌層面」鮮少去深入談李白呢？從本書的論述當中，可以發現到臺閣詩人論詩所呈現出來的儒家思

我們經過上述這些實際的觀察之後，對於楊士奇等人「古體宗漢魏，近體宗盛唐」的詩史觀和詩歌批評論，或許可進一步修正爲「古體必漢魏，近體宗杜詩」可能還更爲洽當些。

第二節　「詩宗盛唐」觀念論

對於臺閣詩人而言，他們「詩宗盛唐」的觀念如何形成？「詩宗杜詩」則是宋代江西派已然如此，明初劉崧等人多有繼承，就論詩方面，如丁威仁之研究指出：「江西派因受宋代江西詩派直接影響，所以宋代江西詩派的觀點與思考給予了許多的養分。」〔註 26〕永樂之後，楊士奇等人又多有承繼。不過一般認爲臺閣詩人「詩宗盛唐」的思維，是受到明初宋濂與高棅的影響，如王運熙、顧易生先生主編《中國文學批評通史．伍．明代卷》即云：

> 臺閣派的作家們受明初宋濂、高棅等的影響，論文宗韓歐，論詩宗唐音，但無論是韓歐還是唐音，他們推崇的僅是和平典雅、清新富麗一類的風格。〔註 27〕

此引文的後半段，我們在上文已經論證楊士奇推崇的盛唐詩，應是渾涵博厚、雄深渾厚、從容自然的杜詩風格，並非「僅是」推崇和平典雅、清新富麗一類的風格，這兩種的說法之間存在很大的差距。接著，我們應當檢視臺閣詩人「詩宗盛唐」的傾向，主要是受到哪些影響？

首先，在明代永樂之前就有宋濂的〈答章秀才論詩書〉一文、高棅（1350～1423）的《唐詩品彙》和《唐詩正聲》兩本選唐著作，提出較爲具體且詳細的唐詩分期論，至於在宋濂與高棅更早之前，又有元代楊士弘的《唐音》流傳，以下擬從高棅與楊士弘兩人之選本著作展開論述，

維，以及「詩品即人品」的價值觀。那麼，是否因爲李白並不符合這種價值脈絡呢？不管是李白的宗教信仰或是他所遭遇或參與的事蹟，都再再顯示他並不符合身爲臺閣詩人之詩學典範，此點值得我們留意。

〔註 26〕丁威仁：《明洪武、建文時期地域詩學研究》，頁 175。

〔註 27〕王運熙、顧易生主編：《中國文學批評通史．伍．明代卷》，頁 73。

藉此觀看臺閣詩人是否有受其影響，或者應當說在臺閣詩人所存的詩論當中，討論哪位前輩的唐詩選本著作較多？甚至完全不曾討論。

一般認爲高棅的《唐詩品彙》、《唐詩正聲》對於明代的影響相當大。根據《明史・文苑傳》就曾云：「其所選《唐詩品彙》、《唐詩正聲》，終明之世，館閣宗之。」〔註 28〕我們在第二章就曾梳理過翰林館課的部份，姑且再援引一次清人孫承澤在《春明夢餘錄》中所載：

> 自正統以後，掄選多非出自聖意，而從閣臣議請舉行，亦不得讀中秘書，而以唐詩正聲、文章正宗爲日課。〔註 29〕

正統之後，翰林館師日課教授的內容以《唐詩正聲》、《文章正宗》爲主。不過問題恰好出現在此，如果清人孫承澤的說法爲眞，那麼爲何在楊士奇等人的詩論中，反而不見討論高棅《唐詩品彙》、《唐詩正聲》這二本重要的選本著作呢？於是，我們就得追溯回高棅何時完成這兩本唐詩選本，以及何時正式刊行的問題之上。高棅〈唐詩拾遺序〉云：

> 自洪武甲子殆于癸酉方脫稿，其用心亦勤矣。切慮見知之所不及，選擇之所忽怠，猶有以沒古人之善者，於是再取讀書，深加捃括，或舊未聞而新得，或前見置而後錄，掇其漏，搜其逸，又自癸酉至戊寅，是編始就。〔註 30〕

可見高棅《唐詩品彙》初編於明洪武十七年（1384），完成於洪武二十六年（1393），然後又於洪武三十一年（1398）完成〈唐詩拾遺〉十卷。至於《唐詩正聲》的完成應與《唐詩品彙》同時，根據彭曜〈唐詩正聲後序〉云：「洪武甲子嘗取李杜諸公詩求其聲律之正者爲《唐詩正聲》，集成二十二卷共詩九百二十九首以惠後學，惜未能傳。」〔註 31〕不過《唐詩正聲》的刊印，最早可以追溯到明正統七年（1442）

〔註 28〕【清】張廷玉等撰：《明史》第 24 冊，卷二百八十六，頁 7336。

〔註 29〕【清】孫承澤：《春明夢餘錄》卷三十二，頁 505。

〔註 30〕【明】高棅：《唐詩品彙》（上海：上海古籍出版社，1988 年 7 月第 2 版第 1 刷），〈唐詩拾遺序〉，頁 768。

〔註 31〕上海圖書館藏：明嘉靖何城重刻本《唐詩正聲》。轉引自孫春青：《明代唐詩學》（上海：上海古籍出版社，2006 年 11 月第 1 版第 1 刷），頁 41。

年，譬如孫春青先生之研究指出：

> 《中國古籍善本總目》載現存明正統七年彭曜刻本藍印本《唐詩正聲》二十二卷，同高棅自序數目合，因此可以斷定《正聲》最早刊行在正統七年（1442）。〔註32〕

既然是正統七年就已經刊行，那麼楊士奇等人是否曾經見到《唐詩正聲》呢？另再依據陳廣宏先生的考察，其云：

> 他（按：黃鎬）在《唐詩正聲序》中又謂已「歷仕途幾四十年，遍訪之（按：指彭曜所刊《唐詩正聲》），尚不可得」，我們至少可以推知，彭氏所刊《唐詩正聲》，至遲於黃鎬成進士的正統十二年前，已經印行。然此本或許眞的因「得之者少」，在民間流傳不廣，而分別卒於正統九年、正統五年的楊士奇、楊榮等，則又可能未及見到。〔註33〕

從孫春青與陳廣宏先生的考察，可以得知至少是在正統七年之前，高棅的《唐詩正聲》還未刊行。就算如此我們也不能明確說，楊士奇等人完全沒有受到高棅的影響，因爲在缺乏直接證據的情況下，實不能如此斷定，不過他們在其著作沒有討論到《唐詩正聲》卻也是事實。

至於高棅《唐詩品彙》的刊印時間，最早的版本刻於明成化年間。崇禎本《唐詩品彙》中，張恂《重訂唐詩品彙・序》即言：「是書始自成化間，陳公煒所刻。」〔註34〕而桑悅（1447～1503）在〈跋唐詩品彙〉云：

> 唐人好吟詠，傳凡三百餘家，眞有盛、中、晚之殊，唐業隨之可考也。楊仲宏等所選俱得其係熟之一體，唐人詩技要不止此。國朝閩人高廷禮有《唐詩品彙》五千餘首，雖分編定目，有『正始』、『正宗』、『大家』、『名家』、『羽翼』、『接武』、『正變』、『餘響』、『旁流』之殊，要其見亦仲弘之見。是詩盛行，學者終身鑽研，吐語相協，不過得唐人

〔註32〕孫春青：《明代唐詩學》，頁41～42。
〔註33〕陳廣宏：〈明初閩派與臺閣文學〉，頁69。
〔註34〕轉引自孫春青：《明代唐詩學》，頁44。

> 之一支耳。欲爲全唐者，當於三百家全集觀之。〔註35〕

由此可見《唐詩品彙》在弘治年間已經相當流行。桑悅還提出如果想要得其唐代之詩歌全貌，除了《品彙》之選外，更應當直接閱讀唐人三百家全集。就《唐詩品彙》刊行與流行的時間而言，對於楊士奇等人應當沒有太大的影響。〔註36〕今人陳國球先生甚至提出《唐詩品彙》對於前七子及以前的詩論並無影響的論調〔註37〕，著重點也在於他們的詩論當中，確實沒有提到高棅的著作。

如果說楊士奇等人沒有受到高棅這兩本著作的影響，那麼在楊士奇等人的詩論中，是否有討論到唐詩選本？如果有討論到，又是誰編選的唐詩選本？在高棅之前或之後？如楊士奇在〈劉文房詩跋〉中僅提及元代楊士宏的選本《唐音》，其云：「唐隨州刺史劉長卿，字文房，與高適同時，楊伯謙選《唐音》，列諸中唐。」〔註38〕另外，在〈錄楊伯謙樂府〉一文，曾云：「伯謙……嘗選《唐音》，前此選唐者，皆不及也。」〔註39〕楊士奇對於楊士宏《唐音》的評價相當高，其云：

> 蕭統之選古，高適、姚合輩之選唐，下逮宋、元、亦各有選。其采之不詳，選之不當，皆不免於後來之議。蓋選之不當者，識之不明也。近代選古惟劉履，選唐惟楊士宏，幾無遺憾，則其識有過人者矣。〔註40〕

又如梁潛〈跋唐詩後〉云：

> 唐諸家之詩，自襄城楊伯謙所選外，幾廢不見於世。予亦

〔註35〕【明】桑悅：《思玄集》（明萬曆翁憲祥刻本）卷九，〈跋唐詩品彙〉。

〔註36〕陳廣宏先生除了提示楊士奇與楊榮可能未受《唐詩正聲》的影響，不過也不否認高棅這兩本選唐著作，在刊行之後乃是逐步發揮影響力的，其云：「高棅的這兩個唐詩選本，確曾先後於正統及成化間首刊，而後在詞林或其時文人中逐漸產生影響，並因此獲具某種正統地位。」見陳廣宏：〈明初閩派與臺閣文學〉，頁69。

〔註37〕陳國球：〈《唐詩品彙》對前七子及以前的詩論並無影響〉，《嶺南學報》新一期，1990年10月。

〔註38〕【明】楊士奇：《東里文集》卷十，〈劉文房詩跋〉，頁150。

〔註39〕【明】楊士奇：《東里續集》卷十九，〈錄楊伯謙樂府〉。

〔註40〕【明】楊士奇：《東里續集》卷十四，〈滄海遺珠序〉。

以爲伯謙擇之精矣，其餘不見無傷也。〔註 41〕

由此可見，就楊士奇與梁潛的觀點來看，他們較認同於元代楊士宏的《唐音》，而且楊士奇甚至用「惟」字——「選唐惟楊士弘」；梁潛更直言不諱「其餘不見無傷也。」可謂推崇之極，卻絲毫未見高棅的《唐詩品彙》、《唐詩正聲》的討論與評價。既然臺閣詩人對於《唐音》如此之推崇，那麼我們應當進一步去觀察楊士弘《唐音》的選錄情形。

楊士弘《唐音》「始於乙亥（1335），成於甲申（1344）」〔註 42〕，它是一本以盛唐詩風爲主的唐詩選本，楊士弘自言：「洪容齋、曾蒼山、趙紫芝、周伯弼、陳德新諸選非惟所擇不精，大抵多略於盛唐而詳於晚唐也。」而《唐音》的體例，一共分爲「唐詩始音」、「唐詩正音」及「唐音遺響」三個的部份，以下分點整理以明其體例：（一）「始音」：僅選錄初唐四傑王勃、楊炯、盧照鄰、駱賓王四家，楊士弘〈唐音・凡例〉云：「始音不分類編者，以其四家製作，初變六朝，雖有五七之殊，其音聲則一致」。（二）「正音」：依次爲五言古詩、七言古詩、五言律詩（排律附）、七言律詩（排律附）、五言絕句（六言絕句附）、七言絕句等，各卷之中又分爲「初、盛、中、晚」四唐。譬如五言古詩、七言古詩、五言律詩、五言絕句「卷上」選錄初盛唐詩；「卷下」選中唐詩。七言律詩與七言絕句「卷上」選初盛唐詩；「卷中」選中唐詩；「卷下」選晚唐詩。（三）「遺響」：〈唐音・凡例〉云：「遺響不分類者，以其諸家之詩，篇章長短參差音律不能諧和，故就其長而採之」。照此看來，楊士弘似乎將唐詩分爲唐初、盛唐、中唐、晚唐四期。

不過，楊士弘《唐音・名氏並序》的部份，列舉了王績至張志和等人，其言：「自武德至天寶末，得六十五人，爲唐初盛唐詩。」接著從皇甫冉至劉禹錫等人，其言：「自天寶至元和間，通得四十八人，

〔註 41〕【明】梁潛：《泊庵集》卷十六，〈跋唐詩後〉。
〔註 42〕【元】楊士弘：《唐音》（《四庫全書影印文淵閣本》），〈序〉。

爲中唐詩。」再列賈島至吳商浩等人，其言：「自元和至唐末，通得四十九人，爲晚唐詩。」〔註 43〕雖然提出了分期的具體時限，然而卻是三期之說〔註 44〕，原因主要出現在唐初與盛唐之間的分合。陳英傑先生對此有其深入的研究，其云：

> 楊士弘確實明白提出「唐初」的概念，並認爲「盛唐」與它當有所區別；換言之，開元前、後的詩，分別有兩種不同的時代風格。而這也是唐宋人早就清楚的事實。因此，若說楊士弘主張四唐分期，亦無可厚非。甚至換一個角度來思考，楊士弘清楚界劃了唐初、盛唐、中唐、晚唐的時間界線，是宋人較不及的。〔註 45〕

可見楊士宏《唐音》有其開創的價值。高棅自己也在〈唐詩品彙總序〉中所云，雖不滿意但亦認同楊士宏《唐音》的價值，其云：「唯近代襄城楊伯謙氏《唐音》集，頗能別體製之始終，審音律之正變，可謂得唐人之三尺矣。」〔註 46〕至於胡震亨（1569～1645）之言，可謂楊伯謙之知音者，其云：

> 自宋以還，選唐詩者，迄無定論。大抵宋失穿鑿，元失猥雜，而其病總在略盛唐，詳晚唐。至楊伯謙氏始揭盛唐爲主，得其要領；復出四子爲始音，以便區分，可稱千古偉識。……。而李、杜大家，猥云示尊，未敢並隲，豈非唐篇一大闕典？〔註 47〕

《唐音》始揭盛唐爲主，此舉對於明代的「盛唐」詩觀確實有其影響力。但是，值得我們再次注意之處，楊士弘《唐音》並未選錄李白、杜甫、韓愈等詩人之作，〈唐音・凡例〉云：「李、杜、韓詩，世多全

〔註 43〕【元】楊士弘：《唐音》，〈名氏並序〉。

〔註 44〕明初蘇伯衡（？～1390 前後）便主張《唐音》爲三期之說，其云：「伯謙以盛唐、中唐、晚唐別之。」見【明】蘇伯衡：《蘇平仲文集》（《四部叢刊景明正統壬戌本》）卷四，〈古詩選唐序〉。

〔註 45〕陳英傑：《宋代「詩學盛唐」觀念的形成與內涵》，頁 322。

〔註 46〕【明】高棅：《唐詩品彙》，〈唐詩品彙總序〉，頁 10。

〔註 47〕【明】胡震亨：《唐音癸籤》（上海：上海古籍出版社，1981 年 5 月第 1 版第 1 刷）卷三十一，〈集錄二〉，頁 326。

集，故不及錄。」可見是因為推崇而不選。〔註48〕所以我們可以看到臺閣詩人對於杜詩的接受來源，都來自於單本的著作，例如《讀杜愚得》及《杜律虞註》等，其影響力並不在《唐音》之下。楊士奇都曾為此兩者作序，其中〈讀杜愚得序〉即言：

> 剡單復陽元，用志於杜而不足於前註，遂以所自得，亦為之註。考事究旨必歸於當，其疑不可通者闕之。凡十八卷，名《讀杜愚得》。簡直明白，要其得杜之心。〔註49〕

又如〈杜律虞註序〉云：

> 伯生嘗自比漢庭老吏，謂深於法律也。由嘗取杜七言律為之註釋。伯生學廣而才高，味杜之心，究杜之心，蓋得之深也。觀其《題桃樹》一篇，自前輩以為不可解，而伯生發明其旨瞭然，仁民愛物以及夫感嘆之意，非深得於杜乎？〔註50〕

楊士奇言虞伯生學廣、才高、深於法律；黃淮〈杜律虞註後序〉也曾說：「文靖雄才碩學為當代儒宗，其註釋引援證據，不乏不略，因辭演義，深得少陵之旨趣。」〔註51〕這恰可呼應我們在創作方法與鑑賞論所言，欲達到或求得少陵之作，大前提就必須涵養學識。另一方面，實可證明《讀杜愚得》及《杜律虞註》在臺閣詩人之間流傳甚廣，幾乎每個人對於杜甫的批評與詩史觀，大抵是從自己為之作序而闡發出來。由此可見，楊士弘《唐詩》與上述幾本著作，實共構了臺閣詩人的盛唐觀與詩宗杜甫的思想。

在此，援引幾位前輩學者之論，收束本節之討論，誠如朱易安先生指出：「明人崇唐的淵源，一般的文學批評史都認為與嚴羽提倡宗盛唐的詩學傾向有關，但實際上，對明人的直接影響，更多來源於元人

〔註48〕參見蔡瑜：《高棅詩學研究》（台北：台灣大學出版委員會，1990年6月），〈第三章：唐詩正聲析論〉，頁135～137。

〔註49〕【明】楊士奇：《東里續集》卷十三，〈讀杜愚得序〉。

〔註50〕【明】楊士奇：《東里續集》卷十三，〈杜律虞註序〉。

〔註51〕【明】黃淮：《介庵集》卷十一，〈杜律虞註後序〉。

的詩學風尚。」〔註 52〕李嘉瑜先生則更加突顯元代的地位：「元代以盛唐爲宗的風尚，其實正是明代『詩必盛唐』復古思潮的先聲。……。以江西詩派爲主流的宋代與積極宗盛唐的明代之間，元代的轉折色彩相當鮮明。」〔註 53〕幾位前輩學者的看法，皆認爲元代「直接」對於明代造成影響。確實我們看到楊士奇等人，對於《唐音》接受也是如此，故我們不妨以楊士宏《唐音》來作爲臺閣詩人「詩宗盛唐」的一個起點。

至於中國詩歌史上的「詩宗盛唐」此一理論的建構方面，實非我所能置喙，況且相關研究者相當眾多，也已具備了一定的成績。略舉一例，例如陳英傑先生之研究《宋代「詩學盛唐」觀念的形成與內涵》，已將一般認爲「詩宗盛唐」的觀念源流，來自於嚴羽一人之觀點，給予適當的修正，其研究顯示「詩學盛唐」觀念實可溯流宋代，而且不是嚴羽的孤萌獨發。〔註 54〕這些成果皆可進一步釐清整個「詩宗（學）盛唐」的發展脈絡。

第三節 「盛世」與盛唐史觀

從上文的探討中，可以發現我們不斷地提到臺閣詩人的詩論中，常常將「盛世」觀與盛唐氣象比擬（不過詩歌卻大多只宗盛唐杜詩。此外，有些盛世觀是與「詩三百」作爲連結，但大多是與盛唐「間接」連結），有鑑於此，確實有必須另立一節，專門討論他們這項重要的詩史觀，畢竟他們提出的「盛世」觀與臺閣體的盛行有極大的關聯。暫且以條列的方式，呈現他們論及「盛世」的文獻，隨後再加以討論：

（一）以詩集、別集來看者：

1. 楊士奇〈玉雪齋詩集序〉云：「若天下無事，生民乂安，以其

〔註 52〕朱易安：《中國詩學史：明代卷》，頁 36。
〔註 53〕李嘉瑜：《元代唐詩學》（台灣大學中國文學所博士論文，1990 年），頁 404～405。
〔註 54〕陳英傑：《宋代「詩學盛唐」觀念的形成與內涵》，頁 316。

和平易直之心，發而爲治世之音，則未有加於唐貞觀、開元之際也。……。虞公蓋將上追盛唐諸君子之作，而論今公卿大夫之作，足以鳴國家之盛者，亦鮮過於虞公者焉。」〔註55〕

2. 金幼孜〈贈太師夏公輓詩序〉云：「惟我聖朝，天啓昌運，篤生賢臣，爲國良輔。……。元老大臣如召公畢公者，又豈愧之哉？予嘗論之，國家有大混一之氣運，必有大混一之聖君賢臣以成之。……。我朝列聖在上，創業繼統，光啓鴻圖，又有若公輩諸臣爲之輔，則所以衍聖明無窮之緒者，夫豈偶然哉？」〔註56〕

3. 陳璉〈滄海遺集序〉云：「國朝奄有天下，文運誕興，縉紳君子之能詩者，足以鳴太平之盛。」〔註57〕

4. 楊士奇以時代的觀點，將當今盛世與唐代盛世（貞觀、開元）作緊密的結合，値得注意的是楊士奇之唐代盛世，乃屬於政治之觀點，與一般認爲的盛唐（開元、天寶）詩歌有些微的差距，此舉乃是爲了更加扣緊楊士奇之盛世觀；金幼孜則透過褒揚夏原吉的在世功績，將之譬喻爲召公、畢公等周朝歷史人物，進一步突顯當時政治的昌盛；陳璉所言，我們曾在第六章時梳理陳璉之「氣」，屬於外在政治的清明，故氣昌等於國昌。在這段引文中，亦是同樣的思考，以詩來鳴當今之太平之盛。

（二）以讌集來看者：

1. 李時勉〈元夕燕集詩序〉云：「夫元夕觀燈，其來久矣，而莫盛於唐開元中。……。今皇上嗣登大寶，動法古昔，聿尊成憲，故能隆守成之業，以撫方夏之大。佳時令節，思與民臣同享太平之樂，……，至其見於辭藻，以歌頌聖朝治化之聖者，又皆發乎其情而止於禮義，庶幾乎唐虞三代之風，其視開元、天寶之盛衰爲不侔矣。」〔註58〕

〔註55〕【明】楊士奇：《東里文集》卷五，〈玉雪齋詩集序〉，頁63。

〔註56〕【明】金幼孜：《金文靖集》卷七，〈贈太師夏公輓詩序〉。

〔註57〕【明】陳璉：《琴軒集》卷六，〈滄海遺集序〉。

〔註58〕【明】李時勉：《古濂文集》卷四，〈元夕燕集詩序〉。

2. 梁潛〈中秋宴集詩序〉云：「士君子當四方無事，朝廷清明，交遊盛而志氣同……永樂七年中秋之夕，翰林學士胡公合同院之士會於北京城公宇之後，……，公乃命分韻賦詩，凡若干首，諷其和平要妙之音，有以知夫遭逢至治之樂，諗其勁正高邁之氣，有以明夫培植養育之功，是皆平時蓄之於中，隨所感而發之於詩也，豈非盛哉。」〔註59〕

3. 王直〈跋文會錄後〉云：「士君子遭文明之世，處清華之地，當閒暇之日，而成會合之娛，宜也。會而形於言，以歌太平，咏聖德，明意氣之諧暢，發性情之淳和，又宜也。」〔註60〕

李時勉、梁潛與王直雖然各自論述不同之事，但是其表明的立場均大同小異。不過，李時勉對於元夕觀燈，君臣之間的讌集倡和，直接上溯至唐代開元年間，可見其想將「此時」的政治環境比爲「唐盛世」甚至「唐虞三代之風」的傾向；梁潛則透過「詩可以群」的觀點，提出作詩乃是「明夫培植養育之功」，些許傾向經由作詩來記載、報效國家「至治之樂」的意思，頗與陳璉的看法相彷；至於王直此段引文，第四章時已討論過，本節便不再贅述。

（三）以游觀來看者：

1. 楊榮〈重遊東郭草堂詩序〉云：「惟聖天子在上，治道日隆。輔弼侍從之臣仰峻德、承宏休，得以優游暇豫、登臨玩賞而歲復歲，誠可謂幸矣。意之所適，言之不足而詠歌之，皆發乎性情之正，足以使後之人識盛世之氣象者，故不在是歟。」〔註61〕

2. 王英〈東郭草亭讌集詩序〉云：「讌飲游觀之勝，心有所樂，則發爲咏歌者，皆非偶然哉！天下承平，優游無事，縉紳大夫乃得以遂其樂而言之。發有不能已者，昌黎韓子所謂『飲酒而樂』。所以同其休，宣其和，感其心而成其文者是也。」〔註62〕

〔註59〕【明】梁潛：《泊庵集》卷七，〈中秋宴集詩序〉。
〔註60〕【明】王直：《抑庵文集》卷十三，〈跋文會錄後〉。
〔註61〕【明】楊榮：《文敏集》卷十一，〈重遊東郭草堂詩序〉。
〔註62〕【明】王英：《王文安公詩文集》卷一，〈東郭草亭讌集詩序〉。

楊榮與王英都是針對遊「東郭草堂」而發，游觀的契機本來就在於「天下承平，優游無事」才有這樣的聚會，換句話說，政治之清明爲吟詠詩歌之背景及先決條件，楊榮說這種創作皆發乎性情之正，想讓後世之讀者，可以知悉當時之盛世氣象，頗有注重「所存」的觀點。

從上述列舉臺閣詩人的詩觀時，不管是從他人的詩集、別集當中，或是讌飲、游觀後的詩集序，皆可發現他們相當認同自己所處之當下，乃「四方無事，朝廷清明」的盛世情況，所以他們立基於盛世所發爲詩者，皆以「鳴國家之盛」爲旨趣，欲使這種氣象可以透過詩集，進而流傳後世（「所存」），使後世之人得見識到明代盛世之氣象。只是，爲何他們會有這種想法呢？或許，因爲臺閣詩人從以往的文獻，例如盛唐詩（或者他們根據唐代的政治環境，即史料）觀得其盛唐氣象，故以此類推。接著，我們可從幾個方面來談：

第一、以「創作」的角度來看：臺閣詩人先行認同了明代當時的政治環境，進而集體「主動」創作歌頌盛世的詩歌集，如此一來跟「盛唐詩」的誕生，是否爲同樣一種創作動機？所謂的「主動」，應如王直所言：

> 歌詠盛美而垂之後世者，本儒臣職。於是取唐杜甫《立春日》詩：「忽憶兩京發梅時」之句，書爲丸，投器中，各探一言爲韻，賦詩一首。〔註63〕

既然如此，臺閣詩人身居要職，亦是（曾是）翰林之一員，這種彼此酬唱來歌頌盛世的情況相當常見，也形構出後世對於「臺閣體」創作的主要特徵。爲何這種創作狀態，看在後世研究者的眼中，反而是一種極大的流弊呢？進一步來釐清，如果當時的政治環境，確實如他們所言乃是太平盛世，那麼他們透過詩歌來歌頌盛世，就這點來看並沒有「錯誤」或者「流弊」，反而相當貼切，正如他們「詩三百」的思維模式，即「諸公之詩皆可以繼二雅之盛，後千百年有以知聖明德化

〔註63〕【明】王直：《抑庵文集》卷四，〈立春日分韻詩序〉。

之隆治，賢才之眾多，必於是詩見也。」〔註64〕當然，這樣的觀點亦可提供給後世研究者，透過詩文集來考察盛世時，其中一個參考依據。也就是說，「詩」與「時」皆「盛」時，誠如許總先生所言：「眞正體現出具有明代自身特色的明前期文學則應當以所謂的『臺閣體』與『性理詩』爲代表。」〔註65〕意即「臺閣體」在各個方面都比明初詩人（或地域詩學）更能體現明代前期（尤其是土木堡之變前）的大環境，就這點而言，本書相當認同許總先生所言。

第二、從「時代」的角度來看：楊士奇等人所處之世，是否眞是「盛世」？若從時代背景來觀察的話，永樂皇帝之後接著而來是「仁、宣之治」，清人谷應泰（1620～1690）就認爲：「明有仁、宣，猶周有成、康，漢有文、景。」〔註66〕《明史》記載：「明有天下，傳世十六，太祖、成祖而外，可稱者仁宗、宣宗、孝宗而已。仁、宣之際，國勢初張，綱紀修立，淳樸未漓。」〔註67〕相較於明初草創時期稍微「混亂」的政局；正統十四年「土木堡之變」；景泰八年「奪門之變」。仁、宣兩朝，或者再擴大則是永樂至正統這段時期，可謂處於一個平穩發展的政經環境。今人黃卓越先生對此有其精確地分析，他認爲臺閣大臣對於政治環境的努力、對王權的崇仰與讚美，表現在文字上確實「合於社會發展客觀態勢與目的性」（只是一個側面），因此才能使得臺閣體文學長期發展，成爲文壇的主流。黃氏也表示這不能簡單以「歌功頌德」來論定，其亦云：

> 將思路均集中在正面褒獎上，從而遮掩了社會存在狀態的多層次性，及在很大的程度上掩蓋了已有的問題（這當然排除他們在正式的公務化場合中的直言疏諫）。……。文學的意義上看，則是阻塞了文體改造與創新的活力，使重

〔註64〕【明】王直：《抑庵文集》卷十三，〈跋文會錄序〉。
〔註65〕許總：《宋明理學與中國文學》，頁355。
〔註66〕【清】谷應泰：《明史紀事本末》（臺北：藝文印書館，1969年，百部叢書集成）第34函，卷七，頁28。
〔註67〕【清】張廷玉等撰：《明史》第2冊，卷十五，〈孝宗本紀〉，頁196。

複與單調等在長時間裡成了一種十分正常的寫作原則。〔註 68〕

上述所言可謂確論。不過還可再進一步補充，即是我們曾經提過的部分，如果將「正得失」的所有責任都歸之於公卿大夫，甚至也只歸咎於「詩文創作」，即是認爲「詩歌」就該反應民間疾苦、就該反應「社會存在狀態的多層次性」，這樣的論點是否太過於苛刻？否則，這樣的「詩歌」就沒有價值？楊士奇等人創作了非常大量的應制詩文，這點已是確論，某種程度也等於狹隘了「盛唐詩」（或「詩三百」）的眾多書寫題材，只集中於應制一類，這也確實會成爲弊病之一。只是問題應在於，他們這類的「詩歌」本身產生了什麼問題？同時，也正是這個問題才衍生出「弊病」，而非「歌功頌德」可以簡易概括，因何呢？如果當時的政治環境，確實可達「歌功頌德」（不帶價值判斷）的程度，「詩」與「時」就相當契合，爲何這樣卻不行呢？換言之，根本不是單純的「歌功頌德」四字就可以造成了這樣的結果。至於後世批評臺閣體「缺乏藝術（美感）價值」，亦可回顧當今常見的文學史等資料，以及四庫館臣對於他們的評價。

於此，我們不妨作一假設。精準來說，應當是臺閣詩人這類型的詩歌型態，嚴重缺乏「興寄」——楊士奇等人不僅是「以位掩之」，也與「盛世」相佐，也就是文學創作與政治無法徹底切割，反而更加緊密黏合在一起。縱使我們從之前的討論中，不斷地看到臺閣詩人論詩也提到「興寄」，於此補充一例，譬如王直曾云：「其（按：杜甫）觸事興懷，率然有作，亦皆興寄深遠，曲盡物情，非他之所能及。」〔註 69〕（更早之前，宋濂也提出「臺閣之文」強調「所託之興」的重點）不過「論詩」是一種對於詩歌的看法，可能是他們心目中最理想的詩歌狀態，不過要將這理想的狀態，再透過自己的創作表現出來，受到心態問題與諸多限制之下，就有其極大的難度。可惜他們雖論及

〔註 68〕黃卓越：《明永樂至嘉靖初詩文觀研究》，頁 67。

〔註 69〕【明】王直：《抑庵文集》卷十一，〈虞邵庵注杜工部律詩序〉。

「興寄」〔註 70〕（與明六義之旨）此一理想，卻大多沒有表現在自己大量的臺閣詩裡，爲何會產生這種極大的落差？若從廖可斌先生提出的論點，以另一個角度來看臺閣體之形成，或許可以獲得新的詮釋角度，其云：

> 臺閣體的形成與流行，主要並非社會安定、文人生活優裕的產物。恰恰相反，它主要是明初以來的高壓政治、特別是高壓知識分子政策與文化政策的結果。〔註 71〕

廖可斌先生從政治環境影響創作心態入手，確實極有道理。也就是說明初的政治環境，如元末明初的戰亂、明太祖時期的高壓政策等，已對楊士奇等人的創作心靈造成傷害或束縛，故「歌功頌德」隱然象徵爲某種「求生的語言」，不過也可能是一種「環境極度反差」之後所誕生的產物。不過，這樣還是無法解釋臺閣體詩歌創作本身的問題——缺乏「興寄」。其中一個原因，或許正如楊士奇所言：「余蚤不聞道，既溺於俗，又往往不得已而應人之求，即其志之所存者無幾也。」〔註 72〕

〔註 70〕相當有趣的是，前輩學者在討論杜詩時，對其賦、比、興之筆法有其諸多看法。例如：（1）簡恩定先生之研究〈杜詩爲「風雅罪魁」評議〉：「宋人力表杜甫以賦體創作的作品，進而喻杜爲「詩史」，忽略了杜甫比興寄托一類的作品，故本書結論以爲杜甫爲「風雅罪魁」，實是受到宋人評論杜詩偏頗之拖累。」（2）徐國能先生之研究〈攻杜隅論〉：「主要整理歷代批評杜詩的負面意見，從其人格修養的質疑，用字造語的纖巧或粗拙等各方面來分析，反杜實則站在崇尚技巧的比興寄托，情韻的優美綿邈之立場，來反對杜詩好以賦法鋪敘議論的詩歌創作。」（3）龔鵬程先生〈論詩史〉云：「詩歌既要深於比興之際，不可以文章之道平直出之，則杜甫自然要被視爲別調了。像船山，甚至認爲詩的主要功能再於抒情，杜甫卻用以言王道事功節義文章，所以杜甫是風雅罪魁。」結合三位前輩學者之研究與提要觀之，即可發現「詩史」與「比興寄托」之二分。而正好臺閣體的表現模式與杜甫「詩史」（言王道事功節義文章）有一定程度的關係。（1）、（2）見徐國能：〈杜甫與唐宋詩——杜甫誕生一千兩百九十年國際學術研討會紀要〉，《漢學研究通訊》第 22 期之 1，2003 年 2 月，頁 41。（3）見龔鵬程：《詩史本色與妙悟》（台北：台灣學生書局，1986 年 4 月初版），〈論詩史〉，頁 57。

〔註 71〕廖可斌：《復古派與明代文學思潮（上）》，頁 77。

〔註 72〕【明】楊士奇：《東里續集》卷十五，〈題東里詩集序〉。

因爲自己溺於俗、於外應酬又多而無法言其志，故不管楊士奇所言是否僅爲「自謙之詞」，但他已然點明了此一現象。

王直〈立春日分韻詩序〉中更明確指出，其云：

昔宋之時，翰林以氏日進春帖於禁中，寫時景而美得意。今雖不行，因時紀事，歌詠盛美而垂之後世者，本儒臣職。〔註 73〕

又如〈歲除日分韻詩序〉云：

吾邑之士又皆以文學奮身，遭遇其事，忝列華要，亦可謂盛矣。及歲時之閒暇，舉酒相屬，而惓惓以德業相勉，將以上報國家，而非獨爲鄉邑之榮也。梁公既喜之，乃曰：「是不可無紀述。」因書「爲此春酒，以介眉壽」八字丸而投之，各探一言爲韻，賦詩一首，以寫其殷勤之意。〔註 74〕

可以看出「因時紀事」、「不可無紀述」才是原因所在。金幼孜也是同樣的想法，他曾說：「因其言以即其事，亦足以見當時儒臣遭遇之盛者矣。」〔註 75〕在臺閣詩人的思維中，可能過於重視「流傳」、「所存」等所謂的「立功、立德、立言」的儒家觀念，同時他們的身分又賦予了他們政治上的職責，因爲只有在太平盛世才有讌集、遊觀、酬唱之契機，上述這些原因彼此交錯綜合，形成了相當類似杜甫被稱作「詩史」的創作方式。〔註 76〕以至於這樣的思維實踐在

〔註 73〕【明】王直：《抑菴文集》卷四，〈立春日分韻詩序〉。

〔註 74〕【明】王直：《抑菴文集》卷四，〈歲除日分韻詩序〉。

〔註 75〕【明】金幼孜：《金文靖集》卷七，〈灤京百詠集序〉。

〔註 76〕如果我們對照歷代詮釋者對於「詩史」與杜甫的概念，誠如黃自鴻先生所指出的：「由於杜詩的多樣性、術語的含混意義、詮釋者的解讀和誤會，引致杜甫和『詩史』之間的問題愈加複雜，造成詩史內涵的『繁衍現象』，原來只是指杜甫個人事跡的『史』，被滲入了多個子概念，較常見的包括『敘事』(『終始』)、『事跡』、『時事』、『用事』、『律切精深』、『千言不少衰』、『史筆』、『一飯未嘗忘君』(『忠義』)、『知人論世』、『有據』、『實錄』和『補史之闕』，此外亦有『備于眾體』和『年月紀事』等說。」先不論臺閣詩人是否對杜詩有所誤解。在這段引文中，可以發現其中有多項，竟然與臺閣詩人的看法一致，如此一來亦可證明楊士奇等人極度推崇杜甫，除了個人修

創作中，即造成了臺閣詩人「因時紀事」的詩歌創作心態（這當然也是他們選擇的自由），就這點已經與「自由且純粹」的創作心態有了些許區別。

進一步來說，「因時紀事」的「時」爲當時、「事」爲當事；「歌功頌德」的「功」爲當時功、「德」爲當時德，都有其明確的指向——寫其殷勤之意、歌詠盛美而垂之後世。這點亦可呼應我們在第三章結語時所提到的：政府職權類：如詔、誥、疏、奏等政府行文。以及應制之作，此屬於翰林院職權的部份。二爲非政府職權類：如碑、記、序、傳、詩、賦。而「臺閣體」作家群本身就有非政府職權之詩文體，向政府職權之文體等靠近之傾向。

如果以「賦、比、興」的說法來言之，即是「多賦體少比興」的創作型態。誠如龔鵬程先生所認爲的「賦」的表達手法，其云：

賦所代表的語言運用方式，特徵在於「直陳」，而直陳與鋪敘的語言，至少有兩種必然符合的要件，一是在語言結構上，以邏輯的推演及因果關聯性爲主，所以在表達上也以時間與地點之布列爲線索；其次，則在語言與現實的關係，直接而緊密，由於它直陳時事，故語句不僅含有明確的指涉（reference），其指涉多半也可以驗證。〔註 77〕

我們不妨再往後推至李東陽來觀之，李東陽論詩曾云：「詩貴情思而輕事實。」〔註 78〕而「情思」需透過比、興之筆法來傳達，才能眞切。但是臺閣體大多偏重「事實」，「情思」反而成爲其次，於是到了正統之後，客觀的政治環境因「土木堡之變」後，再無法支持以盛世氣象爲骨幹的臺閣體，盛世「事實」消失、「情思」又不振，進而逐漸走向衰敗。

養之外，詩歌（詩史）的創作更是學習的重點。引文見黃自鴻：〈杜甫「詩史」定義的繁衍現象〉，《漢學研究》第 25 卷第 1 期，2007 年 6 月，頁 192～193。

〔註 77〕龔鵬程：《詩史本色與妙悟》，〈論詩史〉，頁 55～56。

〔註 78〕【明】李東陽：《李東陽集（三）》（湖南省：岳麓書社出版，2008 年 12 月），頁 1506。

第四節　小結

我們根據上述對於臺閣詩人「詩歌批評與詩史觀」的討論，最後我們將本節之研究成果，擇其要者整理如下：

（一）詩三百、漢魏、盛唐此三個階段，可以說是臺閣詩人詩歌批評與詩史觀最重要的三個源頭，並且以「詩三百」作爲第一判準，再加上詩歌留存「古意」與否做爲批評的標的，進而整理出臺閣詩人的眞正思維乃是「古體必漢魏，近體宗杜詩」。至於宋代詩歌則是偏向被忽略的區塊，相較之下，元詩則有獲得進一步的關注，不過多在「宗杜」的脈絡之下，即可突顯臺閣詩人對於宗杜風氣的繼承。

（二）臺閣詩人大體來說是推崇盛唐詩風，只是討論多集中杜甫一人，有極度崇杜的傾向。如楊士奇所追求的詩學典範，即是杜甫渾涵博厚、雄深渾厚、從容自然的詩歌風格，故其眞正的創作與批評思維，乃是「古體必漢魏，近體宗杜詩」。又如黃淮、王直等人均是杜甫的忠誠信徒，縱使常常將李白、杜甫並稱，不過實際上卻沒有「並稱」的意義，因爲李太白的「天才」無法「學」如神龍無法「羈」，況且也無法全然納入臺閣詩人的詩歌根源「詩三百」的脈絡來討論，甚至也無法如杜甫般，讓楊士奇等人藉此去宣揚、承載儒家政教功能。

（三）就臺閣詩人「詩宗盛唐」的觀點而言，雖然明初高棅的《唐詩品彙》與《唐詩正聲》先後於正統七年及成化間首刊，而後在詩壇或當時文人圈中，逐漸產生影響，並因此獲具某種正統地位。不過，單就本書所談到的臺閣詩人，其影響並不是那麼「明顯」，甚至可能未曾影響。眞正的源頭則來自於楊士宏《唐音》，但是《唐音》未選錄李白、杜甫、韓愈等詩人之作，所以臺閣詩人對於杜詩的接受來源，均來自於單本的著作，如《讀杜愚得》及《杜律虞註》，這兩本著作在臺閣詩人之間流傳甚廣，影響不下於《唐音》。

（四）臺閣詩人的「盛世觀」，通常產生於臺閣詩人先行認同了明代當時的政治環境，進而集體「主動」創作歌頌盛世的詩歌集。而臺閣詩人身居要職，亦是（曾是）翰林之一員，這種彼此酬唱來歌頌盛世的情況相當常見，故形構出後世對於「臺閣體」創作的主要特徵，不過臺閣詩人確實位處於明代「盛世」這點並沒有問題。楊士奇等人創作了非常大量的應制詩文，這點已是確論，某種程度也等於狹隘了「盛唐詩」(或「詩三百」)的眾多書寫題材，只集中於應制酬唱一類，這也確實會成爲詩歌的弊病。

（五）臺閣詩歌眞正的問題，在於嚴重缺乏「興寄」。過份注重「因時紀事」、「不可無紀述」，並且重視「流傳」、「所存」等所謂的「立功、立德、立言」的儒家觀念，同時他們的身分又賦予了他們政治上的職責，所以「因時紀事」的「時」爲當時、「事」爲當事；「歌功頌德」的「功」爲當時功、「德」爲當時德，都有其明確的指向——寫其殷勤之意、歌詠盛美而垂之後世。這個現象也印證了「臺閣體」作家群本身就有非政府職權之詩文體，向政府職權之文體等靠近之傾向。

透過本章的探討，我們可以得知臺閣詩人「詩宗盛唐」的風氣，以及相關的批評與詩史觀。相當有趣的是，雖然臺閣詩人極度推崇杜甫，並且將之視爲師法的對象，不過卻無法眞的如杜甫般創作出全方位的詩歌，只能側重單一個面向，即是杜甫追蹤《風》、《雅》，盛世時代與作品共鳴的部份，於是臺閣詩人這樣的偏向，立基點乃是以清明的政治環境爲骨幹，一旦骨幹崩毀，詩歌的靈魂也跟著消逝，反而成爲了後世批評者加以撻伐的主因。

第八章　結　論

客觀而言，臺閣詩人在詩學理論上的建構，多延續前人尤其是宋代江西詩派的詩學看法，自出新意者較爲罕見，而且在論述上稍嫌不足。不過，本書透過研究的過程，還是可以發現到在臺閣詩人之間，確實可以歸納出一些共同且關鍵性的詩學主張，而這些詩學傾向可以幫助我們更加理解，永樂至成化之間「臺閣體」的詩學觀，藉此補充當今研究者所忽略的這層詩學斷代。

本書以「明代臺閣體及其詩學研究」爲題，最主要可區分爲兩大區塊，一則爲明代「臺閣體」本身，包含源流、釋名、分期、評價等方面的探討；二則爲「臺閣體」詩學理論的部份，包含詩歌基礎與本源論、詩歌本質功能論、詩歌創作與鑑賞論、以及詩歌批評與詩史觀四大主軸。本書透過這兩大區塊的討論，並且立基於眾多前輩學者的研究成果之上，期能對於明代「臺閣體」能有其關鍵性的探討與定位，一方面銜接明初地域詩學的文學風貌，另一方面也能呈現臺閣體詩家詩論的詩學取向，亦能進一步提供明代中期之後復古詩風與詩論的詩學背景。

一般談到明代詩學的發展時，總會稱呼明代中期以後的前、後七子爲「復古派」，不外乎其詩歌創作或者詩學主張上崇尚明代以前的詩歌，例如所謂的「文必秦漢、詩必盛唐」。然而，我們透過本書對於永樂之後「臺閣體」詩學發展的梳理之後，更能發現「臺閣體」其實也能稱之爲「復古派」，而且其許多詩學理論的建構遠早於前、後七子，例如本書所論述的崇尚「詩三百」以及「詩宗盛唐」等等，皆有前例可循。然而，值得我們留意的地方在於：如果說明代詩學發展的主軸就是詩學「復古」的話，那麼「臺閣體」的復古思想，究竟跟其他詩派之間有何不同？也就是說，當人人高舉「復古」的旗幟時，臺閣詩人看待「復古」所切入的角度是否特殊？是否不同於他人？例如前、後七子之「復古派」的主軸在於「模擬」以求眞，力求詩歌之形似；「臺閣體」則告訴我們，要求「古詩人之心」，不可只追求形式的模擬，這兩者的詩學進程就相當不同。此外，「臺閣體」最爲特殊之處，仍是在於繼承宋代江西詩派以來的詩歌傳統，重視「詩法」對於詩歌創作者的影響，這也是臺閣詩人之詩論能異於明代他人的主要因素之一。

本章擬以兩個部份，一爲本論題之回顧與研究成果，二爲本論題之限制與研究展望，來收束本篇論文。

第一節　本論題之回顧與研究成果

歷年來，學界對於明代「臺閣體」的看法，總是抱持著負面評價的態度，對於臺閣體得以流行了一百年左右的文學風氣，感到相當厭惡，實際上經過我們的梳理之後，可以發現「臺閣體」並非全然沒有意義，廖可斌先生即云：

> 作爲一種特殊的文學現象，卻應引起研究者的深思。探討這種文學現象爲什麼會產生，對總結中國古典文學發展的歷史經驗，認識文學興衰的客觀規律，都將不無裨益；而對考察整個明代文學思潮的演變過程，把握明代復古運動的來龍去脈，更是必不可少的。〔註 1〕

就研究方法的進程，我們也不應該忽略臺閣體的詩學理論，以便我們理解「臺閣體」詩學的來龍去脈，以及承先啓後的意義。我們自考察

〔註 1〕廖可斌：《復古派與明代文學思潮（上）》，頁 77。

「臺閣體」的歷史圖像中，可以得到幾個重要的提示：

（一）考察臺閣體定義與範疇：

其一、不管是政治用法上的「臺閣」或「館閣」之稱，在明代中葉前後，文人之間的「臺閣」與「館閣」之用法得以同時並存，視其情況而用之，未有明確之分野。

其二、「臺閣體」隨著時間的演變，實可分爲廣狹二義。狹義的「臺閣體」，如同王世貞、錢謙益所言，其專指楊士奇之詩文風格；廣義的「臺閣體」則可以分爲四個發展階段：第一階段「形成期」：洪武、建文二朝（1368～1402）共三十四年，代表者有宋濂、梁蘭、陳謨、王褘、吳伯宗、方孝儒等。第二階段「成熟期」：永樂至正統四朝（1403～1449）共四十六年，代表者有楊士奇、楊榮、楊溥、王直、王英、胡儼、胡廣、金幼孜、黃淮、梁潛、曾棨、李時勉、陳敬宗、周敘、蕭鎡、錢習禮、曾鶴齡、夏原吉、陳璉等。第三階段「轉變期」：景泰至成化三朝（1450～1487）共三十七年，代表者有李賢、商輅、劉定之、倪謙、彭時、岳正、劉珝、徐有貞等。第四階段「演變與頹萎期」：弘治、正德二朝（1488～1521）共三十三年，代表者有李東陽、程敏政、吳寬、梁儲、謝鐸、倪岳、王鏊等。

其三、「臺閣體」在倪謙當時之文壇，有兩條詩文風格參差不齊的臺閣文風，一條以「三楊」相近或爲尚，無末流之失；一條則是「三楊」所影響的「臺閣體」，屬於末流，文多膚廓，萬喙一音。但在倪謙之前，正統之後，已有如此之現象產生，且末流專指「影響後之轉劣」的層面，不限定是否爲翰林官或以上。

其四、「臺閣體」的創作體裁，分爲二大類，包含政府職權類：如詔、誥、疏、奏等政府行文。以及應制之作，此屬於翰林院職權的部份。二爲非政府職權類：如碑、記、序、傳、詩、賦。

（二）考察臺閣體的詩學理論：

其一、以「詩三百」當作學詩的價值根源，乃是臺閣詩人共同的趨向，這點與明初浙東派、江西派等幾乎一樣。臺閣詩人相當注重「考見王政之得失，治道之盛衰」的政治實用層面，同時接續「忠君」的思想，也引發了他們藉詩歌創作體現盛世的思維。此外，臺閣詩人對於「輓詩」的看法，在於可以發揚「行實之美德」，又能體現出「有德者必有言」的思維，體現出儒家所謂的「立功」、「立德」、「立言」三大價值。值得注意者，當爲李時勉「二位一體」的「知音」、「知文」論，在臺閣詩人中可謂自出新意，李時勉希望藉由養性情、明道義之修養功夫，使人最終可以達到中和之德、聖賢之域。

其二、臺閣詩人以「性情之正」作爲詩歌的本質功能論，其著重的焦點在於人格的涵養之正，那麼詩歌創作則自然而然可達「和而平、溫而厚、怨而不傷」的境界，並從中體現出「詩三百」的古作者之意，以及儒家的中和之美，實踐「仁義」達到「輔乎世教」的最終價值。所謂的「性情之正」基本上就包含著陶淵明「冲和雅澹」與杜甫「雄深渾厚」這兩種詩歌特質，綜攝在儒家「中和之美」的價值之下，其表現皆可謂是「自然醇正」。此外，梁潛的看法相當特殊，重視神韻，以「神」爲繪畫、書法及詩歌藝術之本質，其意義則是注重藝術所帶給人們審美的樂趣。

其三、大多數的臺閣詩人，其詩歌創作方法的提出，仍與儒家的道德修養有很大的關係，譬如「學」、「識」、「靜」、「氣」等重要觀念的提倡。最終的旨趣，仍是針對個人修身與人格的正確培養，從而將人導向性情之正，那麼創作出來的詩歌亦若如此。不過相當值得注意與肯定的是，臺閣詩人十分反對採取形式模擬、過分雕琢的創作方式，因爲這些全然不符合儒家的最高標準——中和之美，且失性情之正。

其四、詩三百、漢魏、盛唐此三個階段，可以說是臺閣詩人詩歌批評與詩史觀最重要的三個源頭，而臺閣詩人的眞正思維乃是「古體必漢魏，近體宗杜詩」。至於，臺閣詩人「詩宗盛唐」的觀念，眞正主要的源頭則可以溯至元代楊士宏的《唐音》，同時臺閣詩人對於杜詩的接受來源，均來自於單本的著作，如《讀杜愚得》及《杜律虞註》，也可與宋代江西派以來的「宗杜」思想，彼此遙相呼應。此外，臺閣詩歌眞正的問題，應當是嚴重缺乏「興寄」，因爲過份注重「因時紀事」、「不可無紀述」，並且重視「流傳」、「所存」等所謂的「立功、立德、立言」的儒家觀念，造成了「臺閣體」作家群的非政府職權之詩文體，向政府職權之詩文體靠近之傾向。

第二節　本論題之限制與研究展望

在本書研究過程當中，通過各章的理解與撰寫，確實發現許多研究上的限制，然而這些研究上的限制，也正好可提供我再作進一步研究的方向。以下，擇其要者撰述如下：

（一）本論題之限制：

其一、在撰寫本篇專題論文時，礙於現實的條件，使得我不易蒐集與閱讀完永樂至成化所有相關之文獻資料，所以只能適度放棄地毯式的檢索與通盤地回顧，只能將心力與研究焦點，置於臺閣詩人的詩學理論之上，實爲本論題之限制。此外，我還認爲詩學理論，應再與詩文本之間進行確實的驗證，因爲詩學理論可視爲一種對詩的「理想」，不一定眞能貫徹到實際的創作之上，換言之，也就是「理論實效性」的問題，如果能進一步驗證，即可提升理論的效度，反之，則降低。從這點來看，對於文學風氣的轉移與提倡，是否有什麼樣的影響？確實值得我們再深入來討論。

其二、如共時性的詩學問題。實際上，在景泰之後，明代詩壇出現了景泰十子（劉溥、湯胤勣、蘇平、蘇正、沈愚、王淮、晏鐸、鄒亮、蔣主忠、王貞慶）、理學五賢（吳與弼、薛瑄、陳獻章、羅倫、莊昶），再加上胡居仁等，前者的創作不同於臺閣詩風，後者則是理學的思考來創作詩歌，他們興起的原因是什麼？與臺閣體之間的關係又是什麼？這些問題，不僅十分有趣，也可突顯出當時之文學思潮確實產生了些許的變化，實應納入本書的討論範圍，不過礙於篇幅與主題之限制，均非目前所能達到。

其三、若說「臺閣體」屬於公卿士大夫階級的文學，此說並不為過。因此，相對應者，即是皇室宗族的文學，究竟這些帝王與宗藩怎麼看待文學思潮？例如朱權之《西江詩話》、朱權之孫朱奠培的《松石軒詩話》這兩本著作，如果結合朱元璋的《明太祖集》，三者合起來看的話，是否可以產生出什麼樣的研究價值？而皇室宗族與公卿士大夫之間，對於詩學的認知是否一致？此點正是一個相當有趣且值得我們進一步探討的全新領域。

（二）研究展望：

其一、兩岸三地對於「臺閣體」的相關研究，並不算太多，還是有許多方面可以進行探討。本書也借助了許多前輩學者的研究成果，進一步釐清臺閣體發展的相關脈絡，以及通盤考察永樂至成化的臺閣體代表作家之詩學理論，應能豐富明代「臺閣體」研究的深度與廣度。

其二、「臺閣體」的詩論與文論，雖屬不同範疇，不過我相信仍有其交集產生。欲探討「臺閣體」的全貌，勢必得將文論的部份拿來檢視，探討其文學思想與影響之層面，如此一來，或許可以產生出新的研究價值。

其三、本書僅鎖定明代永樂至成化年間之「臺閣體」進行研究，但成化之後的李東陽「茶陵派」興起，卻和「臺閣體」之間的關係並未完全切割，李東陽既是臺閣大臣，卻能在詩論的建立上，進一步突破前人的說法，自成一家。李東陽「創作」風格上仍是臺閣文風，但提出的詩論卻不沿襲舊說，也就是說，李東陽的詩論因應什麼狀況如何建立，而建立之後又解決了什麼樣的詩學問題？這其中的轉折，呈現出什麼樣的意義？這個部分可以當作未來繼續架構明代詩學的重要研究命題。

最後，我欲援用四庫館臣所言來為本書作結，四庫館臣在楊榮《楊文敏集》提要言：

> 不可以前人之盛，併回護後來之衰，亦不可以後來之衰，併掩沒前人之盛也。亦何容以末流放失，遽病士奇與榮哉！〔註 2〕

如果研究能撇除意識形態與固有的成見，著重於歷史文獻的還原與探討，盡量作出「客觀」且不過度詮釋的文學探討，讓歷史人物皆由文獻來自己發聲，那麼我們的研究也就能更加貼近史實，藉此還原當時真實的文學風氣，如此一來，即可發現更多前人所想要提醒我們的事。

〔註 2〕【清】永瑢等撰：《四庫全書總目》卷一七〇，集部二三，別集類二三，頁 1484。

徵引書目

說明：

（一）本書目以正文和附註中徵引之文獻爲限。

（二）本書目共分爲古籍、今人專書、學位論文、期刊論文、外文翻譯著作，以及網路資源等六類。

（三）古籍類分經、史、子、集四部。

（四）各類均依照姓氏筆劃爲排序之依準。

一、古籍類

（一）經部

1. 朱熹集註：《詩集傳》（北京：中華書局，1958 年 7 月第 1 版第 1 刷）。
2. 朱子集註、蔣伯潛廣解：《論語新解》（台北：啓明書局，1952 年）。
3. 朱子集註、蔣伯潛廣解：《孟子新解》（台北：啓明書局，1952 年）。

（二）史部

1. 王世貞撰：《弇山堂別集》（北京：中華書局，1985 年 12 月第 1 版第 1 刷）。
2. 司馬光編：《資治通鑑》（北京：中華書局，1976 年 10 月第 1 版第 4 刷）。
3. 宋濂等撰：《元史》（北京：中華書局，1976 年 4 月第 1 版第 1 刷）。
4. 谷應泰：《明史紀事本末》（臺北：藝文印書館，1969 年，百部叢書集成）。
5. 范曄撰：《後漢書》（北京：中華書局，1973 年 8 月第 1 版第 2 刷）。
6. 張廷玉等撰：《明史》（北京：中華書局，1974 年 4 月第 1 版第 1 刷）。
7. 趙翼：《二十二史箚記》（收入王雲五主編：《叢書集成初編》，台北：商務印書館，1937 年 12 月初版）。
8. 廖道南撰：《殿閣詞林記》，王雲五主編《四庫全書珍本九集》（臺北：臺灣商務，1978 年）。
9. 談遷：《國榷》（北京：中華書局，1988 年 6 月第 1 版第 2 刷）。
10. 應邵撰：《漢官儀》卷上，收入王雲五主編：《叢書集成初編》（台北：商務印書館，1937 年 12 月初版）。
11. 魏徵等撰：《隋書》（北京：中華書局，1982 年 10 月第 1 版第 2 刷）。
12. 譚希思：《明大政纂要》（收入《四庫全書存目叢書》第 14 冊，史部，齊魯書社，1996 年 8 月第 1 版第 1 刷）。

（三）子部

1. 王世貞著、羅仲鼎校注：《藝苑卮言校注》（濟南：齊魯書社，1992 年 7 月第 1 版）。
2. 王鏊：《震澤集》（臺北：臺灣商務印書館《景印文淵閣四庫全書》，1986 年 3 月）。
3. 中央研究院歷史語言研究所編《明太祖實錄》，收入《明實錄》（中央研究院歷史語言研究所，1967 年）。
4. 北京大學《荀子》注釋組，荀子原著：《荀子新注》（北京：中華書局，1979 年 2 月）。
5. 朱熹：《朱子語類》（北京：中華書局，1986 年 3 月第 1 版第 1 刷）。
6. 何良俊撰：《四友齋叢書摘抄》，王雲五主編：《叢書集成初編》（台北：商務印書館，1937 年 12 月初版）。
7. 何良俊撰：《四友齋叢書》（北京：中華書局，1997 年 11 月初版）。
8. 沈德符：《萬曆野獲編》（北京：中華書局，1997 年 11 月第 1 版第 3 刷）。
9. 吳處厚撰：《青箱雜記》（北京：中華書局，1985 年 5 月第 1 版第 1 刷）。
10. 章學誠：《文史通義》（上海：上海書店，1988 年 3 月第 1 版第 1 刷）。
11. 孫承澤撰：《春明夢餘錄》（北京：北京古籍出版社，1992 年 12 月第 1 版第 1 刷）。

12. 張英：《淵鑒類函》（台北：台灣商務印書館影印文淵閣四庫全書，1983年）。
13. 陸容：《菽園雜記》（北京：中華書局，1985年5月）。
14. 焦紘：《玉堂叢語》（北京：中華書局，1981年7月）。
15. 葉盛：《水東日記》（北京：中華書局，1980年10月）。
16. 彭時：《可齋雜記》（收入《續修四庫全書・子部・雜家類》）。
17. 龍文彬：《明會要》（北京：中華書局，1956年）。
18. 應邵撰：《漢官儀》，收入王雲五主編：《叢書集成初編》（台北：商務印書館，1937年12月初版）。
19. 顧炎武著，黃汝成集釋：《日知錄集釋》（上海：上海古籍出版社，2006年12月）。
20. 顧憲成：《小心齋箚記》（臺北：廣文書局，1975年4月）。

（四）集部

1. 王陽明：《王陽明全集》（上海：上海古籍出版社，1992年12月第1版第1刷）。
2. 王直：《抑庵文集》（景印文淵閣四庫全書本，台灣商務印書館，1986）。
3. 王直：《抑庵文後集》（景印文淵閣四庫全書本，台灣商務印書館，1986）。
4. 王英：《王文安公詩文集》（八千卷樓珍藏之樸學齋抄本）。
5. 永瑢等撰：《四庫全書總目》（北京：中華書局，1965年6月第1版第1刷）。
6. 白居易撰，朱金城箋校：《白居易集箋校》（上海：上海古籍出版社，1988年12月第1版第1刷）。
7. 朱元璋：《明太祖集》（安徽：黃山書社，1991年11月第1版第1刷）。
8. 朱熹：《朱子文集》（北京：中華書局，1985年新一版）。
9. 岳正：《類博稿》（景印文淵閣四庫全書本，台灣商務印書館，1986）。
10. 何心隱：《何心隱集》（北京：中華書局，1960年）。
11. 吳文治主編：《明詩話全編》（南京：鳳凰出版社，2006年1月第1版第2刷）。
12. 宋濂：《宋學士全集》，引自叢書籍成初編《宋學士全集》（北京：中華書局，1985年）。
13. 李賢：《古穰集》（景印文淵閣四庫全書本，台灣商務印書館，1986）。

14. 李時勉：《古廉文集》（景印文淵閣四庫全書本，台灣商務印書館，1986）。
15. 李東陽著、周寶賓典校：《李東陽集》（湖南：岳麓書社，1984 年 1 月第 1 版第 1 刷）。
16. 金幼孜：《金文靖集》（景印文淵閣四庫全書本，台灣商務印書館，1986）。
17. 沈德潛等編：《明詩別裁集》（上海：上海古籍出版社，2008 年 4 月第 4 刷）。
18. 沈德潛編，吳興王蒓父箋註：《古詩源箋註》（台北：華正書局，1990 年 9 月）。
19. 邵長蘅：《青門簏稿》（景印文淵閣四庫全書本，台灣商務印書館，1986）。
20. 邵雍：《擊壤集》（台北：廣文書局，1987 年）。
21. 倪謙：《倪文僖集》（景印文淵閣四庫全書本，台灣商務印書館，1986）。
22. 胡儼：《頤庵文選》（景印文淵閣四庫全書本，台灣商務印書館，1986）。
23. 胡震亨：《唐音癸籤》（上海：上海古籍出版社，1981 年 5 月第 1 版第 1 刷）。
24. 胡應麟：《詩藪》（上海：上海古籍出版社，1979 年 11 月）。
25. 徐紘：《皇明名臣琬琰錄》（收入周駿富輯《明代傳記叢刊・名人類 14》）。
26. 桑悅：《思玄集》（明萬曆翁憲祥刻本）。
27. 徐有貞，《武功集》，景印文淵閣四庫全書本，台灣商務印書館，1986。
28. 眞德秀：《文章正宗》（台北：台灣商務印書館，1983 年）
29. 高棅：《唐詩品彙》（上海：上海古籍出版社，1988 年 7 月第 2 版第 1 刷）。
30. 張以寧：《翠屏集》（台北：台灣商務印書館影印文淵閣四庫全書，1983 年）。
31. 梁章鉅著，陳居淵校點：《制藝叢話：試律叢話》（上海：上海書店，2001 年 12 月）。
32. 夏原吉：《夏忠靖集》（景印文淵閣四庫全書本，台灣商務印書館，1986）。
33. 陳璉：《琴軒集》（景印文淵閣四庫全書本，台灣商務印書館，1986）。
34. 陳田：《明詩紀事》（收入周駿富輯《明代傳記叢刊・學林類 10》，台北：明文書局）。

35. 陳鼎輯：《東林列傳》（收入周駿富輯《明代傳記叢刊・學林類3》，台北：明文書局）。
36. 陸深：《儼山集》（收入《欽定四庫全書》）。
37. 傅璇琮等主編：《全宋詩》（北京：北京大學古文獻研究所，1998年12月）。
38. 黃淮：《介俺集》（敬鄉樓叢書本）。
39. 黃佐撰：《翰林記》，收入王雲五主編《叢書集成初編》（上海：商務印書館，1936年6年初版）。
40. 黃宗羲編：《明文海》（北京：中華書局，1987年2月第1版第1刷）。
41. 黃溍：《文獻集》（台北：台灣商務印書館影印文淵閣四庫全書，1983年）。
42. 梁潛：《泊庵集》（景印文淵閣四庫全書本，台灣商務印書館，1986）。
43. 楊士奇：《東里文集》（北京：中華書局，1998年7月第1版第1刷）。
44. 楊士奇：《東里別集》，收入《東里文集》（北京：中華書局，1998年7月）。
45. 楊士奇：《東里續集》（收入《四庫全書影印文淵閣本》）。
46. 楊榮：《楊文敏集》（景印文淵閣四庫全書本，台灣商務印書館，1986）。
47. 廖燕：《二十七松堂集》（臺北：中央研究院中國文哲研究所籌備處，1995年6月）。
48. 劉克莊：《後村先生大全集》，見《四部叢刊初編》第273冊（臺北商務印書館，1967年）。
49. 劉勰撰，王久烈等譯註：《語譯詳註文心雕龍》（台北：天龍出版社，1985年3月）。
50. 歐陽修：《歐陽修全集》（北京：中華書局，2001年3月第1版第1刷）。
51. 錢謙益：《列朝詩集小傳》（上海：上海古籍出版社，2008年4月第1刷）。
52. 鍾嶸著、陳廷傑注：《詩品注》（北京：人民出版社，1980年2月第1版第4刷）。
53. 韓愈撰，馬其昶校注：《韓昌黎文集校注》（上海：上海古籍出版社，1986年12月第1版第1刷）。
54. 歸有光：《震川先生集》（上海：上海古籍出版社，1981年9月）。
55. 羅玘：《圭峰集》（台北：台灣商務印書館影印文淵閣四庫全書，1983年初版）。

56. 蘇伯衡：《蘇平仲文集》(《四部叢刊景明正統壬戌本》)。

二、今人專書

1. 丁威仁：《明洪武、建文地域詩學研究》(台北：花木蘭文化出版社，2008年3月初版)。
2. 方孝岳：《中國文學批評・中國散文概論》(北京：三聯書店，2007年1月第1版)。
3. 王其榘：《明代內閣制度史》(北京：中華書局，1989年1月第1版第1刷)。
4. 王運熙、顧易生先生主編：《中國文學批評通史・伍・明代卷》，(上海：上海古籍出版社，1996年2月第1版)。
5. 吉川幸次郎：《元明詩概說》(台灣國立編譯館主編，幼獅文化事業公司印行，1986年)。
6. 朱易安：《中國詩學史・明代卷》，(廈門：鷺江出版社，2002年9月第1版)。
7. 朱東潤：《中國文學批評史大綱》(上海：上海古籍出版社，2005年4月第1版)。
8. 牟宗三：《心體與性論》(台北：正中書局，1991年11月)。
9. 吳宏一：《清代文學批評論集》(台北：聯經出版社，1998年6月)。
10. 吳建民先生《中國古代詩學理論》(北京：人民出版社，2004年2月第1版第2刷)。
11. 李曰剛：《中國詩歌流變史》(台北：文津出版社，1987年2月)。
12. 李澤厚、劉綱紀著：《中國美學史：魏晉南北朝編（下)》(安徽：安徽文藝出版社，1995年5月第1版第1刷)。
13. 杜乃濟：《明代內閣制度》(台北：台灣商務印書館，1980年6月)，頁18。
14. 杜甫著、仇兆鰲注：《杜詩詳注》(北京：中華書局，1999年9月第1版第5刷)。
15. 南炳文、何孝榮：《明代文化研究》(北京：人民出版社，2006年6月)。
16. 馬積高、黃均主編：《中國古代文學史》(台北：萬卷樓，1998年7月初版)。
17. 張治安：《明代政治制度》(臺北：五南圖書有限公司，1985年9月)。
18. 張學智：《明代哲學史》(北京：北京大學出版社，2003年6月第1

版第2刷）。

19. 張顯清、林金樹著：《明代政治史（上冊）》（大陸：廣西師範大學出版社，2006年12月初版）。
20. 許總：《宋明理學與中國文學》（南昌：百花洲出版社，1999年初版）。
21. 郭英德主編：《中國古代文學通論．明代卷》（瀋陽：遼寧文民出版社，2005年5月第1版）。
22. 郭紹虞先生《中國文學批評史》（台北：文史哲，2008年4月初版再刷）。
23. 陳良運：《中國詩學體系論》（北京：中國社會科學出版社，2003年4月第1版第3刷）。
24. 陳昌明：《緣情文學觀》（台北：台灣書店，1999年11月初版）。
25. 陳東榮、陳長房主編，《典律與文學教學》（台北：書林出版有限公司，1995年）。
26. 章培恒、駱玉明主編：《中國文學史》（上海：復旦大學出版社，2004年10月第1版第11刷）。
27. 游國恩等主編：《中國文學史》（台北：五南出版社，1990年11月）。
28. 黃卓越：《明永樂至嘉靖初詩文觀研究》（北京：北京師範大學出版社，2001年12年）。
29. 黃忠慎：《朱子《詩經》學新探》（台北：五南書局，2003年3月初版二刷）。
30. 黃景進：《意境論的形成——唐代意境論研究》（台北：台灣學生書局，2004年9月初版）。
31. 黃景進：《嚴羽及其詩論之研究》（台北：文史哲出版社，1986年2月初版）。
32. 葉嘉瑩：《迦陵談詩二集》（台北：東大圖書公司，1985年2月初版）。
33. 廖可斌：《復古派與明代文學思潮》（台北：文津出版社，1994年2月初版）。
34. 熊禮匯：《明清散文流派論》（大陸：武漢大學出版社，2003年11月）。
35. 劉大杰：《中國文學發展史》，（台北：華正書局，2006年8月版）。
36. 劉若愚著、杜國清譯：《中國文學理論》（台北：聯經出版社，1981年）。
37. 蔡英俊：《中國古典詩論中「語言」與「意義」的論題——「意在言外」的用言方式與「含蓄」的美典》（台北：台灣學生書局，2001

年)。

38. 蔡英俊:《比興、物色與情景交融》(台北:大安出版社,1986年5月初版)。
39. 蔡瑜:《高棅詩學研究》(台北:台灣大學出版委員會,1990年6月)。
40. 蔡鎮楚:《中國詩話史》(大陸:湖南文藝出版社,1988年5月第1版第1刷)。
41. 蔡鎮楚:《詩話學》(湖南:湖南出版社,1992年7月)。
42. 鄭師渠總主編,陳梧桐編:《中國文化通史:明代卷》(北京:北京師範大學出版社,2009年7月第1版第1刷)。
43. 鄧喬彬:《有聲畫與無聲詩》(上海:上海社會科學院出版社,1993年5月第1版第1刷)。
44. 錢基博:《中國文學史》(北京:中華書局,1996年2月第1版第2刷)。
45. 錢穆:《中國歷代政治得失》(北京:三聯書店,2001年6月)。
46. 簡錦松:《明代文學批評研究》(台北:台灣學生書局,1989年2月初版)。
47. 龔鵬程:《詩史本色與妙悟》(台北:台灣學生書局,1986年4月初版)。
48. 龔顯宗:《明初越派文學批評研究》(台北:文史哲,1988年7月初版)。

三、學位論文

1. 王昊:《仁宣致治下的「臺閣」標本——對楊士奇詩歌的解讀》(山東師範大學中國古代文學碩士論文,2006年4月)。
2. 王麗瑄:《明人小楷研究》(暨南大學中國語文學所碩士論文,2007年6月)。
3. 朴均雨:《王世貞詩文論研究》(政治大學中國文學所碩士論文,1989年)。
4. 李嘉瑜:《元代唐詩學》(台灣大學中國文學所博士論文,1990年)。
5. 卓福安:《王世貞詩文論研究》(東海大學中國文學所博士論文,2002年)。
6. 范怡如:《明代中期吳中文壇研究——一個地域文學的考察》(台灣師範大學國文研究所博士論文,2000年)。
7. 高郁婷:《明初吳派文學理論及其詩文》(中山大學中文所博士論文,

2006年1月）。

8. 張紅花：《楊士奇詩文研究》（大陸暨南大學中國古代文學碩士論文，2005年5月）。
9. 連文萍：《明代茶陵派詩論研究》（東吳大學中國文學所碩士論文，1988年）。
10. 連文萍：《明代詩話考述》（東吳大學中國文學研究所博士論文，1998年）。
11. 許逢仁：《《四庫全書總目》中的明代臺閣體派述評研究》（政治大學中文所碩士論文，2014年）。
12. 陳昌明：《從形體觀論六朝美學》（台灣大學中國文學所博士論文，1992年）。
13. 陳英傑：《宋代「詩學盛唐」觀念的形成與內涵》（政治大學中國文學所碩士論文，2005年6月）。
14. 黃志明：《王世貞研究提要——以其生平及學術爲中心》（政治大學中國文學所博士論文，1976年）。
15. 黃珮君：《楊士奇臺閣體詩歌研究》（南昌大學中國古代文學碩士論文，2010年1月）。
16. 黃雋霖《典雅、頌德、王權——明代臺閣文學研究》（靜宜大學中文所碩士論文，2014年）。
17. 楊晉龍：《明代詩經學研究》（台灣大學中國文學所博士論文，1997年6月）。
18. 廖鴻裕：《明代科舉研究》（中國文化大學中國文學所博士論文，2008年12月）。
19. 鄭禮炬：《明代洪武至正德年間的翰林院與文學》，（南京師範大學博士論文，2006年）。
20. 駱芬美：《三楊與明初之政治》（文化大學史學研究所碩士論文，1982年）。
21. 籍芳麗《明代文壇「三楊」研究》（上海師範大學中國古代文學碩士論文，2006年5月）。

四、期刊論文

1. 左東嶺：〈論臺閣體與仁、宣士風之關係〉，《湖南社會科學》，2002年2月。
2. 朱鴻：〈文集與文物研究——以明初閣臣黃淮爲例〉，《台灣師大歷史學報》第29期，2001年6月。

3. 吳琦、唐金英：〈明代翰林院的政治功能〉，華中師範大學學報（人文社會科學版），2006年1月。
4. 汪波：〈《黃帝內經》音樂療疾思想〉，《宜賓學院學報》第10卷第10期，2010年10月。
5. 辛一江：〈論元末明初越派與吳派的文學思想〉，《昆明師範高等專科學校學報》第21卷第3期，1999年9月。
6. 周月霞：〈從《內經》、《樂記》淺析古代音樂治療思想〉，《西南大學學報（社會科學版）》第35卷第5期。
7. 林文惠：〈從宋明理學的「性情論」考察劉蕺山對《中庸》「喜怒哀樂」的詮釋〉，《中國文哲研究集刊》第二十五期，2004年9月。
8. 高厚德、許夢瀛：〈翰林院制度考〉，收入《燕京大學教育學報》，燕京大學教育學會出版，1941年9月。
9. 連文萍：〈明代翰林院的詩歌館課研究〉，《政大中文學報》第十二期，2009年12月。
10. 陳煒舜：〈永樂至弘治間臺閣諸臣的《楚辭》論〉，《靜宜人文社會學報》第一卷第一期，2006年6月。
11. 陳煒舜：〈明代前期的臺閣文風、吳中文化與楚辭學〉，《彰師大國文學誌》第十五期，2007年12月。
12. 陳廣宏：〈明初閩派與臺閣文學〉，收入廖可斌主編《明代文學論集（2006）》（浙江：浙江大學，2007年）。
13. 陳慶元：〈楊榮與閩籍臺閣體詩人〉，《南平師專學報（社會科）》第3期，1995年。
14. 黃景進：〈朱熹的詩論〉，收入《國際朱子學會議論文集》，中央研究院中國文哲研究所籌備處印行，1993年5月。
15. 楊芹、曹家齊：〈宋代「臺閣」涵義考〉，《學術研究》第1期，2009年1月。
16. 劉曉東：〈論明代士人的「異業治生」〉，《史學月刊》第8期，2007年。
17. 魏崇新：〈明代江西文人與臺閣文學〉，《中國典籍與文化》，2004年1月。
18. 魏崇新：〈楊士奇之創作及對臺閣文風之影響〉，《南京師範大學文學院學報》第2期，2004年6月。
19. 蘇淑芬：〈辛棄疾農村詞辨析〉，《東吳中文學報》第三期，1997年5月。

五、外文翻譯著作

1. Harold Bloom 著，高志仁譯：《西方正典》，台北：立緒文化事業有限公司，1998 年。
2. Steven Totosy de Zepentnek 演講，馬瑞琦譯，《文學研究的合法化》(北京：北京大學出版社，1997 年)。
3. 布爾迪厄（Pierre Bourdieu）著，包亞明譯《文化資本與社會煉金術——布爾迪厄訪談錄》(上海：人民出版社，1997 年 1 月)。
4. 韋勒克、華倫著；王夢鷗、許國衡譯：《文學論：文學研究方法論》（台北：志文出版社，1979 年 10 月二版)。

六、網路資源

1. 中央研究院歷史語言研究所製作的「漢籍電子文獻資料庫」http://hanchi.ihp.sinica.edu.tw/ihp/hanji.htm。
2. 台北故宮【寒泉】古典文獻全文檢索資料庫 http://210.69.170.100/s25/。